백지 위의 손

지은이

이기성(李起聖, Lee Ki-Sung) 이화여자대학교 국어국문학과와 동대학원 졸업. 저서로는 연구서
『모더니즘의 심연을 건너는 시적 여정』이 있으며, 시집 『불쑥 내민 손』, 『타일의 모든 것』, 『채식
주의자의 식탁』, 평론집 『우리, 유쾌한 사전군들』을 출간하였다.

백지| 위의 손

초판 1쇄 발행 2015년 8월 15일
초판 2쇄 발행 2016년 12월 5일
지은이 이기성 **펴낸이** 공홍 **펴낸곳** 케포이북스
출판등록 제22-3210호 **주소** 서울시 서초구 반포대로14길 71, 302호
전화 02-521-7840 **팩스** 02-6442-7840 **전자우편** kephoibooks@naver.com

값 15,000원 ⓒ 이기성, 2015
ISBN 978-89-94519-57-9 03810

이 기 성 평 론 집

백지 위의 손

Hand on white paper

케포이북스
KEPHOI BOOKS

머리말

우리 시대의 시에서 선언과 투쟁의 언어가 끝났다고 생각한 적이 있었다. 우리가 지나왔던 폭력의 연대가 완전히 종식된 것은 아니었지만, 그나마 인간의 존엄이 보장되고 언어의 자유를 싹 틔울 수 있는 최소의 토양은 확보되었고 생각했다. 그래서 우리의 미래 세대는 새로운 시대의 새로운 언어를 맞이할 수 있을 거라고 믿었다. 하지만 이런 믿음은 무지했고 무책임했고 우매했다. 나의 우매함은 역사가 퇴행하고 야만이 도래하는 현실을 상상해보지 못했기에, 우리 시가 격렬한 전장의 언어로서 폭력적인 현실에 마주 서야 하는 이 순간을 감당하기 어려웠다. 지난 몇 년간 대기를 장악한 야만적 폭력이 불러온 절망과 울분 속에서 나는 이렇게 썼다.

지난 해 봄에 하나의 거대한 선언과 조우하였다. 그러나 나는 검은 격류를 이루어 광장을 굽이치는 그 언어를 무엇이라 명명하지 못하겠다. 가늘게 타오른 한 자루의 촛불은 무수한 선언을 의탁한 언어, 언어들이었다. 곧이어 '인간의 말'을 되찾기 위해서 천 개의 혀들이 입을 열고 합창을 시작하였다.

그 언어들이 겨냥한 것은 현실 정치의 무능과 비천함이었겠지만, 궁극적으로 그 언어들은 적확하게 과녁을 향해 날아가지 못하였다. 그 언어들은 애초에 과녁을 향해 날아가기를 거부하는 부서지는 언어였고, 무능한 말이었던 까닭이다. 그러나 그 무능한 말들은 허공으로 흩어지면서 낯설고 새로운 형상으로 탄생하기 시작한다. 그것은 망루에서 추락한 철거민의 절규가 되었고, 자본의 콘크리트에 질식하는 강의 호흡이 되었으며, 크레인 꼭대기에 묶인 여린 육체가 되었다. 무능한 고백의 언어는 강철의 언어가 되었다.

그때 광장엔 현실을 뚫고 나가려는 선언의 언어가 터져 나왔다. 하지만 그것이 강철의 언어가 될 수 있을지 확신할 수 없었기에, 내가 쓴 글은 나 스스로를 기만하는 것이었을지도 몰랐다. 나의 언어가 철거민의 절규가 될 수 있을지, 질식하는 강의 언어가 될 수 있을지, 크레인 위의 구호가 될 수 있을지, 침몰하는 자의 절규가 될지 확신하지 못했으므로, 나는 또 썼다.

사랑이 타자의 호흡과 정서, 피부를 스치는 미세한 파장에 의한 감염이듯이, 시도 가장 강력한 감염이다. 이 감염을 통해서 체온이 뜨거워지고 감정이 격렬하게 솟아오르며, 마침내, 마침내 무엇인가 쏟아져 나오는 것이다. 근본적인 감염의 효과는 타자 속으로 스며들어간다는 것이며, 언어의 강력한 발화점에서 타오르게 된다는 점이다. 영화 〈일 포스티노〉에서 우체부의 삶은 시에 감염된 자의 그것이었으며, 그는 펜을 쥐지 않은 시인이 되었다. 수백 편의 시를 썼던 네루다보다, 한 편의 시도 쓰지 못한 우체부가 '더' 시인이었던 것이다. 감염된 생, 그 자체가 한 편의 시였기 때문에. 언어에 감염된 우체부의 삶은 고착된 현실의 좌표에서 이탈하여, 새로운 가능성의 장으로 도약해 갔다. 이 매혹적인 삶-언어를 혁명이라 부를 수 있지 않을까.(「시인이여, 컹컹 짖어라」)

글을 쓴다는 것은 감당하기 어려운 과제를 스스로에게 부과하는 일이다. 백지 위에서 한없이 떨리는 손, 그 순간의 두려움 속에서 역설적으로 글쓰기는 점점 대담해져 간다. 그 무모한 대담함에 기대 이제 또 맞서야 할 현실의 폐허를 바라본다. 감당하기 어려운 현실의 파탄과 배반을 견뎌야 할, 그리고 그것을 넘어서야 할 시간이 되었다. 사랑과 혁명의 공통점은 '감염'이 아닐까 생각한다. 사랑에 감염된 존재들은 더 이상 과거의 자기가 아니다. 감염된 언어는 더 이상 과거의 언어가 아니다. 그들은 우리가 알지 못하는 어떤 지점을 향해서 달려 나간다. 나는 우리의 시가 무감한 일상을 감염시키기를 바란다. 우리는 다른 존재가, 될 것이다.

이 책의 1부는 문학과 정치를 둘러싼 담론에 대한 나름의 탐색을 묶은 글이다. 2부에는 주제론 형식의 글을, 3부에는 개별 시인들에 대한 글들을 수록했다. 여기 실린 글들은 오랫동안 묵혀두었던 까닭에 현재 진행형인 시인들의 작업을 모두 담아내지 못하였다. 송구한 마음으로 이 글들이 시인들의 한 시기를 정리하는 작업이 되기를 감히, 바란다. 책을 출간하게 해 주신 케포이북스와 꼼꼼히 원고를 읽어주고, 구멍 난 부분을 메워주느라 애쓰신 편집진께 깊이 감사드린다.

2015년 7월
이기성

차례

머리말 3

/ 1부 / **감염된 언어들**

별종들의 발생학 11

시체의 노래를 들어라 33

유령의 노래를 들어라 53

/ 2부 / **다른 목소리**

백지 위의 손 81

스틸 라이프 91

시선의 몰락과 시의 탄생 103

언어의 다비식, 신생의 울음 115

키치와 신화 126

/ 3부 / 세이렌의 노래

공포에의 눈뜸과 가면의 시   143
텅 빈 눈의 자화상   169
고양이가 있는 몇 개의 풍경   194
상가수의 노래   216
별사, 허무로 회귀하는 언어   220
재난을 예감하는 시의 언어   225
파경의 시선, 자화상의 필법   229
동화와 멜랑콜리   240
딸꾹질과 유령의 언어   245
난파된 신화와 세이렌의 변성   249
김밥 그리고 김수영 생각   254
절벽의 풍경   258

초출일람   263

1부

감염된 언어들

별종들의 발생학
시체의 노래를 들어라
유령의 노래를 들어라

별종들의 발생학

1. 시, 리좀, 여성

시 쓰기는 관습화된 미학의 영토로부터 보이지 않는 출구를 찾아내 낯설고 새로운 세계를 찾아 떠나는 언어의 도정이라 할 수 있다. 산문화된 일상과 완고한 사유의 각질을 파괴하는 시적 에너지는 끝없는 변화와 갱신의 열망으로 발화된다. 언어의 불꽃들이 점화한 낯선 감각은 기존의 의미화 체계와 권력적 언어의 지층을 폐허로 만들고, 그 텅 빈 평면 위에 이질성의 세계를 펼쳐 보인다. 이런 점에서 시적 언어는, 존재의 변화와 생성의 원리에 기초한 리좀적 상상력과 겹쳐진다. 들뢰즈와 가타리에 의하면 리좀은 하나의 중심으로 환원되는 수목적 뿌리가 아니라, 중심을 가지지 않은 채 복수적으로 방사되는 그물망을 의미한다.[1] 이러한 복수적 흐름을 통해서 고착된 의미작용을 해체하는 리좀의 상상력은 상징질서가 그어놓은 금지선을 탈주하는 역동적 언어로 발화된다. 그것은 지배언어와 충돌하면서 균일한 동일성의 장에 이질적 틈새를 열어 놓는다는 점에서 시적 언어의 다른 이름이라 하겠다.

주목할 것은 리좀의 상상력이 다수적 억압에 맞서는 소수자의 목소리, 동일자의 지배에 대항하는 분열자의 목소리로 실현된다는 점이다. 분열적 언어는 의미의 표면에 내장된 잠재성을 발현시키는 역동적 힘이며, 이를 통해 삶을 지각하는 방식과 감응의 양식을 전환시킨다. 이렇게 시적 언어로서의 리좀은 욕망과 언어의 고착된 배치를 벗어남으로써 집단의 공통감각을 균열시키고 새로운 감각의 탄생에 관여한다. 의미화의 회로에 불일치하는 낯선 감각을 발명함으로써, 관습적으로 통용되는 감응의 방식을 무력화하는 것이다. 이러한 격렬한 불화의 사건 속에서 지배언어를 파열시킬 수 있는 가능성의 출구가 열리게 된다.

개체의 삶을 고정된 회로 속으로 포획하는 권력의 지배를 내파한다는 점에서, 리좀의 언어는 필연적으로 정치성과 조우하게 된다. 리좀의 정치성은 복수적이고 수평적인 흐름을 통해, 동일성으로 회귀하는 수직적 권력의 구도를 해체하는 데서 발현된다. 남성 중심의 동일성을 기원으로 삼아 구축된 지배질서는 개별자를 그 내부로 포획하고 억압해 왔다. 리좀적 상상력은 이러한 동일성의 지평에 고착된 남성의 계

---

1 들뢰즈 · 가타리, 김재인 옮김, 『천 개의 고원』, 새물결, 2001, 11~55면. 이하 리좀에 관한 논의는 『천 개의 고원』과 이진경, 『노마디즘』 1 · 2(휴머니스트, 2002)를 참고하였다.

보학을 소수자의 분열적인 흐름으로 바꾸는 에너지를 내장하고 있다. 여기서 리좀의 언어는 지배시스템을 균열시키는 소수자로서의 여성의 시 쓰기와 필연적으로 조우한다. 리좀적 상상력이야말로 국가, 인종, 섹슈얼리티의 억압적 층위에 구축된 지배적 오이디푸스 구조로부터 탈주하려는 여성적 언어의 동력기관이라 할 수 있다.

이런 점에서 우리 시에서 리좀적 상상력의 발생 근거를 추적하는 일, 그리고 그 효과를 성찰하는 일은 여성의 언어를 관통하고 있는 정치성에 대한 물음과 연관된다. 주지하듯 여성의 시 쓰기는 국가, 이성, 합리성의 기율로 구축된 영토를 이탈하기 위해, 젠더와 성적 구속성을 벗어던지고 이질성의 언어를 탐색하고자 한다. 이런 특징은 기존의 페미니즘 시학에서 누차 지적되어 온 바이거니와, 지금 우리가 주목하고자 하는 것은 여성 시인들의 시에서 출현하는 낯선 감각과 감응 방식이 어떻게 리좀의 상상력과 결합된 생성의 언어로 펼쳐지는가 하는 점이다. 이를 위해서는 여성적 시 쓰기에서 실현되는 이질성의 언어적 지표가 발화의 층위에서 실현되는 양상을 살펴보아야 한다. 이 점에 주목함으로써 이데올로기적 국가장치와 권력장을 내파하는 정치성의 언어로 여성의 시 쓰기를 다시 읽어 볼 수 있을 것이다.

이 글에서는 식인, 유령, 뱀파이어, 세이렌의 이미지를 통해서 리좀적 상상력의 지도를 그려보고자 한다. 이들의 공통점은 정상과 비정상을 가르고 이질적인 것을 타자화하는 가부장적 체제 내에서 비정상성을 체현한 괴물의 형상으로 나타난다는 점이다. 그러나 들뢰즈는 이러한 괴물의 형상으로부터 종적 경계를 횡단하는 별종anomal의 가능성을 읽어낸다.[2] 이 별종들의 발생은 이들의 신체에 기입된 오이디푸스의 언어를 벗어던지는 낯선 감각의 출현과 동시적으로 이루어진다. 이러한 신체적·감각적 형질 변화를 들뢰즈 식으로 '되기devenir'의 발생학이라 이름 붙일 수 있겠다. 이제 괴물-되기의 신체에 체현된 감각의 탈주선을 따라가 보기로 한다.

2. 먹기, 식인食人의 언어

여성적 존재의 의미를 지속적으로 탐구해 온 김혜순 시의 활달한 상상력은, 원근법적으로 구축된 세계의 중심으로부터 탈주하는 부정의 에너지를 담고 있다. 그녀는 독특한 언어 감각과 리듬을 통해서 남성적 지배언어의 단성적 화법을 분열적 화성으로 바꾸어 놓는다. 흥미로운 것은 이렇듯 폭발적 에너지로 가득 찬 언어가 카니발적 신체의 사용법과 긴밀하게 연관되어 있다는 점이다. 그녀의 시에서 타자와 주체의 관계는, 서로의 신체를 먹고 먹히는 그로테스크한 양상으로 표출된다.

잠자다 일어나보면
거대한 혀가 나를 핥고 있다
전신에 흐르는 이 침 좀 봐

---

2 이진경, 『노마디즘』 2, 휴머니스트, 2002, 84~85면.

침 흘리는 혀는 크다

그 혀가 나를 핥는다

텅 빈 이빨이 질겅질겅 씹히기도 한다

나는 어디에서 잘려나온 살점이에요

(…중략…)

투명한 어금니가

내 손을 꽉 깨문다 얼굴도 꽉 깨문다

세월 갈수록 단물 빠지고

주름진다

—「사탕」 부분

　　이 시에서 화자가 놓여 있는 공간은 거대한 '입'의 내부이다. 입은 타자의 혀가 화자의 몸을 핥아서 사라지게 만드는 '먹힘'의 공간이다. 이때 남성의 욕망에 포획된 여성의 신체가 감지하는 고통은 불쾌한 점액질의 감각으로 극대화된다. '침 흘리는 혀'의 끈적한 감각은 마치 입안에 든 사탕이 녹아가듯, 화자 자신도 녹아버릴 것이라는 공포를 불러낸다. 화자의 '전신에 흐르는' 침은 축축한 욕망의 액체로, 화자를 죽음으로 이끌어가는 타자의 폭력성을 상징하고 있다. 생명을 보존하고 산출하는 양수와 달리, 남성 타자의 입에 고인 침은 생명을 소진시키는 검은 물의 이미지로 나타난다.

　　입은 먹는 기관인 동시에 말하는 기관이다. 시에서 화자를 포획한 거대한 '혀'는 자아를 지배하는 권력적 타자의 '언어'를 상징하는 것으로 읽을 수 있다. '혀'는 '핥다-씹다-깨물다'로 계열화되는 공격성의 언어 배치 속에 화자를 가두고 있다. 타자의 언어에 포획된 화자는 마침내 '단물이 빠지고', '주름지는' 고갈된 상태에 이르게 된다. 다음의 시에서도 김혜순은 남성 언어에 의해 폭력적으로 지배되는 여성의 공포감을 텍스트화하고 있다.

> 어두운 방안에서 시인의 아버지가 시인을 뜯어먹다 말고
> 검은 구름사이로 내다 본다 시간이 얼크러진 방안 시인은
> 출구를 못 찾고 우두커니 서있다.
>
> ─「고리타분한 시인과 발랑 까진 애인」 부분

아버지의 이름으로 행해지는 폭력은 '검은 구름'의 빛깔로 어둡게 채색된 방안에서 은밀하게 발생한다. 출구를 발견하지 못한 채 그곳에 갇힌 화자는 아버지에게 '뜯어 먹히고' 있다. 이때 거대한 감옥의 공간인 방은 '먹힘'의 사건이 발생하는 피학적 공간 즉 또 하나의 입이 된다. 남성 주체의 폭력이 관철되는 방 / 입은, 여성-화자에게는 소멸의 공포 속에서 자신의 '살점'을 내주어야 하는 매저키즘의 공간으로 인식되고 있다.

흥미로운 것은 김혜순의 시에서 '먹힘'이 남성 타자 속으로 동일화됨으로써, 자기 존재를 지워버리는 행위가 아니라는 점이다. 여성 화자가 먹힘을 통해서 타자의 내부로 들어가는 것은, 역설적으로 자신의 죽음을 견디는 행위로 나타난다. 타자의 신체와 완전하게 동일화됨('먹힘')으로써 자신을 보존하려는 이 역설은, 세계의 폭력에 맞서 자신의 언어를 구축하고자 하는 시인의 욕망을 보여준다. "내 몸에 누군가, 아니 그

들이 빨대를 꽂고 있다. 그 빨대를 통해 나를 빨아 마신다"(「너희들은 나의 블루스를 훔쳐갔지」)에서, 폭력적인 '먹힘'에 대응하는 화자의 행위는 그 대상을 '먹어치우는' 것으로 나타난다.

> 나물을 넣고 끓여야지 산초가루 듬뿍치고 땀 뻘뻘 흘리며
> 먹어버려야지 그를 갈아 먹는 거야
>
> —「낮잠」부분

김혜순은 '먹힘'의 매저키즘적 상황을 '먹기'의 능동성으로 되받아침으로써 폭력적 세계를 해체하고자 하는 독특한 상상력을 보여준다. 그런데 여기서 '그를 갈아먹는' 여성의 행위는 '그'를 완전히 '나'로 만들어버리려는 것으로만 읽히지는 않는다. 즉 '먹기'는 타자를 적극적으로 자기화하려는 맹렬한 욕망의 발현이지만, 그것은 결국 타자를 먹어치움으로써 역설적으로 타자가 되는 기이한 상태로 귀결된다. 타자의 몸을 삼킴으로써 화자는 '나'이면서 동시에 '타자'가 되는 모호함 속에 놓이게 되는 것이다. 여기서 남성 주체의 동일화 전략에 포획된 '먹힘'과 여성의 주체적 행위인 '먹기'의 차이가 드러난다.

여성의 '먹기'는 타자를 주체의 내부로 동일화하려는 의지에서 비롯되는 것이 아니다. 그것은 주체-객체, 능동-피동 사이의 문법적 대칭이 와해된 모호한 행위이다. 이는 여성이 자신의 자궁에 타자를 잉태하는 경험과도 연관된다. 나의 자궁 속에서 숨 쉬는 것은 나인가, 타자인가('내 속에서 다시 너를 낳고 말거야'라는 최승자의 외침!). 잉태라는 신체적 경험을 통해, 여성 화자의 몸은 비문법적이고 불투명한 '먹기'의 주체들이

난장을 벌이는 카니발의 무대가 된다.

　이러한 식인의 상상력은 문명의 이름으로 개별자를 지배하는 국가 혹은 공동체의 규율을 삼키는 거대한 '입'의 이미지를 낳는다. 이것은 여성 주체를 '살점'으로 환원시켜 삼켜버리는 남성의 폭력적 '입'이, 그 억압적 지배에 대항하기 위한 출구로 재소환되고 있음을 보여준다.

　　　이 밤, 붉은 국수가닥 같은 자동차길
　　　누군가 그 길을 포크에 감아 먹고 있나봐
　　　길이 자꾸만 어디론가 끌려들고 있잖아

　　　아아 이렇게 길이 엉켜들고 있을 땐
　　　천천히 혼자 스파게티를 먹는 거야
　　　높은 창문 아래 프라이데이 식탁에 앉아
　　　수많은 세기를 기다려
　　　바람이 등성이를 깎아먹듯
　　　모래가 바다를 마셔버리고 드디어
　　　붉은 소스가 칠해진 모래 접시만 남듯
　　　그렇게 용암처럼 붉은 소스를 끼얹어 꿀꺽 삼키는 거야
　　　먼 그를 그녀가 먹듯 그렇게

　　　　　　　　　　　　　　　　　　　　　　—「길을 주제로 한 식사 1」

　김혜순의 시에서 '먹힘 / 먹기'의 대립은 남성에 의한 억압 혹은 여성에게 가해지는 폭력에 대한 대타적 저항이라는 의미를 넘어서, 오이디푸스적 지배를 근본적으로 해체하는 전략으로 실현된다. 이 시에서 '스파게티를 먹는 행위'는 '길을 먹는 행위'와 동일한 위상을 갖는다. '붉은 국수가닥 같은 자동차길'은 속도감으로 환기되는 자본주의적 욕망을 상징한다. 질주와 성장이라는 하나의 흐름으로 코드화된 욕망의 세계가 그것이다. 화자는 질주하는 욕망의 공간을 '먹음'으로써 폐허로 만들어 버린다. 그것은 빛의 공간으로부터 배제되었던 '어둠' 속으로 모든 것이 사라지는 거대한 재앙이다. 그러나 한편으로 그것은 자본의 공간에서 이루어지는 맹목의 질주를 무無로 되돌림으로써 코드화된 삶의 회로에서 벗어나는 탈주의 길이기도 하다. '깎아먹다–마셔버리다–꿀꺽 삼키다'라는 술어들은 자본의 공간을 벗어날 수 있는 출구를 찾는 행위와 동일한 의미를 갖는다.

현실을 먹어치우는 폭력적인 입은 휘황찬란한 가시성의 세계를 삼키는 검은 구멍이다. 이 어두운 입–블랙홀은 모든 지배적 흐름을 무로 되돌리는 탈영토화의 입구가 된다. '먹기' 행위 속에서 '먼 그'와 '그녀'의 인칭적 대칭은 사라지고, 율법의 지배가 사라진 텅 빈 지대가 열린다. 또한 시 「서울의 저녁식사」에서, '입'은 먹음과 배설이 공존하는 입구 / 출구로 나타난다. 입 / 항문이라는 이질적 계열이 뒤섞인 이 도발적인 신체성은 탈코드화된 육체–언어의 낯선 형상을 우리 앞에 보여준다.

타자의 폭력에 대항하기 위해서 기형적으로 확대된 '입'은 식인의 징표이다. 그러나 타자를 먹어치움으로써 타자를 동일성의 좌표로 귀환시키는 식인–주체와 달리, 김혜순의 식인–언어가 보여주는 것은, 대상과 주체 사이의 간극 속에 머무름으로써 주체화에 저항하는 운동이다.

이때 먹힘 / 먹기라는 이중적 장력을 내포한 '입'은 죽음의 공간인 동시에 생성의 공간으로 출현한다.

이렇게 김혜순은 '먹기'의 행위를 통해 폭력적 현실에 대한 테러를 감행한다. 이러한 '먹기'의 주체로 구현되는 몸에 대해, 가부장적 지배에 의해 식민화된 신체에 대한 저항의 거점이라는 것을 지적하는 것만으로는 부족하다. 김혜순의 '식인-언어'는 모성 / 섹슈얼리티로 영토화된 신체이기를 거부하고, 세계를 파괴하는 검은 에너지로 발산된다. 그녀의 시에서 발현되는 에너지는 '악력握力'의 강렬도로 표출된다. "내 얼굴을 움켜쥔 채 악착같이 떠밀리지 않으려 버틴다"(「벼랑에서」)에서 보여주는 언어의 악력은 시적 언술 속에서 뿔뿔이 흩어지려는 문장을 밀착시키고 결합시켜 텍스트의 내부에 긴장된 흐름을 만들어낸다. 언어와 언어 사이를 긴밀하게 점착시키는 강렬한 에너지는 그녀의 언어가 남성 주체의 시선으로 오이디푸스화된 모성의 대지로 환원되는 것을 막아주고 있다. 대지의 포획으로부터 이탈된 그녀의 신체는 무한히 응축되고, 무한히 확장되는 복수적 공간의 이미지로 표현된다. 이렇게 무수한 공간으로 분열되는 몸은 '먹힘 / 먹기'를 통해서 확장되는 신체의 발화라는 독특한 리듬의 벡터를 생성한다. 식인-언어의 강밀도를 타고 흐르면서 그녀의 신체는 그 자체로 탈주하는 텍스트가 된다.

3. 감염, 뱀파이어의 사랑

　김혜순의 시가 보여주는 먹힘 / 먹기의 그로테스크한 관계는 남성 /
여성이라는 이항적 대칭 구도 위에서 펼쳐진다. 그녀의 시에서 죽음과
사랑을 관통하는 에로스적 정념은 성애화된 신체의 영토를 넘어서지
못하는 것처럼 보인다. 그런데 젠더의 영토에 그려진 빗금을 넘어서는
순간, 사랑이라는 감각의 형질 변화를 체현하는 낯선 종족이 출현한다.
하재연의 시에 등장하는 뱀파이어는 여성 / 남성으로 분화된 성에 종속
되지 않음으로써, 가부장적 혈통의 영토에 기입되지 못한 이질적 존재
이다. 이성애 중심의 오이디푸스적 체계에서 뱀파이어는 공동체를 감
염시키고 혈통의 질서를 교란하는 괴물로 인식된다. 그러나 뱀파이어
는 이항적 젠더 정체성으로 수렴되지 않는 낯설고 모호한 정체성의 지
대를 돌출시킴으로써, 오이디푸스적 그물망을 뚫고 나갈 출구를 체현
하는 존재가 된다. 계통적 번식이 아니라 감염이라는 수평적 발생론을
따라가는 별종의 혼혈적 관계는, 금기와 위반이라는 에로스적 관계로
포착되지 않는 낯선 정동affection을 발생시킨다는 점에서 주목된다.

　　당신이 나를 당신의 안으로 들여보내 준다면
　　나는 아이의 얼굴이거나 노인의 얼굴로
　　영원히 당신의 곁에 남아
　　사랑을 다할 수 있다.
　　세계의 방들은 처음부터 끝까지 햇살로 가득하지만,

당신이 살아 있는 사실, 그 아름다움을 아는 이는

나 하나뿐.

당신은 당신의 소년을 버리지 않아도 좋고

나는 나의 소녀를 버리지 않아도 좋을 것이다.

세계의 방들은 온통 열려 있는 문들로 가득하지만,

당신이 고통스럽다는 사실, 그 아름다움을 아는 이는

나 하나뿐.

당신이 나를 당신에게 허락해 준다면

나는 순백의 신부이거나 순결한 미치광이로

당신이 당신임을

증명할 것이다.

쏟아지는 어둠 속에서

우리는 우리의 이이기 이니라

우리 자신을 낳을 것이고

우리가 낳은 우리들은 정말로

살아갈 것이다.

당신이 세상에서 처음 내는 목소리로

안녕, 하고 말해 준다면.

나의 귀가 이 세계의 빛나는 햇살 속에서

멀어 버리지 않는다면.

— 「안녕, 드라큐라」

시의 화자는 타자(뱀파이어)의 내부로 들어가기 위해서 '당신'을 호출
하고 있다. 미지의 타자에 대한 극진한 호소의 언어는, '열려있는 문들'

로 가득한 방안에서 낯선 입구(혹은 출구)를 찾는 행위로 표현된다. 여기서 정서적 소통의 채널을 더듬는 화자의 목소리는 간절하지만, 정념의 언어로 끓어오르지는 않는다는 점이 주목된다. 이것은 '당신'에 대한 사랑의 감각이 남녀 간의 에로스적 결합의 원리에서 멀찍이 떨어져 있음을 의미한다.

시에서 당신을 향한 화자의 욕망은 '먹기'라는 신체적 합일의 궤도를 벗어나, '안녕'이라는 정동의 교환으로 발현된다. '안녕'이라는 부름은, 타인을 나의 동일성의 영토로 귀속시키는 폭력적 언어가 아니다. 이별과 안부, 친숙함과 낯설음을 동시에 내포하는 '안녕' 속에는 무수한 정념의 선분이 교차하고 있다. 그것은 포착될 수 없는 당신의 존재성을 현시하는 부름의 행위이면서, 동시에 '당신이 살아 있음'과 '그 아름다움'을 아는 교감의 상태 속에 함께 머무르고자 하는 소망의 발화이다. 타자를 향한 이러한 부름의 언어는 모호한 타자의 존재성을 그대로 끌어안는 환대의 징표가 된다.

주목할 것은 그간 공동체의 역사로부터 배제되었던 괴물적 존재가 감응의 주체이자 대상으로 출현한다는 점이다. 이러한 정서적 감응 상태에서 나-당신의 관계는 '우리'라는 비대칭적 상태로 새롭게 태어난다. '나-너'의 만남이 생산하는 것은 계보학적 흐름의 결과물인 '아이'가 아니라, 바로 '우리들' 자신이다. 이렇게 '아이와 노인' 혹은 '소년과 소녀'를 가로지르는 성적 정체성을 횡단하여, 마침내 '우리들'이라는 복수적 주체가 탄생하게 된다. '우리들'이 함축한 복수성은 코드화된 성적 좌표에 고착된 주체를 넘어서 무한히 증식하는 낯선 존재의 출현을 암시하고 있다.

하재연의 시에서 뱀파이어-타자를 향한 욕망은 환대와 감염을 통한 사랑의 언어로 실현된다. 그런데 시에서 사랑의 언어는 '들여보내 준다면', '허락해 준다면', '멀어버리지 않는다면'이라는 가정형의 술어로만 발화되고 있다. 이 가정법의 발화는 '정말로 살아갈 것이다'라는 진술의 명확성을 뒤집으면서, 발화자의 욕망에 내장된 불가능성을 노출한다. 나와 타자 사이의 넘어설 수 없는 간극으로부터 발생하는 이 불가능한 거리를 화자는 가정법의 시제 속에서 지워버리고자 한다. 이러한 열망 속에서 존재의 변용, 즉 들뢰즈 식으로 말하면 뱀파이어-되기가 가능해진다. 뱀파이어-되기는 타자를 나의 내부로 흡수하려는 에로스적 정념이 아니라, 타자에 대한 정동의 감염 속에서 새로운 존재로 확장되고 변용되는 것이다. 그것은 아이를 생산하지 않음으로써 이성애를 관통하는 생산의 자본주의적 회로를 거부하는 사랑의 방식이라 할 수 있다. 이렇게 시인은 '우리들'이라는 복수적 주체로 증식하는 새로운 사랑의 감각을 발명함으로써, 가족-오이디푸스의 억압적 구조를 넘어선다. 여기서 정념의 영토를 횡단하는 낯선 사랑의 텍스트가 탄생한다.

4. 차가운 강렬도, 유령의 감각

리좀적 상상력은 동일성의 지평에 구축된 감각의 지층을 해체하고 분열시키는 역동적 에너지이다. 그것은 관습화된 배치, 코트화된 감각을 벗어나는 또 하나의 낯설고 이질적인 감응의 방식으로 실현된다. 신해욱의 시는 이러한 낯선 감응의 방식을 유령의 언어로 들려준다.

열두 살에 죽은 친구의 글씨체로 편지를 쓴다.

안녕. 친구. 나는 아직도
사람의 모습으로 밥을 먹고
사람의 머리로 생각을 한다.

하지만 오늘은 너에게
나를 빌려주고 싶구나.

냉동실에 삼년 쯤 얼어붙어 있던 웃음으로
웃는 얼굴을 잘 만드는 사람이 되고 싶구나.

너만 좋다면
다른 노래를
내 목청껏 따라 해도 된단다.

─「보고 싶은 친구에게」 부분

이 시에서 발화의 수신자는 누구인가. 그것은 시적 진술에 기대어 보면 말할 것도 없이 '죽은 친구'이며, 따라서 이 시는 부재하는 자 곧 유령을 향한 초대로 볼 수 있다. 그런데 이 부재하는 유령의 자리를 어디에 마련해야 할까. 화자는 유령을 위해 기꺼이 '나'를 빌려주고자 한다. 앞서 살펴본 하재연의 시적 언어가 뱀파이어-타자를 향해 나가고자 한다면, 이 시는 유령을 나에게로 불러들이는 상반된 구도를 보여준다. 유령을 향한 간곡한 초대의 언어에는 어떤 망설임도 없다.

또 하나 의문이 생긴다. 3연의 "너에게 / 나를 빌려주고 싶구나"라는 진술에서 주체의 자리에 올라앉은 '나'는 누구인가. 화자는 "나는 아직도 사람의 모습으로 밥을 먹고 / 사람의 머리로 생각을 한다"고 말한다. 이 구절에서 스스로를 폭로하는 '나'는 '아직 사람의 모습'에 머물러 있는, 즉 '사람이 아닌'이라는 부정의 술어를 통해 실현되는 존재이다. 다시 말해 나는 사람이 아니다! 여기서 사람이면서 동시에 사람이 아닌 '나'의 모호한 위치를 눈여겨 볼 필요가 있다. 문법적 1인칭의 자리에 단정하게 기입된 '나'라는 주어는 시에서는 오히려 1인칭의 막강한 권력을 기각하는 자로 나타난다. '나'라는 발화의 주체가 스스로의 목소리를 유령-친구에게 내어 주는 것이다. 이 모호함은 "열두 살에 죽은 친구"로 비교적 명확하게 지시되는 '너'의 경우도 역시 마찬가지이다. 결국 발화 주체로서 '나'와 수신자로서의 '너'의 위치는 서로의 언술에 스며들면서 미묘하게 뒤섞인다.

시에서 죽은 친구와 나 사이에서 교환되는 언어는 편지의 형식으로 발화된다. 들뢰즈는 카프카의 '편지'를 통해서, 언표 주체와 언표 행위의 주체 사이 존재하는 글쓰기의 유령적 특성에 대해서 지적하고 있다. 편지에서 언표 행위의 주체로 귀속될 현실의 행위를 언표 주체가 떠맡는, 두 주체 사이의 교환 속에 어떤 분열이 내장되어 있다는 것이다.[3] 이러한 분열이 중첩되면서 발화자로서의 언표 주체와 언표 행위의 주체 사이에 발생하는 간극이 텍스트 내부에 어떤 공백을 열어 놓는다. 그것은 시의 마지막 연에서 확인할 수 있다. "다른 노래를 / 내 목청껏 따라 해도 된단다"에서 "다른 노래"(너의 노래)와 "내 목청"(나의 노래) 사이에 발생하는 중첩은, 유령과 유령을 초대하는 자 사이의 분열과 그 겹침을 텍스트 층위에서 드러내준다. 이질적인 두 개의 목소리가 공존하는 그 노래는, 카프카의 단편 「요제피네」에 등장하는 가수의 노래처럼, 의미의 차원을 넘어서 갈라지고 진동하는 음들의 불협화음을 생성한다. 여기서 우리는 '유령과 나', 그리고 '인간이 아닌 나와 인간' 사이에 발생하는 틈새와 구멍에 주목해야 한다. 이 분열 속에서 탈영토화의 출구가 생성될 수 있기 때문이다.

그곳에 어린 동생을 두고 나 혼자 깨어났다.

초식동물의 꿈속처럼
나무에는 똑같은 열매들이 지루하게 열렸고
숨죽인 숨소리와
응결된 산소입자들이 떠다녔다.

추웠다.
(…중략…)
내 눈이 녹색이라면 풀이 얼마나 많았을까.

---

3 들뢰즈·가타리, 이진경 옮김, 『카프카—소수적인 문학을 위하여』, 동문선, 2001, 74~77면.

동생의 이빨이 날카로웠다면 어떤 피냄새가 났을까.

—「형제자매」 부분

　　이 시는 제목에서 환기하듯, 타자로서의 아버지의 응시가 사라지고 동생-나의 이자 관계로만 구축된 무중력의 공간을 보여준다. 그런데 어쩐 일인지 화자는 동생을 '그곳'에 두고 왔다고 진술한다. "나 혼자 깨어났다"는 진술은 '동생이 깨어나지 못한' 상태 곧 죽음의 상태에 있음을 암시한다. 그런데 5연에서 "풀이 얼마나 많았을까"의 과거형을 통해서, 화자는 놀랍게도 자신의 죽음을 암시하고 있다. 이렇게 보면 나는 '죽은 상태로 깨어난 것'이 된다. 자신의 죽음을 미처 인지하지 못하는 죽은 자가 마치 살아 있는 존재처럼 깨어난 것이다. '나'는 지금 죽은 자의 입으로 말하고 있다. 동생을 호명하는 강박증적 반복의 진술은 스스로의 죽음을 알지 못하는 자의 불안을 증상화하고 있다. 이렇게 죽음이 현실의 평면을 깨뜨리고 돌출한 순간, 세계의 평온함은 균열을 일으키고 세계에 대한 낯선 감각uncanny이 촉발된다. 시에서 화자는 이 두려움을 차가움의 감각으로 감지한다. '응결된 산소입자'가 내뿜는 차가움은 무중력의 공간에서 낯설게 진동하고 있다.

　　신해욱의 시는 산 사람도 죽은 사람도 아닌 모호한 자리에서 발화되는 목소리를 투명하게 포착한다. 이 투명성은 주체를 확정하는 코기토적 투명성이 아니라, 비가시적인 간극에서 발생하는 역설적 투명성이다. 신형철의 지적대로,[4] '투명성의 코기토'를 넘는 이 새로운 '투명성'

4　신해욱 시에 나타난 주체의 투명성에 대해서 신형철이 주목한 바 있다. 「가능한 불가능」, 『창

의 질감을 나는 차가운 강렬도라고 부르고 싶다. 이 투명성의 지대는 빈 공백인 동시에 알 수 없는 울림으로 가득한 공간이다. 그것은 '너에게 나를 내어주는' 텅 빈 주체를 대신하는 '노래'의 음향이다. 텍스트에서 울려나오는 이 투명한 목소리는 '나의 목청'과 '다른 노래'가 만들어 내는 불협화음으로 진동하고 있다.

5. 진동, 세이렌의 목소리

의미화의 체계를 흘러넘치는 '진동'에 대해서라면 어떤 '목소리'를 빼놓을 수 없을 것 같다. 동일성의 지평에 고착된 언어의 밑바닥에서 용암처럼 흐르는 질료적 흐름, 마침내 각질화된 의미의 층을 뚫고 분출하는 비언어적 목소리 말이다.

더 추워지기 전에 바다로 나와
내 날개 아래 출렁이는
바다 한가운데 낡은 배로 가자
갑판 가득 매달려 시시덕거리던 연인들
물속으로 퐁당

작과 비평』, 2010 봄.

물고기들은 몰려들지, 조금만 먹어볼래?

들리지? 내 목소리, 이리 따라와 넘어와 봐

너와 나 오래 입맞추게

―「세이렌의 노래」

    김이듬의 시에서 세이렌의 목소리는 물의 심부, 어두운 심연으로부터 불어오는 죽음의 언어이다. 그것은 '연인'이라는 고착된 이자관계를 넘어서 '죽음'과의 '입맞춤'하는 에로티즘의 언어로 발화된다. 그런데 시에서 그녀들의 목소리는 동일성으로 귀환하는 주체의 언어가 아니라 그 자체로 분열하는 주체의 모호한 흔적만을 담고 있는 것처럼 보인다. '내 날개', '내 목소리'에서와 같이 분명하게 지시되는 '나'의 위치는 역설적으로 명확한 주체성의 동공洞空상태를 보여주는 것이다.

    그러므로 이 시에서 주목해야 하는 것은 언어의 층위에 매개된 어떤 전언이 아니다. 세이렌은 언표적 의미가 아니라 목소리만으로 스스로를 드러내는 존재인 까닭이다.[5] 이 시에서 문자로 실현된 세이렌의 목소리는 텍스트의 내부에서 말해지지 않은 것, 곧 어떤 부재의 공간과 더불어 출현한다. 세이렌의 노래 속에 내장된 욕망의 출렁거림은 텍스트의 표면에 드러나지 않는 것이다. 하지만 그것은 뱃전에 흔들리는 물결의 리듬과 귓가에 속삭이는 공기의 진동 속에서 언어의 파동으로 여전히 울리고 있다. 이러한 진동의 공간은 데리다 식으로 말하면 문

---

5   세이렌의 목소리에 대해서는 복도훈의 분석을 참조할 것. 「목소리가 사라지는 곳으로 문학이 가야 한다」, 『눈먼 자의 초상』, 문학동네, 2010.

자와 음성 사이의 간극 즉 문자화의 과정에 자리한 의미화의 공백을 환기한다. 이 여백은 1인칭의 주체로 환원되지 않는 비인칭적 음성이 분출하는 지대이며, 모든 의미화의 장력이 사라지는 지점이다. 언어적 질서를 넘어선 목소리의 진동은 이 무의미의 지대에서 퍼져 나온다. 이렇게 무의 공백 안에서 출렁이는 세이렌의 노래는 진동의 형태로 신체의 감응을 촉발한다. 다음의 시는 언어의 진동과 신체가 어떻게 감응하는지를 잘 보여준다.

> 식탁 위로 올라가 발을 구르다
> 소녀는 노래하기 시작했다
> 풍성한 머리칼이 자라는 그릇은 울기 시작했다
> 그릇된 노래는 부르지 마라
> 막대기로 때리고 문지를수록
> 소녀는 진동했고 발작에 가까웠다
>
> 다시 생겨날 당시의 용도로 돌아갈 수 없었다
>
> ―「드러머와 나」 부분

이 시의 화자는 식탁-식사-여성이라는 배치를 거부하고, 식탁 위로 올라가 노래를 시작한다. 화자는 여성을 생식의 도구('그릇')로 호명하는 남성 주체의 포획을 거부하고, '드럼'이라는 향락적 신체를 재구성한다. 드러머-막대기의 폭력을 향락으로 치환하는 매저키즘적 욕망은 일차적으로 여성의 섹슈얼리티에 가해지는 억압에 대응하는 방식으로 읽힌다. 그러나 중요한 것은 소녀의 몸을 관통하는 리듬과 진동이 신체의 언어로 발화되는 방식이다. 진동은 자신을 붕괴시키는 탈영토화의 강렬도를 최대치로 끌어올리는 강렬하고 순수한 음향적 질료이다.[6] 이렇게 시인은 신체의 코드를 내파하는 리듬의 강렬도를 진동이라는 감응의 방식으로 감각화한다. 드럼-되기의 신체적 변환을 통해 시인은 지각불가능한 방식으로 현시되는 전율의 순간을 보여준다. 시에서 뿜어내는 강렬한 비명은 '생겨날 당시의 용도'라는 자본주의적 가치를 넘어서는 탈코드화의 사건으로 점화된다. 이렇게 보면, 시의 마지막 구절은 과잉의 진술이거나 공허한 발화이다. 이미 그녀의 신체는 '진동'과 '발작' 속으로 녹아버렸기 때문이다. 이렇게 드럼-되기는 환원불가능한 힘으로 동일성의 영토와 의미화의 자장을 넘어서는 미학적 정치성의 최전선을 보여준다.

우리 시에서 리좀적 상상력은 여성적 발화의 층위를 관통하면서 탈주와 생성의 미학적 사건을 점화시킨다. 식인, 뱀파이어, 유령, 세이렌, 이 무수한 별종의 발생은 다수적이고 지배적인 언어의 권력장을 흘러넘치는 시적 에너지의 발화發火와 관계한다. 전율과 진동의 에너지로 가득 찬 텍스트는 사건의 생성을 예감하는 가능성의 공간이다. 이 모호한 지대에서 낯설게 웅성거리는 목소리에 귀를 기울여야 한다.

---

6 진동은 의미화, 구성, 노래, 발화를 비켜가는 비명소리이며, 의미화의 연쇄로부터 벗어나기 위해 단절되는 그런 소리이다. 들뢰즈 · 가타리, 이진경 옮김, 『카프카─소수적인 문학을 위하여』, 동문선, 2001, 21~22면.

시체의 노래를 들어라[*]

1. 시체 위에 기입된 언어들

수도의 한복판 고립된 망루에서 경찰의 진압에 저항하던 사람들이 불타 죽었다. 그것은 개발의 이름으로 인간을 추방하고 '청소'해 버리는 자본의 권력과 이에 대항하는 소수자들 사이의 전쟁의 형식을 띤 충돌이었다. 그리고 모든 진실은 흰 페이지 위에 공백으로 남은 채, 불탄 시체를 관통하는 언어의 전쟁이 한창이다. 다양한 이데올로기적·정

---

[*] 이 글은 작가선언6.9가 엮은 『지금 내리실 역은 용산참사역입니다』(실천문학사, 2009)에 수록된 시와 산문을 대상으로 쓰여졌다.

치적 언어들이 '용산'이라는 공간에서 충돌하고 있다. 시체 위에 덧씌워진 '테러리스트'라는 국가의 호명은 어떠한 불일치도 허용하지 않는 동일성의 치안질서에 대항하는 '불경한' 자들에 대한 처벌과 추방의 선고이다. 불탄 시체 위에 법과 위반, 치안과 정치, 국가권력과 시민주권, 배제와 윤리 사이의 분할선이 구축된다. 이렇게 법의 이름으로 유죄를 '선고'하는 권력의 언어와 이에 맞선 저항의 언어가 충돌하고 있다. 지금 우리 시는 분노와 비탄 그리고 절망으로 자욱한 언어의 전장을 뚫고 나가는 중이다.

언어의 전장에 던져진 용산의 시체는 온전히 자신의 죽음으로 돌아가지 못하고 있다. 매장되지 못한 혹은 매장되기를 거부하는 시체들은 1980년 광주를 관통한 국가 폭력에 의해 훼손된 몸과 겹쳐진다. 그것은 야만적인 맨얼굴로 그 실체를 드러낸 '끔찍한 모더니티'(황지우)의 귀환을 증언하는 것처럼 보인다. 1980년대 파시즘으로 분출되었던 모더니티의 광기는, 이제 신자유주의 자본 시스템이라는 변종으로 무한증식하면서 공동체의 삶과 토대를 잠식하고 있다. 용산은 개발의 논리를 앞세운 국가권력의 전횡을 폭로하고 자본의 공허함과 허구성을 전면화한 사건이다. 이런 점에서 참혹한 내전의 현장인 '용산'은 국가권력의 허구성을 가시화하는 하나의 징후로서 '광주'를 재연하고 있다고 하겠다. 지금 국가는 '폭도' 혹은 '테러리스트'라는 호명으로 시체를 전유함으로써 용산이라는 거대한 무의미의 출현을 틀어막고 있는 참이다. 그러나 광주와 용산의 시체는 폭도-테러리스트로 각인된 역사의 실정성을 넘어 누수되는 잉여의 지대를 열어준다. 그것은 죽음이라는 언표될 수 없는 세계의 흔적으로 우리 앞에 놓여진다. 고통스럽게 '타버린 입'

은 국가권력에 의해, 쓰레기로 배제된 자들이 스스로의 존재를 드러내고자 하는 존재증명의 기호이자, 차마 "똑바로 볼 수 없는" "두려운 덩어리"(윤이형, 「정의가 우리와 함께 하기를」)로서의 죽음을 현시하는 사물이다.

"숯처럼 까맣게 탄 시신"(이시영, 「경찰을 그들을 사람으로 보지 않았다」)의 끔찍한 실물성을 언표하는 것은 불가능하다. 그럼에도 불구하고 시의 눈동자는 이 재현 불가능한 것, 그 비가시성의 지대를 응시한다. 죽음—공허의 지대를 관통하는 시의 언어는 그을린 시체 위에 기입되는 고통스러운 시간의 기록이며, 당대의 무감한 심장을 겨누는 뜨거운 선언이자 고독한 증언이 된다. 여기서 시체의 물질성은 국가의 치안질서를 중단시키고, 새로운 시간의 도래를 알리는 낯선 언어로 출현한다. 그것은 죽음이라는 종결된 사건 속에 기입되는 것이 아니라, 미래로부터 타전되는 호소이자 부름일 터이다. 이제 시는 과거로부터 회귀하는, 동시에 낯선 시간으로부터 도래하는 이 가능성의 언어를 통해 세계의 무의미를 증폭시키고 새로운 의미의 전선을 생성해낸다. 그리하여 시체의 말을 되받아 쓰는 시 쓰기는 정치적인 것으로서의 미래를 출현시키는 사건과 연루된다. 바로 이곳이 시와 정치가 서로를 내파함으로써 도달한 우리 문학의 최전선이라 할 수 있겠다.

2. 아우슈비츠를 증언하기 - 광주에서 용산까지

용산은 개발독재부터 군부독재를 거쳐 온 우리 현대사에서 권력에 의해 죽음으로 떠밀려진 자들이 공존하고 있는 하나의 아우슈비츠이다. "민주주의의 아우슈비츠, 인권의 아우슈비츠, 상상력의 아우슈비츠"(「69작가선언」)로 명명된 그곳은 자본의 시스템을 구축하기 위해서 소수자를 추방하고 배제하는 '권리를 가진 자'와 모든 것을 박탈당한 채 '헐벗은 삶'으로 내던져진 자들이 충돌하는 고통의 전장이다.

> 그곳에서, 그곳에서, 종일 연기가 피어올랐다.
> 철거용역이 휘두르는 몽둥이에 여자들 몇이 쓰러지고
> 아이들은 비명을 지르며 어른들의 뒤에 숨었지만
> 그래도 그때는 사람이 죽지는 않았다.
> 포크레인이 뭉개고 간 집들이 불길에 휩싸이고
> 검은 연기에 플라터너스 잎들이 노랗게 말라 죽었지만
> 그래도 그때는 사람이 타죽지는 않았다.
> 그래도 망루 끝까지 도망간 사람들을 내리치지는 않았다.
> (…중략…)
>
> 큰 도시가 생겨날 때마다 전쟁은 계속 되었다.
> 큰 희망과 작은 희망이 벌이는 전쟁,
> 높은 지붕이 낮은 지붕을 삼키는 전쟁

망루 끝에 매달린 사람들은 아무렇지도 않게 털어내는 전쟁

— 나희덕, 「신정6-1지구에서 용산4지구까지」 부분

몽둥이를 휘두르며 강철 포크레인으로 '여자와 아이들'의 집을 파괴하는 권력의 야만성과 폭력성이 여지없이 노출되는 이 장면은 검은 연기로 가득 찬 전쟁터의 이미지로 환기된다. 전장에 펼쳐진 '연기, 몽둥이, 비명'의 생생한 물질성은 약자들을 '집어삼키고' '털어버리는' 탐욕스러운 권력의 파괴적 욕망을 폭로하고 있다. 이렇듯 국가권력은 개발의 흐름에서 소외된 존재들을 '아무렇지도 않게 털어내는' 추방의 논리를 폭력적으로 관철시킨다. '개발이라는 이름'으로 포장된 이 비상사태는 '주권을 상실한 헐벗은 삶'을 삭제함으로써 권력공간을 구축하려는 자본의 전략에서 비롯된다. '신정6-1 지구'와 '용산 4지구'의 공간의 변화는 그 사이에 놓인 수십 년의 시간 차이가 무의미한 것과 같이 아무런 변별성을 보여주지 않는다. 1970년대의 '난장이'들이 그들의 거주지에서 쫓겨났듯이, 이들은 스스로의 권리를 주장할 수 있는 주권의 영토에 포함되지 못한 채 죽음으로 내몰리고 있다. 국가로부터 배제되어 집-거주의 장소를 빼앗긴 자들이 거주할 수 있는 곳은 죽음-시체의 영토뿐이다.

그런데 이 시에서 그려지는 폭력적이고 야만적인 장면은 어떤 기시감을 불러일으킨다. 용산의 시체는 권력에 짓밟힌 광주의 '훼손된 육체'와 겹쳐진다. 1980년 광주 역시 국가-권력의 폭력에 맞서 주권을 되찾고자 하는 추방된 자들의 저항이었다. 황지우는 시 「화엄광주」에서 국가의 폭력으로 훼손된 '몸'을 통해 권력의 야만성을 폭로한 바 있다.

사람의 대가리가 뽀개진 수박 덩이처럼 뒹굴고
사람이 없어졌으므로
부처도 없어졌네
사람이 없어졌으므로 부처도
터져나온 내장은 저렇게 순대로
몸뚱어리는 어디론가 가버리고 다만
대가리만 남아 푸욱 삶아져
저렇게 눈감고 소쿠리에 臥禪하고 있는 거이네

— 황지우, 「화엄광주」 부분

시인은 '터져 나온 순대'처럼 흘러내리는 내장, 몸뚱이를 잃은 채 '돼
지머리처럼 푹 삶아진' 시체의 사진을 텍스트에 직접 삽입하고 있다.
참혹하게 훼손된 몸을 통해 '광주'라는 고착된 언표 속에 내장된 생생
한 죽음의 이미지를 불러내는 것이다. 텍스트의 한복판에 불쑥 출현한
시체의 이미지는 권력의 매끄러운 언어에 은폐되었던 균열을 가시화
하고 그 파열을 전면화한다. 이렇게 1980년대의 문학은 '훼손된 몸'으
로 상징되는 광주의 아픔을 신체적 징후로 '앓는' 도정을 보여주었다.

그 길은 모든 시간을 길이로 나타낼 수 있다는 듯이
直線이다.
그리고 그 길은, 그 길이
마지막 가두 방송마저 끊긴 그 막막한 심야라는 듯이,
칠흑의 아스팔트다.

아, 그 길은 숨죽인 침묵으로 등화관제한 第一番街의, 혹은

이미 마음은 죽고 아직 몸은 살아남은 사람들이

낮게낮게 엎드려 발자국 소리를 듣던

바로 그 밑바닥이었다는 듯이, 혹은

그 身熱과 오열의 밑 모를 심연이라는 듯이

— 황지우, 「흔적 Ⅲ · 1980(5.18×5.27cm)」 부분

  시인은 고립된 공간에서 죽어간 사람들의 '흔적'을 더듬고 있다. 연대를 호소하는 '가두방송마저 끊긴' 현재는 전장의 비명과 공포가 진압된 채 막막함으로 채워진 시간이다. 이제 '숨죽인 침묵'의 시간 속에서 '등화관제'라는 권력의 폭압을 숨죽인 채 견뎌야 하는 일만이 남아 있다. '칠흑의 아스팔트'가 환기하는 어둠은 영원히 끝나지 않을 것 같은 '심야의 절망으로 깊어지고 있다. 그러나 시인을 더욱 고통스럽게 하는 것은 권력의 억압에 굴종해야 하는 현실이 아니라, 그 '전장'으로부터 '살아남은 자'가 견뎌야 하는 부채의식이다. '마음은 이미 죽은' 채 몸만 살아남은 그에게 현실은 죽음보다 더 깊은 심연의 '밑바닥'으로 인식된다. 이렇듯 현재를 채운 부채감과 죄의식, 자기 환멸은 '신열과 오열'이라는 육체의 징후로 발현된다. 시인은 '신열'이라는 징후로 훼손된 시체의 흔적을 자신의 몸에 각인시키고, 그 고통의 감각을 통해서 광주의 죽음을 되풀이해서 증언하고 있다. 이러한 과정을 통해 시체의 언어를 각인한 시인의 몸은 권력의 지배에 저항하는 정치성의 텍스트로 치환된다.

  마지막 가두방송마저 끊긴 막막한 심야, 침묵으로 채워진 바닥에 '엎

드린' 시간은 죽은 자의 시간이며 또한 산 자의 시간이다. 그의 다른 시 「묵념 5분27초」의 텍스트는 그 텅 빈 여백을 침묵으로 채움으로써, 역설적으로 광주의 비극을 '증언'하고 있다. 죽은 자의 언어인 침묵으로 환기되는 시적 증언은, 망각으로부터 그것을 지켜내고자 하는 열망으로 뜨겁게 타오른다. 이렇게 '광주'의 죽음은 기념비의 형태로 고착되지 않고, 문자의 실물성을 빠져나가는 침묵으로 실현되고 있다. 그런데 1980년 광주를 상징하는 이 시체의 언어는 해독되어야 할 침묵이자 은폐된 진실의 흔적으로 다시 출현하게 된다. 1980년으로부터 30여년에 이르는 시간의 마모를 견뎌온 전장의 흔적이 고스란히 '용산'의 현재로 되돌아온 것이다. 그리하여 우리 시는 시간의 흐름 속에서도 결코 망각되거나 소거될 수 없는 '흔적'으로 되돌아가, '몸'에 남겨진 시체들의 호소를 기억하고 그것을 발화하기 시작한다. 이 시대의 시는 시체들의 '침묵'을 증언하고, '타버린 입'의 불가능한 언어를 대신 발화하는 증언이 된다. 이러한 증언의 언어를 통해 용산-내전은 낯선 시간의 출현을 알리는 시적 사건으로 새롭게 쓰이고 있다.

3. 미학의 최전선, 죽음에 대한 예의

국가의 율법은 죽은 자를 매장함으로써, 산 자와 죽은 자가 각기 자신의 자리로 돌아갈 것을 명령한다. 죽은 자에 대한 애도와 매장은 죽음의 불길한 냄새를 청소함으로써, 국가의 치안을 유지하기 위한 장치로 기획된다. 그러나 인간의 윤리는 죽음에 대한 예의 곧 타자에 대한 애도의 절차를 매장의 조건으로 요구한다. 그것은 죽음의 의미를 되새기고, 그것을 충분한 슬픔으로 연소하는 과정일 터이다. 그러나 국가는 법의 이름을 동원하여 시체로부터 이 모든 권리를 박탈한다.

죽음에는 죽음에 합당한 예가 있어야 한다
맞아 죽었건 빠져 죽었건 가장 행복하게
지난 시간을 한 번 더 꿈꾸다 죽었건
죽음에게는 죽음에 합당한
산 자의 예의가 보태져야 한다
그게 애통이든 극락왕생에 대한 기원이든
차라리 잘 가셨네, 하는 체념이든
죽음에 대한 예의가 곧 산 자의 삶이다
그런데 이제 죽음도 장사가 되고 정치가 되고
타락한 언어의 진지가 되는 세상이 되었다지만
삶의 끄트머리에 매달린 사람들을 아예 밀어죽이고도,
태워 죽이고 패 죽이고도, 법이나 말하고
사회의 질서나 떠벌이고 국가의 안녕을 핑계 대는
잔인한 웃음들이 자라고 있다.

—황규관, 「죽음에게는 먼저」 부분

'사회의 질서', '국가의 안녕'으로 위장한 '잔인한 웃음'은 인간의 윤리를 파괴하는 권력의 실체를 섬뜩하게 드러낸다. 그것은 산 자를 죽음으로 내몰고 그 시체마저 재빨리 추방해 버리려는 치안의 논리이다. 시에서 '죽음에 대한 예의가 곧 산 자의 삶이다'라는 구절은 인류적 공동체의 윤리를 환기한다. 시인은 '죽음에 대한 예의'란 그들을 망각하지 않는 것이라고 말한다. 그것은 망각과 단절에 기초한 율법의 세계를 넘어 죽음을 끌어안고 그것을 나의 내부로 옮겨 놓는 일이다. 이렇게 죽음을 나의 것으로 받아들임으로써, 죽음의 내부로 걸어 들어가는 정념은 매장을 강요하는 치안의 논리에 대한 강력한 저항이 된다. 그것은 국가의 명령을 거부하고 오빠의 시신을 매장하는 안티고네적 정념의 세계와 짝을 이룬다.

매일 저녁 7시
용산4구역 신용산역 2번 출구에서 머지않은 곳
왕복 6차선 대로변 폐허의 골목 안에서
미사가 열리고 있습니다. 미사가 열리는 동안에도
그 폐허의 골목 사이로
배달원의 오토바이가 굉음을 내며 지나갑니다
차창 검은 자가용이 미끄러지듯 지나갑니다
폐지를 실은 수레를 끌고 앞서가는 노인에게 신경질적인 경적을 울리며
수시로 지나갑니다

걸어서 그곳을 지나쳐 가는 사람들도 있습니다. 그들 중에는
폐허와 폐허에서 열리는 미사가 보이지 않는 표정으로

폐허와 폐허에서 열리는 미사가 지긋지긋하다는 표정으로
폐허에서 열리는 미사에 참석한 사람들이 수상하다는 표정으로
고개를 돌리거나 미간을 찌푸리는 사람이 있습니다
여럿입니다

—이진희, 「남일당 미사」 부분

시 「남일당 미사」가 보여주는 것은 죽음을 망각하지 않으려는 필사적 노력이다. 시인은 '폐허'라는 어휘를 반복함으로써, '용산4구역'이라는 파괴된 공간으로 우리의 시선을 이끌어 간다. 그러나 이 땅의 어느 곳이라도 동일한 상황에 놓일 수 있다는 가능성을 생각하면, '4구역 신용산역 2번 출구 머지않은 곳'이라는 지명의 확실성은 곧바로 흐릿해진다. 내전의 가능성이 삶의 곳곳에 편재할 때 그것은 오히려 현실적 중량을 휘발시키는 기능을 한다. 그리하여 '배달원의 오토바이', '검은 자가용'은 폐허의 공간을 아무렇지도 않게 휙휙 지나갈 수 있는 것이다. 시인이 두려워하는 것은 바로 전장으로부터 그 현실성을 휘발시키는 타인들의 무표정이다. 이 폐허의 공간은 추방된 자들의 공간이기에 현실적 좌표를 가질 수 없고, 따라서 사람들의 눈에는 보이지 않는 것이다. 이러한 배제와 추방의 시스템을 작동시키는 망각의 원리에 대한 거부는 '미사'를 통해서 실현된다. '미사'는 일상 속으로 휘발되어 버리는 흔적을 끌어안고 그 망각에 저항하는 제의이다. 그것은 망각으로부터 시체를 다시 불러냄으로써, 차마 볼 수 없는 죽음의 지대를 응시하게 하는 성찰의 행위이며, 시체를 서둘러 매장하려는 모든 시도와 권력의 공모에 대한 저항의 행위이다. 그러므로 미사가 열리는 '7시'는 산

자와 죽은 자를 소통하게 하고, 그들의 언어를 기억하고자 하는 제의의 시간이며, 일상을 해체하는 낯선 시간의 출현을 가능하게 하는 시간이다. 이렇게 망각을 거부하고 죽음의 흔적을 '각인하는 작업'으로서 미사와 시 쓰기는 동일한 의미를 갖는다.

용산은 망각의 공포를 견디는 또 하나의 전장이다. 시체를 둘러싸고 벌어지는 기억과 망각의 전장에서, 시 쓰기는 국가의 언어로 회수 되지 않는 시체의 언어를 통해 현실의 환부를 드러낸다. 우리 시는 카프카의 환자처럼 끔찍한 환부를 삶의 조건으로 응시하고 있다. 시체를 매장하고 망각하는 애도가 아니라, 그들의 죽음을 기억하는 멜랑콜리(진은영, 「용산 멜랑콜리아」)에 거주함으로써, 시체-유령들을 몰아내려는 권력의 푸닥거리에 초혼의 방식으로 맞서는 것이다.

이렇게 '광주'에서 '용산'에 이르는 아우슈비츠의 공간에서 억압과 저항이 팽팽하게 대결하고 있다. 그것은 개발의 프로젝트에서 쓰레기가 된 자들을 삭제하려는 치안 권력과 얼굴 없는 자들의 전쟁이며, 시체 위에 두꺼운 망각의 콘크리트를 덧바르려는 자들과 억압의 관 뚜껑을 열고 망각에 저항하는 시체들의 싸움이다. 시체의 언어는 일상적이고 관습적인 가치와 질서를 중단시키고 비틀어 버린다는 점에서 시적이며 또한 정치적이다. 이러한 언어 속에서 용산-아우슈비츠의 텍스트는 모든 현실적 언어를 블랙홀처럼 빨아들여 무화하는 공백의 지대가 된다. 다시 말해 용산-아우슈비츠는 "전쟁 상태를 초래하고 있는 권력과 그 권력을 지지하는 모든 제도적 장치들로부터 단절의 계기"(심보선, 「불편한 우정—어떤 공동체의 발견」)로서 재탄생하게 되는 것이다. 어떤 진리의 출현이 가능하다면 그것은 시적인 것과 정치적인 것이 충돌하는 이 순간을 통해서 실현될 것이다. 언어의 비상사태를 뚫고 나가려는 우리 시대 미학의 최전선이 여기에 있다.

4. 비극에 대하여 – 유령과 함께 살아가기

1990년대 말 황지우는 이념적 지평의 붕괴를 경험하면서 "이 무대에서 더 이상 상연될 만한 비극은 없다"(「살찐 소파에 대한 일기」)고 말한 적이 있다. '마르크스 전집'이 거실의 장식품으로 키치화되는 시대를 건너오면서 비극의 숭고한 파토스는 상실되고 조악한 소극笑劇의 시대가 열린 것이다. 이후 우리 시를 뒤덮은 것은 이념에 대한 환멸과 그 빈자리를 메우는 모호한 정념의 세계였다. 그러나 현실의 내부를 관통하지 못하고 그 표면을 교란하는 자욱한 언어들은 용산의 시체가 뿜어내는 명징한 사물성 앞에서 힘을 잃는다. 이 시체의 언어를 통해 우리 시는 망각에 저항하고 권력의 언어를 내파하는 낯설고 새로운 전쟁을 수행하고자 한다.

국가는 그들을 '테러리스트'라고 호명하고 법은 그들에게 유죄를 선고한다. 그러나 국가의 선고에 대항하는 시체의 발화는 호명의 시스템을 해체하는 방식으로 실현된다. '테러리스트'라는 기표를 파괴함으로서 법의 선고를 무산시키는 것이다. 이렇게 "언어와 정체성 사이의 간극을 드러내는 행위"(랑시에르)는 '우리는 테러리스트가 아니다'라는 선언적 무죄 증명을 넘어선다. 테러리스트라는 기표를 반납하고 대신 복종하는 '시민'의 자리로 귀환하고자 하는 것이 아니라는 말이다. 시체는 국가의 호명 시스템을 빠져나와 불확실하고 모호한 존재로 현실의 경계를 흘러넘친다. 현실의 좌표에 안착하지 않는 / 못하는 이 유령의 존재는 수시로 일상 속에 출몰하여 추방된 자들의 공백을 가시화한다.

여전히, 진압 중이고
침입 중이고
폭행 중이다
(…중략…)

전투적으로
착란적으로
궁극적으로, 사람이 죽어간다

아, 결사적으로
총체적으로
전격적으로
죽은 것들이, 죽지 않는다

죽은 자는 여전히 농성 중이고
투신 중이고
신음 중이다

유령이 떠다니는 현관들,

조간은 부음 같다

— 이영광, 「유령 3」 부분

　시에서 '현관' 앞을 배회하는 유령은 용산의 죽음이 완결된 것이 아니라 아직도 진행 중임을 보여준다. '결사적, 총체적, 전격적' 등 가파르게 분절되는 음절들은 '농성, 투신, 신음'이라는 절망적 시어들과 결속됨으로써, 이들의 죽음이 완료된 사건으로 고착되는 것에 저항하고 있다. 시에서 반복적으로 나타나는 '중이다'라는 시어는 '죽었으나, 죽지 못한 자'로서의 유령의 존재양식을 기술한다. '죽었으나 죽지 않음'이라는 이 모호한 시제 속에 거주하는 유령은 '투신, 신음, 농성'이라는 일련의 사건들이 현실에서 지속되는 한 영원히 회귀할 것이다. 그러므로 조간의 표면에 얼룩처럼 드리워진 '부음'은 역설적으로 죽은 자의 귀환을 알리는 징표가 된다. 신문 위를 떠다니는 '유령'은 권력의 문자를 뿌옇게 만들고 고착된 의미의 경계를 흐릿하게 한다. 그리고 그 균열의 틈새에 그들의 '신음'을 채워 넣는다. 황지우가 '회칠한 벽'으로 비유했던 일간지의 행간에서 흘러나오는 '신음'은 유령의 것이다. 그것은 '테러리스트'라는 억압적 권력의 기표를 뚫고 나가 관습화된 세계의 감각을 균열시키는 낯설고 섬뜩한 목소리의 출현을 알린다.

　우리 시에서 용산은 권력과 법의 금기를 넘어서는 모호한 존재 곧 유령의 귀환을 알려주는 사건이다. 최근의 시적 발언은 복화술적 장치를 통해 유령의 언어를 대신하는 것이 아니라, 시인의 언어와 유령의 언어가 합일되는 낯선 순간을 펼쳐 보인다.

이 냉동고를 열어라

거기 너와 내가 갇혀 있다

너와 나의 사랑이 갇혀 있다

너와 나의 연대가 갇혀 있다

너와 나의 정당한 분노가 갇혀 있다

제발 이 냉동고를 열자

너와 내가, 당신과 우리가

모두 한 마음으로 우리의 참담한 오늘을

우리의 꽉 막힌 내일을

얼어붙은 시대를

열어라, 냉동고를

— 송경동, 「이 냉동고를 열어라」 부분

　시를 이끌어가는 강렬한 발화는 얼어붙은 냉동고에 시체를 가두어 놓은 국가권력을 직접 겨냥하고 있다. '갇혀 있다'라는 술어가 반복됨으로써 현실에 대한 분노가 고조되고, 그것은 마침내 '열어라'라는 폭발음으로 터져 나온다. 뜨거운 어조로 시를 이끌어가는 '사랑, 연대, 분노'의 정념은 얼어붙은 권력의 얼굴을 관통하고, 바로 그 순간 '너'와 '나'는 '우리'라는 공동체 안으로 용해된다. 너-나의 거리를 내파하는 강렬한 파토스 속에서 시인의 언어와 시체의 언어는 구별되지 않는다.
　황지우의 시 「묵념 5분27초」를 채운 차가운 침묵과 이 시에서 타오르는 언어의 강렬도는 안팎으로 누벼지면서, 낯선 유령의 언어가 현실의 언어와 어떻게 합일되는지를 잘 보여주고 있다. 황지우가 텍스트를 온전히 침묵에 개방함으로써, 그 침묵 속에서 시체의 언어를 타오르게 했다면, 송경동의 시는 타오르는 분노의 목소리 안에 무한한 침묵의 언어를 내장하고 있다. 이 시에서 발화의 주체를 묻는 것은 무의미하다. 분노와 비탄으로 터져 나오는 이 목소리의 주인은 시인 자신이면서, 동시에 불길에서 절규하며 죽어간 자들이기 때문이다. 이렇게 타자의 언어와 주체의 언어가 합일되는 유령-되기의 과정은 낯선 언어에 대한 신체의 감응을 통해 새로운 감각으로 발현된다.

> 여기는 불과 재의 시간 지나온 먼지 한 점이 아직 눈을 감지 못하는 땅
> 숨결을 타고 들어온 먼지들이 쿨룩쿨룩 잠든 내 몸속으로 하얗게 떠돌아
> 다니는 땅
>
> ─ 손택수, 「나무의 수사학 5」 부분

이 시에서 권력의 질서를 내파하는 유령의 발화는 '내 몸속'을 장악하기에 이른다. 여기서 '불과 재의 시간'을 지나온 '먼지'는 죽은 자들의 흔적이다. '눈을 감지 못한' 자들의 흔적인 먼지가 '몸속'으로 들어와 잠을 방해한다. 이렇게 '잠들지 못하는' 불면의 고통 속에서 나의 몸은 낯선 감각으로 개방된다. '쿨룩쿨룩'에서 간헐적으로 분출되는 기침은 일상적 존재의 균열을 드러내는 징후이다. 신경증적인 '쿨룩쿨룩'의 분절음은 죽은 자를 대면하는 나의 신체적 감응을 보여준다. 이 격렬한 반응은 시인이 '불과 재'의 시간을 기억함으로써 죽은 자들의 고통을 다시 살아내고 있음을 나타낸다. 이때 나의 숨결에 섞여 있는 타자의 숨결, 나의 언어와 동시에 발화되는 타자의 목소리는 구별되지 않는다. 타자

의 부름 / 호소에 대해 온몸으로 반응하는 이러한 육체의 징후는 유령-되기의 과정을 보여준다. 시의 언어 속에 자리한 낯설고 섬뜩한 목소리는 현실의 지배 질서를 파열하는 강렬한 에너지를 내장하고 있다. 이렇게 억압적 질서의 표면을 뚫고 시적인 것과 정치적인 것이 동시에 점화되는 순간, 유령의 언어는 강렬한 시적 파토스로 현현한다.

5. 증언과 고백은 어떻게 만나는가

여기서 황지우가 광주에 대한 초혼의 제의로 썼던 「화엄광주」 시편이 죽은 자의 흔적을 미학적으로 승화시킴으로써, 현실정치의 장에서 그들을 휘발시키는 결과를 가져왔다는 것을 덧붙이기로 하자. '순대처럼' 나뒹굴던 시체가 투명하게 초월되는 순간, 그의 시가 펼쳐놓은 화엄의 유토피아는 유령들을 향한 축귀의 형식으로 치환되어 버린다. 이렇게 「화엄광주」의 숭고하고 비장한 제의가 시체의 언어로 발화되는 데 실패했던 것은, 심미적 초월로 정치의 지평을 넘어서고자 했기 때문인 것으로 보인다. 시체는 권력의 질서에 은폐된 검은 구멍을 현시하면서 그 결핍을 가시화하는 사물이다. 시체의 끔찍한 사물성을 응시하지 못하고 그것을 덮어버리는 초월의 언어는, 결국 정치적 언어를 뚫고 나가지 못한 채 미학적 제의를 위해 시체를 제물로 바치게 되는 결과를 낳았던 것이다. 그러나 지금 심미적 유토피아를 향한 제의가 아니라 치안질서의 표면에 구멍을 내는 언어적 파열의 시간이 도래하였다. 국가장치의 보존을 위한 번제물로서 소환된 용산의 시체들이 현실의 곳곳에 편재하면서 유령의 목소리로 스스로를 드러내고 있는 것이다.

그런데 주목할 것은 개별 시인들에게 시체의 그로테스크한 사실성이 자신의 죽음을 비추는 거울이 된다는 점이다. 이 시체-거울이 비추어 주는 것은 자기보존을 위해 국가질서에 공모하고 있는 나의 욕망이다. 자기보존을 위한 욕망과 절멸에의 공포감은 우리를 침묵 속으로 도피하게 한다. "타자를 쓰레기로 추방하려는 욕망의 카르텔에 우리의 무의식도 얼마간 공모하고 있는 것이 아닌가"라는 물음(함돈균, 「당신이 보시기에 참 좋습니까」)은 이 지점을 향해 있다. 다시 말해 공동체로부터 배제되지 않기 위해 지배질서에 공모하고자 하는 은밀한 욕망이야말로 개인들이 시체 앞에서 느끼는 공포의 진정한 기원일 터이다. 용산의 시체 앞에서 매 순간 '나'를 덮쳐오는 공포를 어떻게 마주볼 수 있을까. 여기서 중요한 것은 "무관심으로 위장된 우리의 공포심"이 곧 "폭로되어야 할 무시무시한 비밀"(박시하, 「어찌하여 죽은 사람들이」)이라는 사실을 응시하는 것이다. 자신의 욕망을 응시해야 한다는 이러한 윤리적 당위는 공포와 불안으로 가득한 내면의 고백에 대한 시적 요청이기도 하다. 그것은 자본의 권력에 포획된 욕망에 대해서 '내가 느끼는 부끄러움'과 '권력의 공모자-괴물이 되어가는 자신'에 대한 공포를 고백하는 일일 터이다. 이렇게 절멸에의 공포를 피하지 않고 자기 내부에 가득한 비밀을 발설하는 것, 이 순간에 국가권력 / 저항의 전선은 나의 내부로 인입되고 증언과 고백은 서로 삼투된다.

그리하여 시인의 내면에서 문학은 다시 한 번 최전선에 놓인다. 그것은 온몸이 들끓는 '신열'로 광주의 '막막한 심야'의 시간을 견디었듯, 추방과 절멸의 공포를 끝까지 견디며 저 어두운 욕망의 밑바닥을 응시하는 일이다. 거기서 자본의 욕망과 착종된 공포가 고백의 언어로 발화되는 순간, 시적인 것의 열림이 가능해질 것이다. 그것은 추방과 배제의 경계에서 낡은 질서와 감각을 해체하고 동일성의 자장을 삐걱거리게 하는 유령의 언어로 실현된다.

국가권력이 절멸의 공포를 내세우며 공동체의 안전이라는 허구의 방패로 개인을 위협하고, 불법체류자라는 낙인으로 나의 이웃을 추방할 때, 유령의 언어는 '너는 어디에 있었느냐'라는 물음으로 우리 앞에 던져진다. 익명의 공간에서 혹은 나의 내부에서 안간힘으로 들려오는 물음, 그것은 1980년 마지막 가두방송마저 끊긴 그 막막한 공포를 숨죽이며 바라보던 우리의 절망과 고통을 환기한다. 우리 시는 또다시 이 길고 긴 정적과 신열의 밤을 맞이하고 있는 것이다. 그리하여, 시는 묻는다. '너는 어디에 서 있는가'라고. 이러한 윤리적 물음이 정치적인 것의 출발이자, 시적인 것의 도래라고 말할 수 있지 않을까. 그것은 화엄이라는 초월의 시간 속으로 유령들을 축귀하지 않고, 현재의 곳곳에서 출몰하는 유령들과 대화하면서 시체의 고통을 함께 '앓는' 일이 될 터이다. 이제 시체의 언어로 노래하라.

유령의 노래를 들어라

1. 마주침 그리고 불온성 / 정치성

　망령들이 귀환하였다. 자본의 축적 체계에 올라앉은 정치권력으로 귀환한 망령의 목소리는 더 이상 교묘한 가면으로 자신의 광기를 은폐하려는 노력도 하지 않은 채, 뻔뻔스러운 맨얼굴을 드러내고 있다. 자본과 결탁된 통제와 억압의 시스템은 진보라는 상상에 도취된 주체들 위에 군림하기 시작하였으며, 민주주의라는 환영을 깨뜨리는 냉혹한 권력의 외설성은 현실로부터 모든 가능성과 역사적 비전을 박탈해 버렸다. 역사의 비극성이 휘발된 광장은 자본이라는 대타자의 향락적 요구 속에서 춤추는 망령들의 소극笑劇의 무대가 되어버린 지 오래이다. 그리하여 대기는 마땅히 죽었어야 했으나 죽지 못한 자들, 자신의 죽음을 미처 깨닫지 못한 반시대적 망령들의 착란적 웅성거림으로 가득 차 있다.

과거의 유골단지 속에서 되돌아온 망령의 언어는 주체의 피로와 환멸을 교묘하게 활용하는 동시에 자본의 생존 논리로 주체들을 포획한다. 자본화된 세계에 만연한 불안과 절멸에 대한 공포를 교묘하게 조작함으로써 체제의 동일성을 공고히 하는 한편, 국가 장치의 외부로 추방된 자들로부터 주권과 생존을 박탈하는 것이다. 이러한 불안의 지형학이 주체에 개입하는 방식을 '유령'의 출현과 연관 지어 볼 수 있다. 국가 시스템은 그 내부에 귀속되지 못한 자들을 배제하고 그들의 신체로부터 현실성을 휘발시키고 있다. 그리하여 계급과 성, 인종으로 분할된 이방인들, 이름 없는 자들, 내부로부터 밀려난 무국적의 홈리스homeless들은 서서히 현실적 삶의 두께와 부피를 잃은 채 비가시적 존재로 변해가고 있다. 이제 현실의 좌표 어딘가에 실재하지만 동시에 어디에도 부재하는 이들은 시스템의 내부에서 자신의 몫을 잃어버린 채 부유하는 유령이 된다.

도달할 곳을 찾지 못하고 떠도는 이들의 언어는 어떻게 제 집을 찾아가는가? 이 물음은 망령들의 착란의 수사 속에서 정작 되돌아와야 할 것들은 아직도 지하 고성소의 침묵 속에 봉인되어 있는 것 아닌가라는 근본적인 물음과 함께, '귀환한 망령들'과 '돌아오지 못한 목소리' 사이에 놓인 우리 시대 문학의 얼굴이 무엇을 보여주고 있는가라는 물음으로 치환된다. 이 착란의 시대에 문학이 무엇을 질문하고 무엇에 답해야 하는가라는 질문은 정치적 가치와 연관된 물음으로 회귀할 수밖에 없다.

미학과 정치적인 것의 만남을 '지배적 담론 체계를 파열시켜 새로운 종류의 감성적 분배를 가져올 삶의 형식을 만들어 내는 것'으로 정의하는 랑시에르의 관점은 현실의 지평과 문학의 접면을 확장시키고 새로운 미학을 사유하게 한다는 점에서 유용한 참조점이 된다. 그에 의하면 문학은 "사물 사이의 틈을 만들고 단어들과 정체성 사이에 틈을 만들어 냄으로써 탈정체화하고 해방의 가능성을 묻는 작업"(『문학과사회』, 2009년 봄호 대담)이다. 문학이 자명한 가치와 지배 시스템에 질문을 던짐으로써 세계의 변화 가능성에 적극적으로 개입한다고 할 때, 미학적 실천의 문제는 필연적으로 정치적인 것의 출현과 마주치게 되는 것이다.

그리고 여기, 시인들의 유령이 있다. 시인들은 현실의 텍스트 위에 부재하는 유령을 위한 자리를 마련하고 그들을 호출한다. 유령은 국가의 시스템에 등기되지 못한 이방인들이며 영원한 떠돌이 즉 홈리스들이다. 우리 사회를 지배하는 검은 망령의 발화가 시스템 내부의 균열을 봉합함으로써 세계를 동질적 가치체계 속으로 편입시키고자 한다면, 이 시인-유령의 언어는 동일성의 내부에 은폐된 공백을 드러내고 새로운 틈새를 만들어낸다. 체제의 내부에 통합되지 않는 유령은 지배 시스템을 교란하고 그 균열을 가시화한다는 점에서 근본적으로 불온한 존재들이다. 즉 유령은 완고한 현실 체계에 내재되어 있는 혁명적 잠재성 / 불온성의 다른 이름으로 출현하는 것이다. 지배 체제를 내파하는 힘으로서의 불온성은 고착된 현재에 내장된 변화의 가능성을 소환한다는 점에서 정치적인 것의 발화점이라 하겠다. 이렇게 불온한 유령의 존재론은 정치적·미학적 해방의 기획으로 실천화될 수 있겠다.

이제 시와 현실의 접면에서 두 유령이 마주친다. 망령과 유령의 마주침, 그것은 지배 / 저항, 배제 / 귀환의 충돌지점이며 동시에 이러한 일상적 분할이 중지되는 사건이 도래하는 순간이기도 하다. 지배 담론을 전복하는 심미적인 사건으로서의 혁명은 이 순간에 터져 나오는 언어의 불꽃으로 점화된다. 시적인 것과 그 이면으로서의 정치적인 것의 출현은 이러한 유령의 언어를 통해 미학적 실천의 장에서 발발하는 사건이며, 그것은 필연적으로 유령의 언어적 주권이라는 문제를 제기한다.

우리가 텍스트 내에서 유령의 말하기 방식에 주목해야 하는 것은 이런 까닭이다. 현실의 담론 장에서 언어를 봉쇄당한 유령의 말하기는 '말을 지우는 말 혹은 부재하는 말'이라는 역설을 통해 어떤 '부재'의 언저리를 떠돈다. 현실의 언어로 발화되지 못하는 잉여로서의 유령의 말은 현실의 언어를 문질러 '감각의 보푸라기'(이준규)를 만들어 내는 미적 실천을 통해서 비로소 실현된다. 다시 말해 유령의 언어는 고착된 '감각적 배치와 의미의 지형'을 전복시키는 낯선 사건으로서 도래하는 것이다. 이것이 우리가 이 움직이는 불온한 '말'들에 귀를 기울여야 하는 까닭이다.

유령은 질문의 형식으로 우리 앞에 출현한다. 현실의 지배구도를 보존하려는 치안-정치의 권력적 구도와 견고한 상식의 세계로부터 미끄러지며, 동일성의 체계를 해체하는 시의 언어를 빌려서 말이다. 그들의 언어는 사물과 사건을 새롭게 명명함으로써, 주체화에 긴박된 치안-정치의 표면을 깨뜨리고 모든 권력적 관계들을 해체하고자 한다. 이렇게 정치적인 것의 출현이라는 사건을 통해 시적 언어는 심미적 경험의 차원을 확대하고 새로운 실천의 장으로 확장된다. 따라서 '시에서의 정치적인 것의 출현'에 관해 기술하려는 이 글은 어떤 불온한 마주침에 대한 이야기이며, 목소리를 잃은 유령들이 들려주는 낯선 말에 관한 이야기가 될 것이다.

2. 그로테스크한 웃음의 정치학

2000년대 이후 우리 문학의 흐름을 지배해 온 것은 이른바 '무중력'의 언어를 둘러싼 수식어들이었다. 무중력의 언어는 현실의 중력으로부터 비껴나 고착된 세계를 해체하고 지배 담론의 틈새에서 진동하는 언어의 흐름을 만들어낸다. 이러한 유동적인 언어의 형식을 '표면'의 발화 혹은 '감각'의 논리로 규정하는 것은 이제 익숙한 수사가 되어 버렸다. 문제는 이러한 무중력의 언어들이 어떻게 현실의 문제와 마주치면서 정치적인 것의 출현에 관여하는 미학적 가능성을 생성해 낼 것인가 하는 점이다.

지배 시스템으로부터 배제된 자들이 발화하기 시작하는 순간, 그것은 타자의 권력을 중지시키는 정치적인 사건이 된다. 공동체의 가치에서 추방된 자들은 스스로를 '비인非人'으로 선언함으로써, 기존의 가치 체계를 전복하는 정치적이고 미학적인 사건에 연루된다(함돈균). 이렇게 우리 시에 등장한 유령들은 비인非人의 형태로 국가-공동체라는 동일자의 환상을 관통하고 있다. 김언과 신해욱은 유령들과 동거하면서, 텍스트에 잠재된 잉여로부터 출현하는 저 기이하고 낯선 자들의 목소리를 우리에게 들려준다.

신해욱의 시는 발화의 주체로서 자신을 지워버린 어떤 목소리-유령과 함께 거주한다. 그것은 "나는 인간이 되어 가는 슬픔"(「다른 사람」)에서와 같이, 인간이라는 이름으로부터 벗어난 비존재의 자기 선언이다. 이러한 유령의 목소리는 '인간'이라는 위상학적 좌표를 비껴난 곳에서 들려온다.

열두 살에 죽은 친구의 글씨체로 편지를 쓴다.

안녕. 친구. 나는 아직도
사람의 모습으로 밥을 먹고
사람의 머리로 생각을 한다.

하지만 오늘은 너에게
나를 빌려주고 싶구나.

(…중략…)

내 손이 어색하게 움직여도
너라면 충분히
너만의 이야기를 쓸 수 있으리라 믿는다.

　　　　　　　　　　　　　　　　　—「보고 싶은 친구에게」 부분

　이 시의 화자는 '친구'의 글씨체를 빌려 자신의 이야기를 한다. 여기
서 호명의 대상이 되는 것은 '죽은' 친구이다. 이 부재하는 친구는 화자
에게 글씨체를 빌려주지만 그것은 동시에 화자가 친구에게 '나'를 빌려
주는 행위이기도 하다. 친구의 유령이 내 몸에 들어와 '너(자신)만의 이
야기'를 쓰고 있다. 즉 편지를 쓰는 주체는 '나'이지만 그것은 친구의 목
소리를 대신 발화하는 행위인 것이다. 이렇듯 시에서 나와 친구는 서
로 '몸'을 빌려주고 빌리는 관계에 놓인다.

문제는 여기서 너 / 나 사이의 진술이 불명확하게 뒤섞이고 뒤엉킨다는 점이다. "너에게 나를 빌려주고 싶구나"라는 진술의 주체는 화자일까 혹은 친구일까. 게다가 화자는 "나는 아직도 / 사람의 모습"으로 살아간다고 말하고 있지 않은가. 이것은 '사람'으로서 영위하는 일상적 세계 속에 자신의 정체성이 존재하지 않는다는 의미로 읽힌다. 이 진술이 문제적인 것은 '사람'이라는 주체의 형식 속에서 '나'를 지워버린다는 점인데, 이는 화자인 '나'가 기각된 주체를 대치하는 '이름'으로만 출현하고 있음을 보여준다. 이것은 '나'가 '사람'으로 호명되는 주체의 자리로부터 벗어나, 타자(친구)가 거주할 수 있는 이름─형식으로 주어지게 됨을 의미한다.

이 점은 시에서 진술의 주체와 타자 사이의 자리바꿈이 독특한 교환의 형식으로 이루어지고 있다는 점에서 확인된다. '죽은 친구'에게 '나'를 빌려주는 행위와 '너의 글씨체'를 빌리는 행위는 서로의 결핍과 잉여를 보충하는 등가의 교환이 아니다. 이 모호한 교환의 관계를 어떻게 읽어야 할까. 기실 나와 친구가 각각 산 자 / 죽은 자라는 비대칭적 자리에 놓이는 순간, 교환은 처음부터 불가능했던 게 아닐까. 이러한 비대칭성 속에서 나와 친구는 식별이 불가능해지는 기묘한 상황에 놓이게 된다. 이는 '글쓰기'의 내부에 신체 없는 타자가 기입되는 순간을 발생시킨다. '나'라는 주체의 흔적이 완전히 비워진 자리에 '죽은 자'의 목소리가 들어서는 것이다. 이렇게 나 / 친구의 구별이 불가능해진 지점에서 글쓰기에 자리한 어떤 '공백'이 드러나는데, 이 공백이야말로 죽은 친구─유령의 목소리가 발화되기 위한 장소이다.

죽은 친구를 호명하는 나의 목소리는 죽은 자를 망각 속에 매장하는 것이 아니라, 현재 속에 되살아나게 한다. 그리하여 초혼招魂의 언어로 쓰인 '편지'는 유령의 출현을 위해 비워진 주체-텍스트가 된다. 유령의 목소리는 이러한 공백 속에서 본격적으로 자신의 발화를 시작한다. 흥미로운 것은 신해욱 시에서 유령적 발화를 통해 수행되는 글쓰기가 감각의 형질 변화를 수반한 신체의 경험으로 실현된다는 점이다.

나는 귀가 뾰족하지.

사탕이 나를 죽였지만
나는 또 나쁜 냄새가 나는 사탕이 되는 중이야.

공기는 내 팔에 달라붙어 떨어지기를 싫어하고
나는 도마뱀 같은 날씨. 약간 얼어붙은 이런 자세로

키스를 하고 싶어.

보라색 립스틱을 바르고 나는 두 배로 커진 입술.
영원한 물처럼
모든 소금의 맛을 구별할 수 있지.
두 배의 웃음도 가능하다네.

—「헨젤의 집」 부분

이 시에서 신체는 기묘하게 일그러지고 감각은 극단적으로 예민해진다. 두 귀가 뾰족해지는 신체의 기형성은 일상적 감각의 변이가 발

생하는 순간을 시각화하고 있다. '입술, 사탕, 달콤함, 맛, 인사'로 이어
지는 구강적 욕망의 계열은 더 이상 주체를 위해 복무하기를 그친다.
그리하여 두 배로 커진 입술의 크기나, 모든 소금의 맛을 구별하는 세
밀함 그리고 웃음을 측량하는 기술까지, 이러한 이질적인 신체와 감각
의 형상은 자아와 세계의 불일치를 드러낸다. 신체의 일부분에 확대경
을 대고 바라보는 듯한 이 과장되고 기괴한 신체는 세계와의 접촉면에
서 발생하는 어떤 사건의 징후로 해석된다. 그것은 더 이상 감각을 통
어하는 주체로서의 '나'가 존재하지 않음을 증거하는 것인데, 이는 절
단된 신체들의 개별적 움직임을 통해서 더욱 선명하게 드러난다.

> 실은 입이 점점 병들고 있는 중이었다
> 동시에 두 개의 말이 나오는데
> 나는 말의 방향을 짐작할 수 없었다.
> 이빨에 힘을 줄 수도
> 턱을 움직여 음식물을 씹을 수도
> 없었다
>
> 광대뼈가 움직였다
>
> ——「나는 어떻게 단련되는가」 부분

'병들어가는' 입은 말할 수 없는 입이며 음식을 씹을 수 없는 입이다.
대신 병든 입은 끊임없이 움직이면서 알 수 없는 말을 쏟아 낸다. '두 개
의 말'로 분화된 이러한 발화는 영토화된 기능으로부터 '방향을 짐작할

수 없는' 탈구된 지대를 향해 흘러간다. 이렇게 '뾰족한 귀'와 마찬가지로 '병든 입'은 신체적 영토성을 박탈당함으로써 새로운 감각을 발생시키는 기관이 된다. 단일한 신체로부터 떨어져 나온 광대뼈의 움직임은 주체로서의 '나'가 기각된 빈자리를 채우면서 동시에 세계의 흐름을 탈구시키는 여백을 환기하고 있다.

이러한 신체의 변용은 괴물화된 세계에 대응하는 방식으로 읽힌다. 신해욱은 일그러지고 기괴한 신체의 파편을 세계와 마주 세움으로써, 경악과 공포라는 낯선 감각의 출현을 보여준다.

그곳에 어린 동생을 두고 나 혼자 깨어났다.

초식동물의 꿈속처럼
나무에는 똑같은 열매들이 지루하게 열렸고
숨죽인 숨소리와
응결된 산소 입자들이 떠다녔다.

추웠다.
(…중략…)

나는 동생이 없는 이삿짐을 싸기 위해
선인장을 사고 있다.

동생의 주위에

식물들이 더 이상 접근할 수 없도록

인형의 손을 대신 꼭 잡고

—「형제자매」 부분

이 시는 상실과 붕괴의 징후로 가득 찬 모호한 발화로 구성되어 있다. '어린 동생을 두고 나 혼자 깨어났다'는 갑작스러운 진술은 동생의 죽음과 나의 탄생이 동시적 사건임을 환기한다. 나의 '깨어남'은 죽음과 삶이 나누어지는 순간인 동시에 나와 동생이 분리되는 사건이다. 그것은 나와 동생 사이에 영원히 되돌아갈 수 없는 경계를 긋는 사건이라는 점에서 거대한 상실과 부재의 출현을 보여준다.

주목할 것은 동생으로 상징되는 이 부재가 신체 표면에 작동하는 감각을 통해 환기된다는 점이다. '숨죽인 숨소리'와 '응결된 산소 입자'의 움직임을 감지하는 자아의 감각은 극도로 예민하게 드러난다. 자신이 감지하는 모든 사물의 맛이 '소금'이라는 결정으로 환원되고, 산소 입자들로 원자화되는 초-감각의 세계. 이처럼 극도로 날카로운 감각의 체계를 가동시킴으로써, 시인은 동생 / 부재라는 결락이 환기하는 상실을 응시하게 되는 것이다.

신해욱의 시에서 이러한 초-감각의 원리는 표상(언어화)의 실패를 방어하기 위한 것처럼 보인다. 위의 시에서 '동생'을 둘러싼 사건에 대한 구체적 진술은 삭제되어 있다. 대신 동생이 놓인 '그곳'은 언어로 포착할 수 없는 죽음의 심연으로 출현한다. 동생이 의미의 동공洞空이자 부재의 형식으로 시의 중심에 자리 잡는 것이다. 여기서 자아는 '인형'의 손을 잡는 행위를 통해 '동생'이라는 부재를 견디고 있다. 인형은 죽은 동생의 결여를 은폐하는 사물이자 동시에 현실에서 살아남은 자아의 존재 양식을 보여주는 하나의 이미지이다.

'인형'-이미지가 만들어내는 섬뜩한 이물감은 동생-결여가 만들어 낸 동공洞空을 은폐하는 한편, 동생의 죽음이라는 사건을 그로테스크하게 실물화하고 있다. '인형'(사물)의 형태로 응고된 세계에 놓인 존재의 공포감은 '추웠다'로 환기되는 감각을 통해 선명하게 드러난다. 이렇게 '동생'의 상실이 '인형'이라는 차가운 실물성으로 가시화되는 순간, 자아는 세계가 정지하는 낯선 섬뜩함uncanny 속으로 던져진다. 그것은 시에서 동생의 죽음이 곧 나의 죽음이라는 사실, 다시 말해 동생이 죽어 버린 자신이라는 교묘한 치환에서 발생하는 섬뜩함이다. 즉 나의 '깨어남'은 사실은 현실로 회귀하는 것이 아니라, 자신의 죽음을 각성하지 못한 자의 환상 속으로 진입하는 사건이다. 이때 동생 / 나의 죽음이 주체를 덮치고 그 이름에 빗금을 치는 끔찍한 사건은 언어로 포착할 수 없는 심연의 발생을 보여준다. 인형이라는 사물이 뿜어내는 냉기는 이 언표 불가능한 결여의 지대를 은폐하는 동시에 그 심연을 들여다 본 자의 전율을 감각화하는 데 기여하고 있다.

언표화의 실패 속에서 출현하는 섬뜩한 유령의 언어는 어떤 감각의 변화를 가져오는가. 신해욱은 세계의 지평을 붕괴시키면서 느닷없이 발생하는 공포와 전율의 감각을 통해서 어떤 근원적 순간을 열어 보인다. 이를 살펴보기 위해서는 그녀의 시적 공간을 채운 사물의 그로테스크에 주목해야 한다.

교과서를 읽으며
나는 감동에 젖는다.

아픈 아이들이 아프지 않도록
아픈 나무들이 아프지 않도록

정성껏 밑줄을 긋고
한쪽 눈으로 눈물을 흘린다

실내화는 하얗고
운동장은 약간의 공중에서 가볍다

같은 자세로 앉아
나는 자꾸만 같은 줄을 읽고

무서운 아이는 나를 지나
그냥 가버린다

죠스처럼
이빨을 드러내며 웃고 싶어진다.

　　　　　　　　　　　　　　 ─「청춘잔혹 이야기」

　여기서 '교과서'는 국가─법이라는 공포스러운 대상의 언어적 상관물
이다. 교과서는 밑줄을 치면서 암기해야 하는 지배 담론의 구속 장치

이며, '흰 실내화'의 빛깔로 표백된 동일성의 세계를 환기한다. 백색이 환기하는 공포감은 타자의 법이 지배하는 폭력적 세계의 유비이다. 이러한 세계 속에 담긴 자아는 법의 언어로 쓰인 '같은 줄'에서 벗어나지 못하고 있다. 지배 권력의 언어는 무수히 반복되는 동어반복의 언어이며, 이 지루한 행렬 속에서 빠져나오지 못한 자아는 '같은 자세로 앉아서 자꾸만 같은 줄을 읽고' 있는 것이다. 그리하여 '아픈 아이가 아프지 않도록'이라는 나의 정성스러운 주술은 이 권력적 언어 앞에서 한없이 무력해지고, '아픈 아이'는 병이 낫기는커녕 '무서운 아이'가 되어 지나간다.

텍스트에 느닷없이 출몰하는 '무서운 아이'는 이 건조한 진술의 이면에 자리한 어떤 징후를 드러낸다. '무서운 아이'는 교과서의 행간에 자리한 균열을 가시화하는 존재이며, 기계인형처럼 반복적인 문장 속에 묶여있는 자아로 하여금 '이빨을 드러내고 웃고' 싶은 욕망을 발화하게 하는 동인이다. 이 시의 새로움은 타자의 법 앞에서 무력한 주체의 모습을 환기하는 것이 아니라 법의 언어를 무력화시키는 낯선 힘의 출현을 드러낸다는 점에 있다. 시의 마지막에 부기되는 웃음은 대타자의 응시에 맞서는 새로운 언어의 출현을 보여준다. '같은 자세'로 고정된 신체의 구속을 깨뜨리는 웃음은 교과서의 언어를 무화하면서 공포를 유발하는 대타자에게 그 공포를 되비춰 주는 새로운 언어이다.

'이빨을 드러내는' 공격성을 내장한 이 그로테스크한 웃음은 은폐되었던 실재를 불러낸다. '죠스'는 법의 세계로부터 빠져나오기 위해 자아가 불러내는 숭고한 물질성으로 체화된다. 이 거대한 사물이 발현시키는 공포감은 그것이 다름 아닌 '나'의 웃음이라는 점에서 더욱 강화된다. 웃음이 폭발하는 순간에 자아는 처음으로 '낯선 자신의 표정'을 보게 되는데, 자신이 스스로에게 낯설어지는 그 순간, 세계와 나는 동시에 얼어붙는다. 자신이 스스로에게 '낯선' 얼굴로 출현하는 순간은, 산 죽음undead이 자신의 죽음을 깨닫게 되는 붕괴의 순간이다. 법의 언어가 찢겨지고 섬뜩한 웃음의 형식으로 실재의 언어가 출현하는 것이다.

  신해욱의 시는 문자화된 세계(교과서)의 환상을 깨뜨리고 실재와 마주친 순간, 공포로 굳어진 얼굴을 전면화한다. 이 시에서 '무서운 친구'는 교과서-텍스트의 세계에 출몰한 하나의 에일리언-유령이다. 그것은 법의 언어로 채워진 텍스트 내부에서 어두운 공백을 환기하면서 섬뜩한 낯설음을 선사한다. 죠스의 그로테스크한 웃음은 이 공백으로부터 울려나오는 유령의 언어이다. 재현의 대상을 잃어버린 말, 주인 없는 비인칭의 언어가 물질성으로 치환된 것이 바로 이 '잔혹한 웃음'인 것이다. 그것은 자아를 1인칭의 주체로 귀환하게 하는 대신, 세계의 공포를 실현함으로써 그 주체를 얼어붙게 만드는 사건으로 출현한다. 공포와 전율 속에서 퍼져 나오는 그녀의 웃음은 세계에 만연한 절멸의 공포를 되비추는 메두사의 얼굴이다. 그 웃음의 내부를 들여다보는 자들은 모두 돌이 되리라.

  현실과의 화해를 거부하는 잔혹한 웃음의 주인-유령은 세계와의 상상적 동일화를 붕괴시키면서 낯선 타자의 도래를 예감한다. 이 전율의 에피파니는 모든 사악한 진리의 종언을 선언하고, 망령들의 언어를 정지시킨다.

4. 분비물의 시학은 어떻게 정치와 만나는가

신해욱은 시적 발화를 유령의 거처로 비워 놓음으로써 죽음이라는 봉인된 시간을 현재화한다. 죽은 친구의 글씨체를 빌려 편지를 쓰는 것은 '나'를 삭제하고 도래하는 목소리를 위해 텍스트를 개방하는 행위이다. 이렇게 유령의 주권을 인정하는 순간 그의 언어가 발화하는 텍스트는 정치적인 것의 발현 장소가 된다. 추방되었던 것이 되돌아오는 사건으로서의 유령의 출현은 일상의 평면을 붕괴시키는 우연성으로 현시된다. 균질적인 세계에 틈입하는 이 돌발적 순간성은 평면적 시공간에 대한 감각을 균열시키고, 무수히 주름진 새로운 감각을 발생시킨다.

그런데 공간의 문제와 연관하여 주지할 것은 유령이 본질적으로 홈리스들이라는 점이다. '홈'이란 주체의 형식으로 세계 속에 자아를 기입하는 장소이며, 따라서 홈리스는 주소가 없는 자들 다시 말해 확증된 정체성을 부여받지 못한 자들이다. 김언은 이렇게 세계를 박탈당한 홈리스-유령들에게 거처를 마련해 주고자 한다. 그의 텍스트는 유령의 도래와 더불어 발생하는 낯선 장소를 열어 보인다.

당신이 말하지 않은 것을 내가 말해야 한다.
그 둘은 서로 다른 집에서 사건을 저질렀다.
그리고 사이좋게 여행 가방을 교환하였다.
안에는 뭐가 들었는가 이름을 물어보았자
돌아오는 대답은 헛수고였다.

이름 안에 무슨 생각이 들었는지 무슨 사고가

무슨 사건을 간섭하는지 당신이 알게 뭐야?

(…중략…)

이웃집의 피살자가 모두 여행을 떠났다. 여행 가방과 함께

나도 돌아올 준비를 하고 있겠지. 어쩌면 처음 들어보는

악보와 함께 또 한사람의 범인을 만들어낼 것이다.

좋아하는 음악은 연쇄적이다. 이쪽에서 유행하면

저쪽에서 발견된다. 여행은 바다를 건너간다.

담당 형사는 담당 형사에게 표기법에 대해 건의한다.

포대도 자루고 자루도 자루니까 여행 가방이 더 어울립니다.

사건을 잡아오라니까 문장을 만들고 있어. 미친놈!

100퍼센트 불쌍한 남자와 99퍼센트 울고 있는 남자 사이에서

두 형사는 새로 태어났다. 범인의 전철을 밟아가는 것이다.

마지막 증언은 그들이 해줄 것이다.

—「연루된 사람들」 부분

　　모종의 '사건이 발생했다'. 이 진술을 떠받치기 위해서 당연히 범인
과 형사가 출현하고 그것을 기술하기 위한 증언이 만들어진다. 사건-
범인-담당 형사의 구도로 구성된 플롯은 '증언'을 통해서 엮어지고 비
로소 하나의 '사건'으로 완성되는 것이다. 사건이란 '증언'이라는 언어
형식을 통해서만 재현되고 실체로서 구축될 수 있는 까닭이다. 증언이
라는 재현의 장치를 통해서 '사건'을 포획하는 역할을 수행하는 '형사'

들은 모든 언어를 인과적 목적론의 내부로 흡수하는 근대적 주체의 얼굴을 보여준다.

　김언의 시는 이러한 인과성의 플롯을 붕괴시키면서 새로운 서사를 발생시킨다. 시에서 주목해야 할 대상은 '사건'에 연루되어 있는 범인 '그'이다. 원인과 결과라는 틀 속에 배치되지 못하는 그의 모호함은 사건의 정체성을 휘발시키는 역할을 한다. 인과성의 세계에서 자신의 배역을 할당받지 못한 그는 역설적으로 플롯의 틈새를 빠져나감으로써 비로소 하나의 '사건'이 된다. 다시 말해 "문장 다음에 사건이 생긴다"(「이보다 명확한 이유를 본 적이 없다」)에서와 같이, 사건은 세계의 기원으로 주어져 주체(형사)와 언어 형식(문장)을 떠받치는 것이 아니라, 오히려 그 체계를 구성하기 위해 사후적으로 요청되는 공백의 이름이다. 공백으로서의 사건은 사후적으로 기입되는 것이기도 하지만, 그것 없이는 체계를 구성할 수 없다는 점에서, 하나의 문장을 구축하기 위해서 선차적으로 전제되어야 하는 것이기도 하다. 이러한 역설 속에서 목적론적 서사로부터 추방당한 공백은 새로운 플롯을 구축하는 변곡점이 된다.

　시에서 하나의 문장으로 구축되지 못한 탈구된 언어들은 사건의 인과적 플롯을 분절하고 해체한다. 부재하는 '사건'을 둘러싼 문장들은 도달할 목적지를 잃고 의미화의 영토에 도착하지 못한 채 사건의 가장자리를 돌고 있을 뿐이다. '사건'에 연루된 자들은 서로 우연성의 환유적 연쇄 속에서 좌표를 할당받을 뿐, 어떠한 유비적 관계로 묶이지 않는다. 언어의 흐름을 고정시킬 마지막 '증언'은 영원히 약속된 지점에 도착하지 못하고, 무한히 유예된 사건은 텍스트 내부에 뚫린 구멍이 된다.

　시에서 회귀와 반복의 언어가 만들어내는 음악적 리듬이 사건의 주변을 감싸고 있다. 이 부유하는 언어들은 서사의 기율을 해체하고, 세계의 불일치를 가시화하는 소란한 움직임을 만들어낸다. 그것은 때로 정해진 좌표와 이름을 흔들어 놓는 '폭동'이라는 전복적 에너지로 발현되기도 한다. 사건이 증발된 지대에서 출몰하는 이 새로운 언어는 "소문처럼 텅 빈 공간"(「사건들」)을 울리는 유령의 목소리로 텍스트 내부에 거주한다.

> 섣불리 움직이는 사건을 본 적도 있다. 그들이 인물을 파고드는 순서는 사건이 일어나는 순서와 무관하다. 이 소설을 보면 시간도 결론을 내리지 못하고 공간도 누군가를 향해서 뛰어들지 않는다. 누군가를 중심으로 사건은 모이지도 않는다. (… 중략…)
>
> 종결된 사건은 더 이상 책을 만들지 못한다. 자신의 몸이 공간이라고 생각하는 사람은 이제 책을 덮고 한 권의 소설이 될 것이다. 그것은 밤하늘의 천체처럼 빛나는 궤도를 가지지 않는다. 스스로 암흑이 되어 갈 뿐이다. 소문처럼 텅 빈 공간을 이 소설이 말해 주고 있다. 등장인물은 거기서 넓게 발견될 것이다.
>
> —「사건들」 부분

이 시에서 시인은 시공간의 중첩과 반복을 통해서 새로운 사건의 텍스트를 직조한다. '순서와 무관한' 착란의 사슬로 연결된 사건들은 '하나의 중심'을 향해서 모이지 않는다. 즉 사건은 결말을 향해 달려가는 대신 서사의 질서 속으로 불쑥 난입하여 그 흐름을 구부리거나 중단시킨다. 이렇듯 중단과 연속 사이에서 삐꺽대는 언어들이 텍스트를 채우고 있다.

마침내 사건은 시간의 원근법으로부터 탈구되어 끝없는 '암흑'이 되어가는 텅 빈 공간으로 펼쳐진다. "과거와 미래를 뒤바꾸는"(「돋보기」) 이러한 사건'들'의 복수성이 문자화된 주체('책')에 귀속되지 않고 파동처럼 '흩어지는', '넓은' 흐름을 생성하는 공간의 운동을 만들어 내는 것이다.

이렇게 서사의 좌표에 고정되지 않고 무한히 넓어져 가는 사건은 점점 희미해지고, 거기서 인물도 시간도 공간도 휘발된 하나의 공백이 떠오르게 된다. 시의 진정한 주인공은 바로 텍스트의 짜임을 빠져나가는 이 공백이라 할 수 있겠다. "사람이 장소를 만들어 간다 / 장소가 사람을 대신 한다"(「소설을 쓰자」)에서처럼, 이 익명의 '장소'는 주체의 빈자리를 대신하는 공백의 다른 이름이다. 사건을 관통하는 인과성의 분할선들이 모두 휘발된 공백은 유령의 신체성으로 환기된다.

미안하지만 유령은 짜맞춘 듯이 찾아온다.
온몸이 각본으로 만들어진 사람 같다.
그가 어디를 가든 예정에 없던
장소가 나타난다. 어디서 보았더라?
나는 내 뜻대로 움직이는 실오라기
하나를 주어서 후, 불었다.
발자국이 멀리 걸어서 갔다.
마치 냄새가 퍼지듯이
내 몸에 꼭 맞는 연기를 따라서 갔다.
엉킨 털실이 옷을 만들어 놓고 기다렸다.
주인을 기다리는 장소에

이제 그가 들어선다.

—「유령」

　김언의 시에서 유령은 신체 없이 출현하지 않는다. 이 시에서 '털실',
'옷'의 실물성은 유령의 신체성을 보증하는 형식들이다. '엉킨 털실'에 의
해 우연처럼 만들어진 '옷'은 직물의 짜임으로 의미화되는 텍스트의 공간
을 환기한다. 어디에나 있고, 따라서 어디에도 없는 텍스트의 빈 내부는
주인의 도래를 기다리는 잠재성의 공간으로 실현된다. 그것은 하나의 형
식-서사로 완결된 것이 아니라, 매순간 '그'의 출현과 더불어 새롭게 발
생하는 장소가 된다. 그-유령은 '짜 맞춘', '각본'에 의해 실현되는 서사를
따라가는 대신, 텍스트의 인과성이 어긋나는 틈새 속에서 출현한다.

　이 점은 시에서 '그 / 나' 사이에 드러나는 묘한 균열을 통해서도 살
펴볼 수 있다. '예정에 없던 장소'를 실현하는 자(그)와 그를 각본 속으로
채집하려는 자(나) 사이에는 간극이 있다. 앞에서 살펴본 시 「연루된 사
람들」에서, 사건을 포획하려는 형사와 사건 사이에 어떤 결락이 자리
했듯이, 이 시에서도 '그'와 '나' 사이의 분할선에 익명의 누군가가 들어
서는 순간 하나의 사건이 시작된다. '그'와 '나'는 서로의 위치를 뒤바꾸
다가 둘 사이의 차이를 지워버리고 마침내 구분 불가능한 상태에 놓이
게 된다. 이 모호한 지대를 관통하는 유령의 출현은 하나의 좌표에 고
착되지 않는 낯선 장소를 열어가는 퍼포먼스가 된다.

　이러한 유령-장소의 출현은, 공간의 내부와 외부, 주체와 타자를 분
할하는 배제와 추방의 장치들이 환상에 불과함을 드러내 준다. 김언은
이러한 환상을 관통하는 장소의 예외성에 주목한다. 텍스트 내부에서

실현되는 공백은 이 분할의 선들이 무력화되고 정지되는 곳에서 출현한다. 예고 없이 공간의 내부로 틈입하는 유령은 고착된 '문장'의 형식에 의해 구성되는 주체가 아니다. 그는 스스로 자기 출생을 만들어내는 자이며, 자신의 기원을 생산하는 원인이다. 이 기묘한 뒤틀림 속에 거주하는 유령에게는 역사가 없다. 그것은 시간의 서사에서 탈구된 채 텍스트의 공백을 기이하게 배회하는 흔적이다. 그것은 글자 그대로 '옷-텍스트'를 만들어내는 동시에 그 짜임의 틈새로 빠져나가는 기이한 신체성으로 스스로를 현시한다.

그런데 주목할 것은 김언의 시에서 의미의 서사를 초과하는 과잉 혹은 잉여의 신체가 독특한 물질적 감각을 촉발한다는 점이다.

차분하게
고통스럽게
말이 분비물이 너의 몸인지 모른다고 지적하였다.
—「차분하게 고통스럽게」 부분

한 번에 일곱 가지 표정을 짓고 웃는다. 그의 눈과 입과 항문과 성기가 모조리 분비물에 시달린다. 한 명이라도 더 흘러나오려고 발버둥을 치는 것이다. 정오에
—「거품인간」 부분

텍스트 내부에서 쏟아져 나오는 분비물은 내부와 외부, 안과 밖, 주체와 타자라는 분할적 경계를 범람하는 물질성으로 가시화된다. 한꺼

번에 일곱 가지의 표정을 동시에 만들어내는 이 분비물의 과잉된 욕망은, 관습적 감각의 분할 지대를 넘어서 새로운 감각의 가능성을 열어놓는다. 분비물의 끈끈한 점액은 기실 근대 이성이 오랫동안 자신의 동일성을 보증하기 위해서 신체로부터 배제하고 거부했던 물질성abjection이다. 주지하듯 점액질의 비결정성은 동일성의 체계를 위협하는 공포의 대상이며, 따라서 공동체의 보존을 위해 삭제되고 추방되어야 했던 비천한 대상으로 환기되어왔다. 김언은 이 분비물을 텍스트 안에 소환함으로써, 고착된 신체의 이미지를 해체하고 지배 체제와 일상화된 감각적 질서의 붕괴를 실연하고 있다. 이 초과의 운동성은 상징계로부터 배제되고 거부된 타자들의 귀환이라 부를 수 있겠다.

낯선 얼굴로 현실에 난입하는 이 분비물의 물질성은 유령의 것이다. 유령은 형체도 없고 기관도 없는 점액질의 물질성만으로 스스로를 드러낸다. 현실의 의미작용을 중지시키고 해석의 좌표를 지우고 기표들을 집어삼키고 소화시키면서 증식하는 섬뜩한 자들. 이러한 끔찍한 실재의 형상을 한 분비물 속에서 우리는 유물론적 유령의 출현을 목격하게 된다. 또한 그로테스크한 실물성을 함축하는 이 분비물은 세계를 감염시키는 언어의 유비로 읽힌다. 에일리언의 입에서 흘러내리는 이 끈적한 액체-언어는 유령의 신체로부터 흘러나오는 실재의 물질성을 환기하는 동시에 언표의 시스템을 초과하는 비-언어의 형식을 가시화하고 있다.

김언의 시는 유령의 출현을 기다리는 장소-텍스트이다. 그는 주체(시인)의 목소리에 자리한 공백을 가시화함으로써, 이 홈리스-유령의 언어가 거주할 '홈'을 제공한다. 언어가 만들어내는 의미의 그물망 내부에 자리한 그 공백이 스스로 입을 벌리고, 거기서 해석할 수 없는 분비물이 흘러내린다. 이렇게 유령은 자신의 언어로 스스로가 거주할 텍스트를 짜고 있는 것이다. 김언의 시 쓰기는 텍스트 생산에 관여하는 유령의 언어를 위해 '장소'를 내어 주는 행위로 실현된다.

현실-서사의 플롯 앞에서 한없이 권태로운 우리 시대의 페넬로페는 인과의 선들이 뒤엉킨 텅 빈 텍스트를 직조하면서 무엇을 기다리는가. 짰다가 다시 풀어내야 하는 공허의 텍스트처럼 유령의 텍스트화는 절대적으로 실패할 것이다. 하지만 유령과 함께 오는 어떤 숭고는 그 전율의 순간 속에서, 권태로 가득 찬 망령의 언어로 회귀하지 않는 새로운 흐름을 만들어낸다. 시의 정치성은 이 형체를 알 수 없는 기괴한 언어의 흔적과 대면하는 순간 속에서 발화된다. 세계의 경계를 넘어 흘러 다니는 이 유령의 언어에 어떤 발언권을 주어야 할까.

편지쓰기와 소설쓰기로 환유되는 신해욱과 김언의 시 쓰기는 웃음과 분비물의 언어로 쓰인 텍스트를 생성한다. 웃음과 분비물로 환기되는 비-언어는, 죠스의 웃음처럼 텅 빈 공간으로 퍼져가고 신체에서 범람하는 분비물처럼 녹아 흐른다. 그것은 모든 동일성을 집어삼키는 거대한 공허-입이며, 그 공백에서 흘러내리는 끈적끈적한 유령의 발화이다. 이렇게 텍스트 내부에서 나를 지우고 '망령과 유령'이 부딪칠 수 있는 장소를 기꺼이 내어주는 것, 이 지점이 시 쓰기의 정치적 의미가 실현되는 곳이 아닐까.

5. 유령의 주권, 미래의 시는 어떻게 오는가

　자본/국가/법이라는 망령들의 주술 속에서 시적 언어는 어떻게 스스로를 구제하는가. 이것은 자본이라는 환영과 충돌하는 유령들의 존재를 어떻게 텍스트화하는가의 문제이기도 하다. 그것은 추방된 자들의 귀환에 관한 이야기이며, 도래할 시의 얼굴을 기약하는 일일 것이다. 미래의 시는 유령의 목소리로 도래한다. 현실의 텍스트에서 배역을 상실한 유령들은 자기 몫을 되돌려 받기 위해 도래한 미래의 채권자들이다. 그러므로 유령의 언어는 미래의 시가 우리에게 타전하는 호소이며 징후이다. 그러나 우리는 결코 그것을 '미래'라는 이름으로 호명할 수 없다. 미래의 시라는 가능태는 호명되는 순간 소극笑劇이 되어 버릴 터. 문제는 무중력의 대지를 유영하던 시적 언어들이 유령-시라는 잠재성에 스파크를 일으키는 불온한 언어로 탄생할 수 있는가 하는 것이다. 이것은 곧 잠재성으로서의 미래의 시가 새로운 정치적 기획이 될 수 있는가 하는 문제이기도 하다.

　현재의 미학적 지평에 균열을 내는 미래의 시 혹은 시의 정치성은 이 유령의 주권을 언어화하는 문제와 닿아 있다. 미학은 바로 이 주권의 장소로서의 텍스트 생성과 연관된다. 이념적 언어로 구축된 동일성의 지대를 뚫고 흘러넘치는 유령의 '침입'이 중요한 미적 실천이 될 수 있는 것은, 그것이 모든 관성화된 감각들을 균열시키는 사건이 되는 까닭이다. 하나의 텍스트가 사건의 장소로 개방될 때, 시는 잠재성으로 채워진 가능성의 장소가 된다. 이 잠재성의 지대야말로 시적 정치성의 임계치가 아닐까. 그 잠재성을 참조함으로써만 우리는 현재의 텍스트를 정치적 사건의 장소로 개방할 수 있다. 그때서야 죽은 자들이 축제를 끝내고 자신의 무덤으로 되돌아갈 수 있을 것이며, 도래하는 공동체로서의 정치를 실현할 수 있을 것이다. 미래의 '사건'으로 열린 정치-텍스트에서 유령들이 노래한다. 지금은 달려 나가 유령을 환대해야 하는 시간인 것이다.

2부

다른 목소리

백지 위의 손
스틸 라이프
시선의 몰락과 시의 탄생
언어의 다비식, 신생의 울음
키치와 신화

백지 위의 손

1. 시인의 손에 대하여

    시인에 대해서 말해 보자. 시인의 손은 백지를 달려간다. 광활하게 펼쳐진 백지, 그것은 텅 빈 공백이면서 침묵의 흰빛으로 가득한 절벽이다. 언젠가 한 시인이 '공포를 기다리던 흰 종이'라고 노래했거니와, 이 백색의 공간을 무한한 떨림으로 견뎌야 하는 것이 시인의 숙명일 것이다. 무한 속에서 길어 올리는 언어들은 시인의 공포와 떨림을 고스란히 견디면서 새로운 시간의 풍경을 우리 앞에 열어 놓는다. 이때 시인의 손을 움직여 시를 쓰게 하는 것은, 주체로서의 자의식이 휘발된 공백을 가로지르는 어떤 울림이다. 이 텅 빈 공간을 채우는, 이름 붙일 수 없는 모호한 힘이야말로 시인의 손을 이끌어 백지의 심연을 건너가게 하는 글쓰기의 진정한 주체라 할 것이다. 기원과 형체를 알 수 없는 비인칭의 '그것'을 우리는 타자라 부르기로 하자. 시 쓰기는 '시인'이라는 텅 빈 이름 속으로 도래하는 타자를 환대하는 일이며, 이 타자의 운동에 차가운 손을 내맡겨 백색의 공포를 견디는 일이다. 시를 읽는 일 또한 이와 다르지 않아, 딱딱한 문자의 각질을 깨뜨리고 그 안에서 번져나오는 어떤 울림을 경험하는 일이다. 이제 시인의 손이 흘러간 흔적 속에서 배어나오는 파장을 따라가 보자.

2. 타인의 그림자, 내 속으로 미끄러지는

세계 안에서 인간은 끊임없이 타자와 마주치고 접촉하면서 존재한다. 나의 바깥에서 내부로 전달되는 타자의 숨결, 그 파장과 울림은 나의 살갗을 통해서 내부로 전달된다. 타자의 미세한 움직임이 경직되고 굳어있는 나를 숨 쉬게 하면서 새로운 존재로 탄생하게 하는 것이다. 시인 조은이 펼쳐 보이는 고요한 시적 풍경은 타자의 운동이 어떻게 또 다른 존재의 내부를 진동시키는지를 잘 보여주고 있다.

노인 그림자가
수면에 퍼져 있다

아이 그림자가
물의 부력으로 떠오른다

아이가 상하운동을 하며
노인의 옆구리를 찬다
다 열리지도 않는
노인의 입에서
몸에서
사막의
손끝이
움직인다

활짝 열린 아이의 입 속으로
플랑크톤 같은 햇빛이
몰려 들어간다

—조은, 「물길」 부분

   시인은 두 개의 그림자가 겹쳐지는 순간을 포착하고 있다. 물가에
선 그림자는 아이-노인의 그것인데, 노인과 아이는 각기 다른 힘으로
시의 풍경을 지지하고 있다. 노인의 그림자가 '수면에 퍼지는' 수평적
흐름을 보여준다면, 아이의 그것은 '물의 부력'으로 떠오른다. 이렇게
수평적 흐름과 수직적 솟구침은 서로를 지지하면서 시의 풍경을 구축
하고 있다. 이때 노인과 아이가 보여주는 시간성의 대칭은 각기 늙음—

젊음, 죽음—삶이라는 길항적 관계 속에서 팽팽하게 서로를 맞당기고 있는 듯하다. '다 열리지도 않는 노인'의 입은, 생명의 기력을 소진한 채 내부를 향해 응축되고 폐쇄되어 가는 한편, '활짝 열린 아이의 입'은 '플랑크톤 같은 햇빛'을 마구 들이마시면서 생명의 기운을 분출한다. 이렇듯 '닫힌 입—벌린 입'은 '그늘'(어둠)과 '밝음'(햇빛)의 음영을 통해 생의 이면을 가시화한다. 노인의 옆구리를 차는 아이의 '상하 운동'은 물기가 다 빠져나간 노인의 육체—사막의 손끝을 겨우 움직이게 하는 힘이 된다. 죽음과 삶, 하강과 상승, 빛과 어둠이 서로를 끌어안고 시적 풍경을 지탱하고 있는 것이다.

이렇듯 노인과 아이가 물가에 서 있는 평범한 일상의 풍경 속에서 깊이를 알 수 없는 '물길'의 시간이 펼쳐지게 된다. 노인과 아이는 서로 대칭을 이루는 시간의 극이며, 이들은 우리의 육체 속에 깃들인 시간성을 보여준다. 아이—미래의 형식으로 출현한 타자가 늙어버린 '노인'의 육체 속에서 그를 움직이게 한다. 타자의 시간성은 죽음 혹은 삶의 얼굴로, 어둠 혹은 빛의 표정으로, 폐쇄 혹은 열림의 운동으로 내 속에서 나와 함께 하는 것이다.

조은의 시가 공간의 팽팽한 대립과 긴장을 통해서 시적 풍경을 축조하고 있다면, 장영수의 시는 낯설지만 친숙한 시간의 귀환을 보여준다.

마음 어느 한쪽이
느슨해지는 어느 날은
꽤 머나먼 시간
저쪽에서 쿵쿵쿵 쿵

무슨 소리들이

건너오기도 하는 날

그런 날은 어느 유년의

제임스 조이스 같은

아이가 아빠와 함께 탔던

우중충한 교외선 열차가

망각의 잠에서 깨어나 (…중략…)

오래 묵은 육중한

열차의 쇠바퀴끌리는

소리 여타의 무슨

소리들 덜커덕 덜커덕

덜커덕거리는 날

— 장영수, 「교외선열차 1」 부분

견고한 궤도 위를 달려가던 삶이 문득 헐거워지는 순간이 있다. 시인은 이렇게 '마음이 느슨해지는' 까닭이 '머나먼 시간의 / 저쪽에서' 다가오는 울림에서 비롯된다고 말한다. 어린 시절의 우중충했던 '교외선열차'가 현재 속에 출현하는 것이다. 굳게 잠겼던 망각의 문을 열고 천천히 그러나 육중한 울림으로 다가오는 열차는 '소리'의 감각과 함께 그 모습을 드러낸다. '띄엄띄엄' 시간의 틈새에서 솟아나는 '노래'는 지금은 부재하는 아버지가 불러준 노래였다. 시는 느릿느릿 움직이는 열차의 덜컥거림과 띄엄띄엄 끊어지는 노래를 통해서, 공허한 지속으로 채워진 현재 속에 파장을 불러일으킨다. 그것은 맹목적인 시간의 흐름에 실려 온 시인의 삶이 천천히 균열되어가는 징후로 읽힌다. 기억이 만들어내는 균열은 각질화된 동질적 시간을 해체시킨다. 이러한 시간의 붕괴 속에서 '머나먼 시간'과 현재가 서로 몸을 섞고, 망각은 새로운 시간의 출현을 위한 카오스의 어둠으로 바뀌게 된다. 과거라는 타자가 서서히 나의 시간 속으로 스며들어 마침내 공허한 현재의 삶을 붕괴시키는 것이다. '나'라는 텅 빈 이름 속에 도래한 '추억'은 스스로의 힘으로 새로운 노래를 부르고 있다. 과거라는 비인칭의 타자가 스스로를 드러내는 사건, 그것이 바로 시 쓰기이다. 이렇게 과거 혹은 미래의 얼굴로 출현하는 시간의 타자성은 견고한 현재를 붕괴시킴으로써 낯설고 이질적인 삶의 풍경을 환기한다.

3. 타인의 고통은 어떻게 내 얼굴이 되는가

일상의 풍경 너머에서 도래하는 타자의 움직임은 견고한 현실의 시공간을 해체시키면서 새로운 시간을 열어준다. 시인의 손은 늙고 쇠약해진 노인을 생명의 움직임으로 이끌어가고, 녹슬어가는 시간의 궤도 위를 달려오는 추억을 명징한 음색으로 풀어 놓는다. 이렇게 타자로부터의 전언을 받아쓰는 시인의 손은 어떤 '울림'을 간직하고, 그 울림을 신체의 언어로 바꾸어 낸다.

혹시 술을 마시듯 꽃을 사서 마시는 걸까 술이

온몸을 적시듯 꽃의 영들이 내 심방을 여닫을 때

술기운에 피어나는 꽃, 들이 고통을 먹여 살릴 때

고통이 빈지기 시작하면 뜨는 해와 달과 별이 있어

내 안의 하늘을 마시며 저문 시간만큼 늘어난 꽃들이

저의 귀와 눈과 입술들을 빼내서 주인 얼굴에 박아

넣는 걸까 고통이 저의 얼굴 주소를 따라 귀가하듯

— 박라연, 「꽃들의 귀가」 부분

술은 물과 불이 함께 타오르는 질료이다. 뜨거운 술이 꽃의 몸으로 피어난다. 술이 나의 육체 속에서 흔들리며 혈관 속에 붉은 불꽃을 점화하듯, '꽃의 영'들이 내 심장 속에 들어와 피어날 수도 있다. 다시 말해 술은 물 속에서 타오르는 불이며, 육체 속에 피어나는 꽃이다. 이렇게 신체가 꽃으로 변하는 극한의 미감은 '고통'과 함께 번져나간다. 이 고통의 지극함 속에서 나의 육체는 '해와 달과 별', '하늘'의 우주를 담는 용기가 된다. 그리하여 "내 안의 하늘을 마시며"에서와 같이 타자와 나는 하나가 되고, "꽃들이 저의 귀와 눈과 입술을 빼내서" 주인의 얼굴에 박아 넣는 사건이 일어난다. '눈, 귀, 입술'이라는 감각기관들은 '나'의 주체됨을 확증하는 매개이다. '주체'로서의 나는 언제나 감각의 주체로서 자기를 확증하기 때문이다. 그런데 꽃들은 자신의 감각기관을 '나'의 얼굴에 박아 넣는다. 타자의 귀와 눈과 입술이 나의 육체로 옮겨오는 것은, 주체로서의 나의 자리가 텅 비어 있음을 의미한다. 꽃들이 찾아온 '거처'는 나의 얼굴이라는 신체의 좌표이나 이 좌표 역시 텅 비어 있다. '술'이라는 혼융의 물질성에서 점화된 고통은 신체의 좌표를 흩트려놓고, 그 혼돈의 한가운데로 나를 밀어 넣는다. 여기서 나와 세계, 주체와 타자의 경계는 무너지게 된다.

물의 불꽃이 피어나는 이 시의 핵심에는 '고통'이 놓여 있다. 여기서 고통은 하나의 신체(주체)로 귀속되지 않으면서, 모든 세계의 운행을 촉발하는 발화점이 된다. 그것은 술이 혈관을 타고 흘러가듯 서서히 번져서, 마침내 나와 타자의 경계를 지워버린다. 화려하게 꽃피는 향락 속에 내장된 고통이 육체 속으로 번져오는 것이다.

박라연의 시는 '나'라고 말할 수 없는, 타자화된 고통이 나의 신체와 뒤섞이면서 만들어내는 매혹적인 도취의 상태를 보여준다. 이 고통과 환희가 뒤섞인 혼몽한 상태는 '물-불-술-꽃-얼굴'이라는 이질적 질료의 상태가 하나의 반죽으로 환원되는 기이한 퇴행을 보여준다. 제목에서 보듯 '귀가'란 이렇듯 모든 질료들이 탄생한 그 지점을 향해 가는 것이다. 이렇듯 신체의 감각을 뭉개버리는 질료화된 신체는 '나'라는 1인칭의 주체가 붕괴되는 지점에서 태어난다.

조용한 길과 마른 덤불이 내 앞에 있네
길도 덤불도 어제오늘 헐겁고
시간은 거기를 지나가네
이 며칠 나는 그것을 찬찬히 보았네
나라고 불렀던 어떤 무리는 점점 줄어들고
나는 한 번 내쉬는 큰 숨이 되어
이제 사방으로 흩어질 수 있네

둥그런 윤곽은

물렁물렁해지고 흐릿흐릿해졌네 누군가

나를 떼어내 그 무엇과도 알맞게 섞을 수 있고

그리하여 나는 무엇이든 될 수 있네

― 문태준, 「공백」

이 시에는 대상을 바라보는 내가 있고, '찬찬히 바라보는' 시선에 포착된 대상들이 거리를 두고 존재한다. 길과 덤불, 시간이 함께 만들어내는 풍경은 헐겁게 서로의 자리를 지탱하면서 시 속에 불려나온다. 그러나 4행이 지나면서 이러한 일상화된 시각의 구도는 변화를 맞이한다. '나라고 불렀던 무리'가 사라지는 사건이 발생하는 것이다. '나'라는 주어로부터 고유한 1인칭의 자리를 거두어 버리고, 익명적 존재들인 '무리'를 출현시키는 것이다. 그들은 세계의 풍경으로부터 존재의 흔적을 지워버린다. 그리하여 '나'는 '큰 숨'(공기)이 되어 세계 속으로 흩어져버린다. 이러한 확산은 1인칭의 구속을 벗어난 주체의 존재양식을 보여준다. 그것은 사물과 대상을 묶어 놓는 시선의 완고한 지배에서 벗어나, 스스로 '물렁물렁', '흐릿흐릿'해지는 물질성으로 변모되는 과정이다. '나'라는 기표의 내부를 채우는 이 모호한 물질성은 견고한 형태를 녹여버림으로써 자아와 세계를 새로운 경험 속으로 이끌어간다. 이제 반죽처럼 물렁해진 '나'는 그 무엇과도 섞일 수 있고, 따라서 무엇이든 될 수 있는 가능성의 시간으로 옮겨진다.

이 시는 주체의 윤곽선을 지워버림으로써, 주체와 세계의 간극을 무화한다. 그것은 윤곽선으로 구획된 1인칭 주체와 세계 사이의 거리를 지워버리는 행위이다. 내가 세계 속으로 섞여 들어갈 수 있다는 인식은, 빈자리로서의 공백이 자기를 실현하는 방식을 드러내준다.

박라연과 문태준은 견고한 주체의 자리를 타자에게 내어준 채 타자의 운동에 자신을 내맡기고 있다. 그들의 시에서 타자의 손길은 주체를 휘저어 질료화한다. 그들의 신체는 타오르는 고통에 자신을 내맡긴 채 물렁한 반죽-혼돈의 물질성으로 화한다. 이러한 신체-주체성이 보여주는 비인칭의 지대야말로 시 쓰기의 고유한 발생 지점이라 할 수 있겠다.

마침내 시인의 손을 따라 여기까지 왔다. 창조자의 손이 휘젓는 무한대의 공포, 그 무한한 가능성으로 채워진 백지의 공간은 1인칭의 특권화된 자리를 비움으로써 실현되는 '공백'의 지대이다. 시 쓰기는 텅 빈 비인칭의 지대 속에서 실현된다. 거기서 시인의 손을 이끌어 마침내 최초의 언어를 발화하도록 하는 미지의 힘이 발생하는 것이다. 독자여, 당신의 피부 위에서 떨리는 알 수 없는 이 파장을 오래 느껴 보시길.

스틸 라이프

1. 낡은 사진, 시간의 푼크툼

　한 장의 낡은 사진 속에서 소년은 커다란 벽시계를 들고 걸어가고 있다. 빗방울이 떨어지는 오후의 2시 10분에 멈춰버린 이 순간을 사진작가 김기찬은 영원한 피사체로 고정시켰다. 허름한 골목을 걸어가는 소년은 형벌처럼 벽시계를 든 채 흑백의 필름 속에 갇혀 있다. 커다란 벽시계는 빗속을 뚫고 소년이 들고 가야 하는 인생의 무게이리라. 블록이 주름살처럼 갈라진 골목의 모퉁이에서 소년의 시선은 물끄러미 자신의 발 아래쪽을 향하고 있다. 내리 깔린 소년의 시선 대신 우리를 바라보는 것은 둥그런 시계의 얼굴이다. 우리를 비추는 이 시계-거울의 표정은 우리를 굴복시키려는 듯 당당하고 냉담하다. 그것은 우리의 눈을 아프게 찔러오는 푼크툼punctum으로서의 세계의 시선이다. 흑백의 평면을 뚫고 도전적으로 날아온 시계의 눈동자에 찔리면서 우리는 문득 발을 멈추게 된다. 그리고 우리의 인생에서 영원히 멈춰버린 2시 10분을 바라본다. 이제 울고 웃으며, 탄식과 환희 속에서 살아가야 할 시간이 영원히 거기에 정지되어 버렸음을 알게 되는 것이다. 사진 속의 소년은 결국 시간이라는 운명에 포획된 채 살아가야 하는 우리의 자화상이다.

　삶과 죽음을 포착하는 이 결정적 순간이야말로 시적 언어가 세계를 관통하는 순간이기도 하다. 시인 유하는 "모든 소멸하는 것들은 이름을 욕망한다 / 나는 소멸하는 모든 것에 이름을 붙이고 싶다 / 소멸을 향하여 움직이는 것들은 / 이름을 붙이는 그 순간, 필사적인 환희의 전체로 정지한다"(「태풍의 작명가를 위하여」)라고 노래한 적이 있다. 유하의 시가 보여주듯 모든 사물을 '이미지 속에서 정지'시키고자 하는 언어의 욕망은, 시를 통해서 삶을 영원히 포박하고 싶은 불멸에의 열망이기도 하다. 시간을 정지시키고, 사물을 이미지로 붙박아 영원히 정지시키는 이 '정물화靜物化'의 욕망은, 언어를 통해서 영원성에 도달하려는 시인의 근원적 열망이기도 하다. 시인은 삶-현실을 '순간'의 언어로 포박함으로써 영원히 정지시킨다. 생의 숨소리가 휘발된 채 정지한 '정물화靜物畵, still-life'야말로 순간에 포박된 채 영원히 살아가고자 하는 시적 언어의 다른 얼굴이다. 정지의 순간을 영원히 사는 시의 언어는 차가운 시간과 싸우면서, 동시에 시간을 넘어서고자 하는 고통스러운 열정에서 태어난다.

2. 시간의 파편, 얼어붙은 눈동자

　이승하의 시 「무거운 시간을 들고 가는 소년아」는 시간이라는 운명 앞에 놓인 존재에 대한 성찰을 보여주고 있다. 시인은 위에서 말한 김기찬의 사진을 시의 앞부분에 배치하여 시각적 이미지와 시적 언어를 공명시킨다. 이 마주침 속에서 삶과 죽음, 현존과 부재가 교차하는 순간이 포착된다.

　　피할 수 없는 시간을 뚫고
　　가야할 길이 있는 것인가
　　쏟아지는 시간의 파편들
　　이 장대비 속으로 너를 누가 내보낸 거지
　　(…중략…)

　　우리는 모두 떠돌이별
　　궤도를 따라 돌지 않고 제각각
　　다른 시간을 만나고
　　다른 시간을 사귀고

　　애야, 홍안의 소년아
　　그 큰 시계보다 더 무거운 것은
　　시간의 무게란다

촌각이란 물방울이 쌓이고 쌓이면 도도히 흐른단다

강이 되고 바다에 이른단다

— 이승하, 「무거운 시간을 들고 가는 소년아」 부분

이 시에서 시인은 삶과 죽음이 교차하고 생성과 소멸이 몸을 바꾸는 순간 속에 긴박된 것이 우리의 운명이라고 말한다. 시의 1연에서는 교통사고를 당해 응급실에서 여동생이 숨지는 사건과 나의 자식이 태어나는 순간이 교차한다. 죽음과 삶이 자리를 바꾸고 슬픔과 희열이 교차하는 순간은, 소멸의 운명에 몸을 비끄러맨 채 살아가야 하는 존재의 비극성을 환기한다. 시간 속에 내던져진 인간은 '피할 수 없는' 운명으로부터 스스로를 구원할 수 없다.

시간과 운명에 대한 통찰이 빛나는 이 시에서 시간의 이미지는 다양하게 변주된다. '장대비'처럼 쏟아지는 시간의 '파편'들은 '촌각의 물방울'이 되어 '도도한' 흐름을 이룬다. 이는 순간과 부딪히며 살아가야 하는 삶의 편린들이 결국은 시간의 흐름 속으로 수렴될 수밖에 없음을 보여준다. "새 생명을 태어나게 하고 / 모든 생명을 다 거두어가는" 시간 앞에 놓인 자의 이 절대적인 무력함의 한편에, 시간의 냉혹하고 무자비한 손길을 필연적인 삶의 원리로 인식하는 역설이 자리 잡는다. 시간은 '빈자와 부자, 식자와 무식자' 사이의 현실적 간극에 지배되지 않는 공평한 약속이며, '늙은이와 젊은이' 사이에 놓인 시간의 두께에 매이지 않는다. 이 시를 관통하는 것은 차가운 시간의 흐름 속에서 우리 모두 '제각각 다른 시간을 만나고' 자신의 시간을 살아내야만 한다는 깨달음의 시선이다.

시인은 시간이라는 운명의 궤도 속에서 소멸을 향해 나가는 자의 고통을 읽어낸다. 현실의 '비와 바람'을 뚫고 가는 모든 인간은 결코 '마중 나오지 않을' 시간의 품으로 되돌아가야 한다. 누구에게나 공평하게 주어진 시간의 흐름은 그 속에서 발생하는 무수한 사건들을 감싸고 흘러 우리 모두를 죽음이라는 '집'에 이르게 한다. 제각기 다른 시간을 살아가는 '떠돌이별'의 고립자들은 이제 시간 속에서 하나의 존재로 묶인다. 제각기 다른 시간을 만나고 무수한 경험을 하지만 결국 단 하나의 무채색 진실에 이르게 되는 것이다. 이러한 운명의 보편성에 대한 자각은 자신의 죽음을 바라보는 통로가 된다. '나'의 고유한 죽음은 누구도 도달할 수 없는 불가능성의 지점에 놓인다. 그러므로 인간은 '우리'의 죽음이라는 보편성 속에서 죽음이라는 사건과 대면할 수 있게 된다. 시에서 '누이'의 죽음은, 시인이 스스로 도달할 수 없는 자신의 죽음을 환기하는 사건이다. 그것은 또 다른 '나'의 탄생이라 할 수 있는 '아이의 출생'이라는 사건과 연루됨으로써, '나'의 죽음을 더욱 농밀하게 환기한다. 생명의 탄생만큼 죽음의 운명을 환기하는 사건이 어디 있을까. 아이의 탄생은 곧 '너의 죽음을 기억하라'는 전언이다.

'시계보다 더 무거운' 시간의 운명(죽음)을 대면하기 위해서 시인은 타자의 죽음을 응시한다. 삶의 무수한 궤도를 지나왔을 시인이 사진 속 소년의 얼굴에서 발견하는 것은, 그것이 자신의 얼굴이기도 하다는 깨달음이다. 소년의 눈동자는 무감한 일상의 삶이 찢기는 날카로운 고통을 환기한다. 시간이라는 숙명의 응시에 포박된 그 순간, 시인의 몸은 차게 굳어지리라. 메두사의 얼굴처럼 우리를 얼어붙게still-life 하는 죽음의 눈동자가 거기에 있다.

3. 시계의 잠, 시적 백일몽

이승하의 시는 퍼붓는 장대비 속에서 시인의 이마를 때리는 '촌각의 물방울'에 주목하여 시간에 포박된 인간의 운명을 통찰하였다. 이와 달리 정호승의 시 「시계의 잠」은 시간이 응고된 '시계'라는 사물을 통해서, 현실이 중지된 낯선 세계의 풍경을 열어 보인다. 이승하의 시가 사진-이미지를 통해서 삶의 풍경 너머로 우리의 시선을 이끌어갔다면, 정호승은 시간의 지배로부터 벗어나기 위해 '눈을 감는다'. 그것은 이 시에서 '시계의 잠'이라는 역설적 장치로 드러난다. 시계가 잠든 세상에서 상실된 기억(과거)이 눈을 뜨고, 기억과 맞닿은 현실은 새로운 풍경으로 펼쳐진다. 이 낯설고도 친숙한 세계와 대면하는 순간, 소멸을 향해 달려가던 존재들은 어떤 몽환적인 풍경 속에 잠시 머물게 된다.

누구나 잃어버린 시계 하나쯤 지니고 있을 것이다
누구나 잃어버린 시계를 우연히 다시 찾아
잠든 시계의 잠을 깨울까봐 조용히 밤의 TV를 끈 적이 있을 것이다
시계의 잠 속에 그렁그렁 눈물이 고여 있는 것을 보고
그 눈물 속에 당신의 고단한 잠을 적셔본 적이 있을 것이다.
(…중략…)
내 시계의 잠 속에는 오늘
폭설이 내리는 불국사 새벽종 소리가 들린다
포탈라 궁에서 총에 맞아 쓰러진 젊은 라마승의 선혈소리가 들린다

판문점 돌아오지 않는 다리 위를

부지런히 손을 잡고 걸어가는 젊은 애인들이 보인다

스스로 빛나는 눈부신 아침햇살처럼

내 가슴을 다정히 쓰다듬어주는 실패의 손길들처럼

—정호승, 「시계의 잠」 부분

주지하듯 목적론적으로 질주하는 근대의 시간은 모든 이질적 대상들을 동화하는 폭력과 억압의 시간이다. '테러'와 '죽음'으로 환기되는 낯선 충돌과 갈등의 사건은 광폭한 시간의 논리가 빚어내는 비극을 상징하고 있다. '시계'는 이러한 갈등과 충돌, 폭력으로 인해 폐허가 된 세계의 모습을 인식하게 만드는 사물이다. 이 시에서 물질화된 폭력적 시간은 '테러', '젊은 라마승의 선혈소리'로 상징되는 강렬한 이미지로 환기되고 있다. 시인은 현실의 시간이 보여주는 이 비극적인 풍경을 '시계의 잠'이 불러오는 낯선 시간을 통해 치유하고자 한다.

시에서 '잃어버린 시계'는 흘러가는 시간이 응고된 사물이다. 영원히 멈춰버린 시계는 오래되어 낯설어진 한순간의 기억일 것이다. '시계'라는 사물 속에 고여 있던 기억은 '눈물'의 형태로 흘러 현재 속에 스미게 된다. 망각 속에 묻혀 있던 어떤 기억과 마주치는 순간 우리는 'TV를 끄고' 정지된 시간 속으로 동화되어 가는 것이다. 이렇게 시계의 물질적 형태에 응고되었던 '기억'이 '눈물'이라는 생명의 숨결로 다시 살아나, 잠들지 못하는 시인의 현재를 어루만진다.

주목할 것은 이 '잃어버린 시계'가 개인의 기억에 머무르지 않고 나의 현재를 이루는 세계의 다양한 국면을 이끌어온다는 점이다. "지구의 먼 끝"에서부터, "술 취한 시인이 방뇨하는 인사동 골목길"(2연)에 이르는 시간의 흐름은 고통스러운 삶의 파편들을 끌어안고 있다. 그것은 3연에서 보듯, 폭탄테러로 인한 죽음과 지하도에서 잠든 노숙자의 삶에 이르기까지 굴곡진 고통의 순간을 남김없이 쓸어 담는다. 이렇게 시인은 시계 속에 각인된 비극적 기억에 주목하고 있다. 시에서 초월적 공간인 '불국사'의 맑은 종소리와 '포탈라 궁'에서 참살당한 '라마승의 선혈'이 함께 소용돌이치고 있다. '시계의 잠'으로 환기되는 정지된 시간은 이러한 현실의 피비린내를 정화하려는 열망에서 태어난다. 시인은 '판문점'이라는 정치적 갈등의 지점을 넘어가는 '젊은 연인'들의 이미지를 통해서 이러한 가능성을 탐색한다. 정치적 금기를 넘나드는 '사랑'의 열정을 통해서 폭력과 폐허의 공간에 '아침 햇살'과 같은 새로운 숨결을 불어넣고자 하는 것이다.

그러나 문제는 시계의 '잠'이라는 가상적 세계에서 일구어지는 소망스러운 상황이 결국, '잠'이라는 허구 / 환상을 빌려서만 가능해진다는 것이다. 시인은 시의 마지막에서 이러한 열망이 '실패'할 수밖에 없는 것임을 자각하고 있다. 나의 가슴을 위로하는 '실패'와 좌절의 손길은 이 불가능한 욕망이, 시간의 흐름을 정지시킨 상상적 풍경에서만 가능한 것임을 보여준다. 그것은 무자비한 시간-시계로 상징되는 현실의 논리를 '잠-꿈'의 세계로 치환하고자 하는 열망이 낳은 아름다운 환상인 셈이다. 이 시적 백일몽이 '실패'한 꿈이라는 것을 자각하는 순간, 불국사의 '새벽종 소리' 속에서 폭력에 의해 도륙된 승려들의 붉은 선혈이 선명하게 펼쳐진다. '종소리와 선혈'이라는 낯선 이미지들이 충돌하면서 빚어내는 울림은, 현실의 폭력을 정지시키는 가상의 시간을 열어

놓는다. 심미적 가상과 파편화된 현실의 조각을 하나로 비끄러매는 시적 언어 속에서 기계적 시간이 지배하는 고통스러운 현실의 풍경은 잠시 정지된다.

4. 죽음을 들여다보는 청맹青盲의 눈

노향림의 시 「심비디움과 붕어」에서 드러나는 시간에 대한 사유는, 죽음을 바라보는 시인의 통찰적 시선에 힘입어 시적 깊이를 얻고 있다. 시인은 이 시에서 일상적 삶의 한 장면을 포착하여, 그것을 정지된 시간의 내밀한 풍경으로 뒤바꿔 놓는다. 이 고요한 정물의 풍경은 죽음의 깊이를 서늘하게 드러내면서 고요하고 묵직한 시적 파장을 불러내고 있다.

문득 좌중을 둘러보며, 자네들 릴케가 죽을 때 무슨 말 한 줄 아나? 의사를 보내드릴까요? 했을 때 릴케는 단호히 거부하며, 나의 죽음을 나의 두 눈으로 똑똑히 보아야겠다, 이렇게 말한 릴케가 몹시 부럽다며 선생은 한참 뜸을 들인 후, 삶이 참으로 소중한데 자꾸 잊으려 해도 죽음에 관한 생각이 따라다녀 한밤중이면 깨어나 이른 새벽까지 잠 못 든다고, 왜 죽음은 캄캄한 어둠 속에서만 생각나느냐고 반문하시었네.
붕어찜은 우리 앞에 너무 늦게 나왔네. 그날은 지상에서 해가 가장 길다

는 하지였네. 해는 좀처럼 지지 않았네

— 노향림, 「심비디움과 붕어찜」 부분

이 시는 저수지에서 붕어찜을 시켜 놓고, 음식이 나오기를 기다리며 노시인과 대화를 나누던 한때를 회상하는 시이다. 노시인은 어둠 속에서 듣는 '심비디움'의 날빛 울음소리와 죽음을 이야기한다. 홀로 죽음의 소리를 듣는 노시인의 경험은 죽음을 예견하는 자의 감각 속에서 낯선 풍경으로 채색된다. 어둠에 둘러싸인 '심비디움의 날빛'이 환기하는 예리한 빛의 이미지는 죽음의 기운을 더욱 강렬하게 부각하고 있다.

홀로 죽음과 대면하는 밤의 시간과 달리, 환한 대낮은 타인들과 더불어 붕어찜을 기다리는 삶의 시간이다. 시인은 삶의 정점으로 치달아가는 여름날 한낮의 뜨거움 속에서 죽음의 이미지를 읽어낸다. 음식을 기다리는 '삶'의 시간은 역설적으로 '도래하기로 약속된' 죽음을 기다리는 시간이다. 이 기다림의 행위 속에는 영원히 오지 않을 것 같은, 그러나 초대받지 않은 손님처럼 불쑥 들이닥칠 죽음을 예감하는 초조함이 배어 있다. 기실 산 자의 허기를 메워주기 위해 식탁에 오를 '음식'이란, '붕어'라는 생명체의 죽음을 우리 눈앞에 적나라하게 보여주는 외설스러운 사물이 아니던가. 이렇듯 생명의 기운이 뻗쳐오르는 한낮의 시간 속에 너무나 선명하게 죽음이라는 실재가 그늘을 드리우고 있는 것이다.

더운 여름날의 한때를 묘사한 이 시의 절제된 어조는 단정하게 흐르고 있다. 그러나 담담한 어조가 만들어내는 평화로운 풍경의 내부에는 '죽음'을 기다리는 자들의 고통스러운 언어가 잠복되어 있다. 하짓날 세상에 가득한 햇빛에 숨겨진 어둠의 기미를 감각하는 시인의 목소리는 이 풍경의 심연에 묵직한 파장을 일으키고 있다. 쨍쨍하게 빛나는 '빛'에 포박된 '식당'은, 죽음을 기다리도록 선고된 인간의 숙명을 상징하는 공간으로 보인다. 시의 중간에 나열된 무수한 '음식'의 목록은 삶에 대한 지극한 욕망을 드러내는 동시에, 그 욕망의 무력함을 동시에 보여준다. 육신의 혀로 감각되는 '맛'은 살아있음의 절절한 징표일 것이다. 그러나 이 맛의 세계는 존재의 내면에 자리한 거대한 허기에 의해 집어 삼켜진다. 존재의 내부를 가득 채운 이 '허기'는, 삶으로 채워지지 않는 죽음의 거대한 그림자를 불러낸다. 그리하여 시가 진행될수록 '식당'은 바깥의 밝은 빛이 침투하지 못하는 어두컴컴한 분위기로 가라앉아 간다. 삶에 대한 욕망으로 들끓는 '식당'이 죽음을 기다리는 검은 공간으로 치환되는 역설!

시에서 '음식'에 대한 진술과 곧바로 이어지는 것이 '릴케'의 일화이다. '나의 죽음을 두 눈으로 똑똑히 보아야겠다'는 릴케의 의지에 자신의 욕망을 실어 보내는 노시인의 목소리는, 죽음 앞에 선 자의 절실한 내면을 드러내준다. 인간이 가장 만나고 싶지만 영원히 보지 못할 것이 자신의 죽음이 아닌가. 블랑쇼가 말한 죽음의 불가능성이란 바로 이 지점을 가리킨다. 자신의 죽음을 대면하고자 하는 릴케의 의지는 누구도 도달할 수 없는 죽음의 내부로 들어가려는 자의 불가능한 욕망을 보여준다. 그것은 노시인의 욕망이기도 하거니와, 어느 날 영문 모른 채 자신의 죽음과 느닷없이 맞닥뜨려야 하는 모든 인간들의 최후의 욕망이기도 할 터이다. 시에서 식당 안에 앉은 사람들이 기다리는 '붕어찜'이란 결국 자신의 죽음을 실물화한다는 점에서 그로테스크하다. 영원히 오지 않을 '고도'를 기다리듯, 이들은 영원히 오지 않을 듯한 그러나 반드시 오기로 되어 있는 죽음이 닥쳐오기를 기다리고 있다. 그 기다림의 불안과 초조, 설렘과 망설임으로 가득한 한순간이 여름날의 풍경 속으로 고즈넉이 가라앉고 있다. 삶의 욕망이 극점에 오른 '하지'의 시간은 소멸의 필연성을 내포한다는 점에서 죽음의 극점을 향해 치닫는 시간이기도 하다. 이 정점의 시간에, 인간은 자신의 삶과 죽음을 가장 예민하게 '맛'볼 수 있다.

시종일관 과거시제로 이어지는 시적 언어는 우리 생의 한때를 정물화처럼 영원의 시간 속에 붙박아 둔다. 이 정지된 풍경 속에서 자신의 죽음을 예견한 자의 목소리와 날빛으로 푸르게 울어대는 '심비디움'의 소리가 선뜩하게 그러나 아름답게 들려온다.

'시계를 들고 가는 소년'의 사진을 다시 본다. 홍안의 소년은 시계와 더불어 흑백의 필름 속에 영원히 붙들려 있다. 그가 들고 가는 것은 '시계'라는 물질화된 대상이 아니라 자신의 고독한 운명일 것이다. 소년의 삶 앞에 놓인 공백에, 시간의 무게를 지고 가는 어린 시지프스의 숙명이 겹쳐진다. 그의 시선은 언어 속에 영원히 포박됨으로써 이미지의 삶을 영속하려는 시의 운명이기도 할 터이다. 망막을 찔러오는 푼크툼의 날카로운 순간은 일상의 평면을 찢고 그 내부에 깊숙이 은폐된 죽음의 시간으로 우리를 데려간다. 흑백의 사진 아래에는 '1983년 행신동, 3월'이라고 부기되어 있다.

시선의 몰락과 시의 탄생

1. 시선의 몰락을 노래하라

근대적 세계는 현실을 관통하는 단 하나의 눈을 중심으로 구성된다. 근대를 기율하는 합리성의 원리는 이성의 눈 곧 미지의 어둠을 깨우는 빛의 이미지로 시각화된다. 근대적 지평의 소실점에 자리한 이 가상의 눈은 세계와 주체를 인식하고 해석하는 준거이며, 시선의 강력한 지배는 모든 대상을 동일성의 자장으로 포획한다. 푸코가 지적했듯이 개인을 감시하고 폭력적으로 장악하는 시선은 주체의 의식과 무의식 그리고 욕망을 지배하는 무한 권력의 기호로 각인되어 왔다.

시인은 이러한 시선의 지배를 균열시키고 그 틈새를 통해서 사물과 세계를 새롭게 바라보는 자이다. 시 쓰기는 대타자로서의 세계와 주체 사이의 상상적 동일화의 허구를 균열시키는 시선의 출현과 더불어 실현된다. 그러므로 현대의 시 쓰기는 시각의 특권적 지배에 대항하여 권력화된 감각을 균열시키고 새로운 감각의 발명하는 언어의 도정이면서 동시에 시선의 모험이다.

2. 시선의 감옥과 텅 빈 눈

현대의 삶은 무수히 자신을 반사해 내는 거울로 둘러싸여 있다. 주체의 자기성찰에 기여하는 고전적 소재인 거울의 이미지는 현실의 곳곳에 배치된 감시카메라와 컴퓨터 모니터와 휴대폰의 액정화면으로 변주되면서 자신의 이미지를 반사해 낸다. 폭증하는 기계적 이미지에 둘러싸인 개인은 수천 개 눈동자의 감옥에 갇힌 수인이다. 개인이 향유하는 기계-문명은 여전히 근대 초기 단 하나의 눈으로 주체를 지배하던 권력적 시선의 작동방식과 동일하게 개인을 포획하고 지배한다. 손현숙의 시는 이러한 시선의 지배에 노출된 주체의 불안에 주목하고 있다.

요즘, 빗질할 때마다 머리칼 한 줌씩 빠진다
거울에 비친 내 뒤통수, 뒤통수에 붙은
원형탈모

누가 그 허방에 눈알을 박고 날 엿보는 것 같다

누굴까, 나를 찾아 이 밤 문자 벨을 울리는,
꿈속까지 밀고 들어오는,
컴퓨터의 모뎀, 모니터의 전원, 프린터의 레이저, 시계의 알람,
쿠커의 타이머, 핸드폰의 액정, 피뢰침의 눈, 강변의 불빛, 물위의 달……

어떻게 빠져나갈까!

죄수가 감옥을 탈출하듯, 마루가 천장으로 뒤집어지듯, 나비가 고치 속에
서 날개를 펴듯, 바위가 떠 구름이 되듯,
그러나 시선은 집·요·하·다
밤부터 또 밤까지 하얗게 숨을 불어넣는
거울 속 저, 어둠은 너무 밝다

— 손현숙, 「판옵티콘」

이 시에서 가장 선명하게 부각되는 이미지는 머리에 뚫린 흰 구멍으로 시각화되는 '원형탈모'의 흔적이다. 신체의 이면에 자리한 이 구멍은 신체의 동일성을 깨뜨리는 불안과 결여의 징표이다. 시인은 이 텅 빈 환부에서 타자의 시선을 읽어낸다. 머리카락이 빠져나간 '허방'이 나를 엿보는 '눈알'로 치환되는 것이다. 문제는 타자의 눈이 단순히 '엿보는' 상태를 넘어서, 자아를 감시하고 지배하는 권력으로 자리한다는 점이다. 이 '집요'한 시선의 응시는 일상의 곳곳에서 자아를 둘러싸고

'꿈속'까지 밀고 들어와 공포의 감각을 불러일으킨다. '컴퓨터, 모니터, 프린터, 시계, 쿠커, 핸드폰, 피뢰침' 등 자아를 둘러싼 기계들은 스스로 발광發光하는 눈이 된다. 이들이 뿜어내는 빛은 어둠과 밝음을 전치시키는 폭력적 시선의 은유이다. 더욱 끔찍한 것은 컴퓨터, 액정화면으로 환유되는 근대 문명의 시선만이 아니라, '물 위의 달'까지도 감시의 시선으로 동원되어 세계와 자아에 대한 '꿈꾸기'를 불가능하게 만든다는 점이다. 현실의 곳곳에 배치된 감시의 시선은 자아의 꿈을 박탈하고, 불안과 공포의 상태에 몰아넣는 감옥이 된다. 이 시선의 감옥으로부터 탈주하려는 의지는 결국은 '집요한 시선'에 포획됨으로써 좌절된다. 시의 마지막 면에서 볼 수 있듯이, '너무 밝은' 빛은 어둠을 삭제함으로써, 자아를 백색의 무중력 상태에 긴박해 놓는다.

한편 머리 뒷면의 공백('원형탈모')에 자리한 타자의 눈은 자아의 신체에 각인된 타자의 권력을 상징한다. 시선의 절대권력 앞에 노출된 자아는 '머리카락이 뭉텅' 빠져나가는 결여와 상실의 신체로 표현된다. 그런데 4연의 '숨을 불어 넣는다'라는 진술에서 보듯, 이 집요한 시선은 자아를 공포 속에 가두는 동시에, 역설적으로 자아를 살아가게 만든다. 그리하여 자아는 이 시선의 포획으로부터 벗어나지 못하며, 그의 몸은 타자의 시선에 의해 관통되는 사이보그적 신체로 변형된다.

이 시에서 보여주는 시선의 지배에 대한 사유는 물론 근대적 시선의 폭력성에 주목한 푸코의 성찰에 닿아 있다. 그런데 흥미로운 것은 '판옵티콘'의 형상으로 구성되는 원형감옥의 형상과 시인의 신체가 품고 있는 '원형탈모' 사이의 상동성이다. 사물을 포괄하는 원형의 위상학은 대상을 지배하는 권력의 눈이 되기도 하고, 역설적으로 대상의 결핍을 드러내는 허방이 되기도 한다. 육체에 뚫린 구멍은 타자의 시선이 출현하는 장소이면서 동시에 그 시선이 도달하지 못하는 불가능의 지대를 환기한다. 카프카의 「시골의사」에서 환자의 몸에서 자라나는 끔찍한 상처처럼, 그것은 개인의 삶을 지탱하는 잉여와 결핍의 증상이다. 자신의 신체에서 썩어가는 환부를 도려내고 삭제할 수 없는 삶. 이제 그 환부와 더불어서 살아갈 수밖에 없다는 끔찍한 진실을 들여다보는 응시의 행위만이 유일한 구원이 된다. 현실 이면에 자리한 환부를 들여다보는 이 시선을 통해서 사악한 시선의 권력을 해체할 수 있는 가능성이 탄생한다.

시인은 '원형 탈모'를 통해서 실존의 환부를 가시화함으로써, 권력의 지배에 의해 은폐된 진실을 환기한다. 우리의 신체에 기입된 실재를 대면하는 순간 시선의 지배를 무력화시키는 새로운 시적 인식이 가능해진다. 김기택의 시는 '죽음'이라는 실재를 응시함으로써, 권력적 시선의 붕괴를 보여준다는 점에서 한 걸음 더 나아간다.

온몸이 눈으로 되어 있지만 볼 수 없는 눈

보여지는 것만이 유일한 시력인 눈

쳐다보는 눈들을 흡수해야

시력이 생기는 눈,

거울이

병실 실내가 다 차지해버린 제 몸을 쳐다본다

거울에 필사적으로 붙어 있는 눈

거울에 구멍을 뚫고 거친 숨을 몰아쉬는 코

거울에 달린 신음소리를 듣는 귀

면도하는 동안만 잠깐 거울에 돋는 수염

아무리 많은 것을 담아도 아무것도 생기지 않고

아무것도 없어질 것이 없는 눈

그래도 볼 때마다 체온과 촉감이 있을 것 같은 눈

두께 없는 입체의 눈

거울이

(…중략…)

아무도 쳐다보지 않으면 눈이 머는 눈,

거울이

— 김기택, 「말기 암환자를 쳐다보는 거울」 부분

　　손현숙의 시에서도 그러하듯 거울은 세계를 지배하는 시각장에 군림하는 타자의 응시를 상징한다. 그런데 김기택의 시에서는 보는 자와 보여지는 자 사이의 권력적 관계가 전도되고 이 둘은 서로를 지탱하면서 시각장을 구성하는 짝패가 된다. '보는 눈'이 '보여지는 눈'이 되는 것이다. 거울 즉 '보는 눈'으로서의 대타자 역시 보여지는 눈에 의해서 구성되는 상상적 구성물이라는 것이다. 이 시에서 '거울'이 능동성을 박탈당한 채 객체화되는 것은, 외부에서 거울을 들여다보는 자의 시선에 의해서만 바라보는 눈(응시)이 탄생하는 까닭이다. '쳐다보는 눈들을 흡수해야만 '시력'이 생기는 거울은 타자의 응시의 역설적 탄생을 보여준다. 이렇게 보는 자-보여지는 자의 관계를 구성하는 시선의 역학은 주체와 대상, 혹은 대타자와 자아가 서로를 응시하면서 서로를 구성하는 게임 속에서 탄생한다. 그것은 에셔의 그림 〈그리는 손〉처럼 서로가 서로의 기원을 이루면서 동시에 결과를 만들어내는 역설적 관계를 구성한다.

주목할 것은 이러한 시선의 게임이 '말기 암환자'로 상정된 대상의 부재와 함께 종결된다는 점이다. 환자가 비워놓은 텅 빈 실내는 대상이 사라진 허공을 환기하고 있다. '아무도 쳐다보지 않으면 눈이 머는' 거울의 눈 역시 대상을 잃은 텅 빈 공허의 지대로 환기된다. 이러한 시각적 역학의 붕괴는 시각을 통해 세계에 대한 지배를 관철해 온 근대적 권력의 몰락을 의미한다. 주지하듯 근대의 권력은 지배 / 피지배, 억압 / 복종이라는 대립적 관계의 역학으로 구성된다. 김기택은 이러한 역학의 균형이 깨진 권력의 공백을 시선의 붕괴를 통해서 드러낸다. 거울의 텅 빈 눈이 비추는 것은 절대의 무력감과 공허이다. 이렇게 대상을 상실한 시선의 무능은, 대타자의 욕망을 승인함으로써 자아의 동일성을 구축하고자 하는 자아의 허구성을 폭로한다. 텅 빈 거울에 담긴 공허는 암-죽음이라는 어떤 실재를 비추어낸다. 이렇게 죽음의 형상으로 신체에 기입된 실재의 참혹함을 대면하는 행위는 시선의 지배를 무력화시킨다. 이러한 무중력의 시선은 '눈 먼 거울'의 뒷면으로 우리를 이끌어 진실을 은폐하는 권력의 허구성과 그 무능을 폭로하게 한다.

3. 시선의 에로티시즘과 무능한 눈

앞서도 말했듯이 근대적 시선의 투명성은 폭력적인 방법으로 타자에 대한 지배를 관철시킨다. 라캉이 말한 '악한 눈'이란 모든 사물을 동일성의 지평에 포획하려는 시선의 욕망을 보여주는 개념이다. 시선의 폭력에 맞서는 시 쓰기는 대상을 직접적으로 관통하는 것이 아니라, 스스로의 무능을 전면화함으로서 세계와 주체의 관계를 재구성한다. 즉 시 쓰기는 대상을 '투시하는 눈'이 아니라 대상의 표면을 에둘러가는 '엿보는 눈'의 존재를 통해서 새로운 가능성을 탐색하는 작업인 것이다. 투시하는 눈동자의 직접성을 해체하는 '엿보는 시선'은 은밀한 방식으로 작동함으로써, 주체와 대상과의 관계를 새롭게 구성한다. 다음의 시는 세계에 내밀성의 방식으로 개입하는 시선을 보여준다.

자줏빛 나팔꽃 꽃송이를 구경하다가, 한적한 뒷집 텃밭에
눈길이 머문 건 한낮이었다
굵직굵직한 무놈들만, 아랫도리에 가을 힘줄이 뻗쳐 있었다
늘상 그 주위를 수북이 흙 둔덕이 쌓였는데,
오늘은 어쩐지 안쪽 흙이 좀 이상했다 뭘 주물럭거리며 만지고 있다가 들킨 여자처럼,
그 흙은 벌건 낯빛이 돼, 날 보자 얼른 고개를 돌려 딴 밭고랑의 배추잎을 살핀다

— 김동원, 「흙」

이 시에서 시인의 시선이 발견하는 것은 에로티즘의 순간이다. '한적한 뒷집 텃밭'으로 드러나는 내밀한 공간을 그려내는 시선은 '무'와 '흙'이라는 대상을 포착한다. "굵직굵직한" "힘줄"이 뻗쳐있는 건강한 남성성과 부드러운 흙의 여성성은 순수한 관능의 순간을 일구어 내고 있다. '한낮'의 시간에 펼쳐지는 이 건강한 교접의 행위는 은밀한 성性을 폭로하는 불편함이 아니라 건강한 생명력으로 발현되고 있다.

여기서 대상을 포착하는 시인의 시선은 일방적임에도 불구하고 폭력적이지 않다. 그러기에 시인을 마주보는 '흙'의 시선 역시 타자의 시선에 위축되지 않는다. 흙-여성의 시선은 절멸의 공포로 움츠러드는 대신, 세계를 돌아보는 여유로움을 담고 있다. "벌건 낯빛"으로 표현되는 부끄러움이 '밭고랑의 배춧잎'을 살피는 모성적 돌봄의 시선으로 치환되는 것이다. 흙-여성의 시선의 움직임을 따라서 시의 화폭은 확장된다. '배추'라는 대상을 출현시킴으로써, '무와 흙'에 집중되었던 시선은 세계를 향해 펼쳐진다. 이렇게 내밀성의 공간이 확장되면서 흙(대지)과 무수한 사물이 생성된다. 이런 점에서 '엿보는' 행위에 내포된 것은 대상을 폭력적으로 발가벗기는 지배의 시선이 아니라, 대상의 행위에 동참하는 시선이라 하겠다.

주목할 것은 시인의 시선이 대상을 포획하는 것이 아니라, 우연의 순간을 가장해 이 신성한 교감의 행위에 동참하고자 한다는 점이다. 이 점은 시에 나타나는 시선의 변화를 통해서 살펴볼 수 있다. 시의 첫 부분에서 '꽃송이를 구경하는' 외부의 시선은, '눈길이 머문 건'에서와 같이 하나의 대상을 포착하는 시선으로 변화되고, 곧이어 이 대상(무와 흙)을 자기 앞으로 끌어당겨 놓는다. 다시 말해 "어쩐지 안쪽 흙이 좀 이

상했다"에서와 같이 시적 대상 속으로 깊숙이 시선을 밀어 넣는 것이다. 즉 무심히 마당을 바라보던 시인의 눈에 흙이 이상하게 보였을 것이고, 카메라의 렌즈 속으로 대상을 끌어당기듯 zoom-in 시선을 집중하였을 것이다. 이때 시인의 시선은 내밀한 순간을 들켜 당황하는 흙의 시선과 교차된다. 그러나 흙은 시인의 눈과 마주치자 곧 고개를 슬며시 돌려 배추를 바라봄으로써 이 미묘한 순간의 긴장을 벗어난다. 감추고 싶은 은밀함이 발견되는 순간의 긴장이 자연스러움과 여유로움 속에 녹아버리는 것이다. 이렇게 시인은 외부의 시선에 포착된 대상을 풍경 속에 자유롭게 풀어놓음으로써 시선의 긴장을 해소한다.

그러나 권력적 시선에 내장된 폭력성이 거세되고 자아와 세계가 화해를 이루는 시적 풍경은, 시선의 감옥에 갇힌 현대인의 공포를 은폐하는 상상적 동일화의 위험을 내포한다는 점이 지적되어야 할 것이다. 시각적 이미지가 폭증하는 현대사회에서 문명의 폭력성에 대항하는 모성적 대지의 생명력은 하나의 클리셰가 된 것이 사실이기 때문이다.

한편 이준규는 시적 대상을 무중력의 공간 속에 배치함으로써, 시선의 헤게모니를 붕괴시키는 새로운 미학을 보여준다.

> 파란 상자 속에 수박이 썰려 있다. 스물아홉 개. 씨는 못 센다. 물이 흐르고 바람이 분다. 그 집 앞에는 당신보다 조금 큰 사철나무가 있고 길 건너에는 수족관이 있다. 수족관 유리에 붙은 낙지의 발을 다 세지 못했다. 거미의 발은 여섯이다.
>
> 나는 검은 비닐봉투에 담긴 금붕어를 쏟았다.

— 이준규, 「금붕어」

여기서 시인의 시선은 대상을 지배하거나 장악하지 못하는 무능함의 상태를 보여준다. '파란 상자, 수박, 사철나무' 등의 사물들은 시인의 시선에서 벗어나 제 각기 자신의 영토를 구축한다. 이는 시인이 시적 대상을 투시하려는 욕망을 가지고 있지 않은 데서 비롯된다. 수족관의 '유리'를 통해서 투명한 인식의 장이 환하게 펼쳐짐에도 불구하고 시인은 이 투명한 시선을 거부하는 것처럼 보인다. 시인은 '세지 못했다' '못 센다'라는 진술을 통해서 시선의 불가능성과 무능함을 노출한다.

그런데 시인은 대상을 바라보고 나아가 대상을 텍스트 안에 배치하는 방식으로 그들의 존재를 드러내면서, 왜 종국에는 대상을 '세는' 행위를 포기하는가. 기실 이 '세다'라는 인식의 행위는 대상을 자신의 시각장 내부로 포획하려는 주체의 의지에 의해 촉발되는 것이다. 다시 말해 그것은 사물을 계량화하고 측량하려는 근대적 주체의 자신감에서 비롯되는 행위인 것이다. 이 시에서 시인은 스스로 합리성에의 의지를 포기함으로써 무능성 속에 머무르고자 한다. 즉 '세지 못함'이란 세는 행위에 대한 시인의 무능력함을 표현한다기보다는 '세고자 하는' 의지 자체를 부인하는 말인 것이다. 이때 '못 센다'라는 진술의 다음에 따라오는 '거미의 다리는 여섯이다'라는 진술은 어떤 파장을 일으키는가. 이것은 객관적 사실성의 영역을 기각하는 언술이다. 이렇게 스스로 자기 의지를 포기하는 지점 곧 의지가 휘발되는 지점에서 어떤 불가능의 지대가 열린다. 즉 시인의 말은 무능력함의 고백이 아니라, 합리성의 언어가 관통하지 못하는 '무능 / 불가능성'을 드러내는 말이다.

이렇게 시인이 '세지 못함'을 고백하는 순간, 시에는 새로운 대상들이 출현한다. '물, 바람, 수족관, 낙지, 집, 길' 등은 주체의 폭력적 시선이 철회된 이 무능 / 불가능성의 공간에서 스스로를 출현시키는 사물들이다. 이렇듯 이준규의 시가 보여주는 것은 사물과 세계를 인식의 대상으로 치환하고 이를 재현하려는 의지가 아니라, 사물들 자체의 출현을 가능하게 하는 역동적 무능력이라 하겠다. 이 '무능'을 전면화함으로써, 시인은 세계의 가시성을 탈구시킨다. 주체의 권력적 시선을 철회시킴으로써 판옵티콘의 권력을 붕괴시키는 것이다.

스스로 무능력해짐으로써 세계와 사물 속에서 새로운 감각을 촉발시키는 것. 이것이 이준규의 시적 방법론이라 하겠다. 이 시에서 '검은 비닐 봉투에 담긴 금붕어를 쏟는' 행위는 시 쓰기의 메타포로 읽힌다. '수족관'이 이성의 눈의 투명성을 의미한다면, '검은 비닐봉투'는 주체의 오만한 시선이 철회되는 불가능의 지대, 즉 근원적 어둠의 은유이다. 이 카오스적 어둠 속에서 출현한 '금붕어'의 환한 빛이야말로, 현실을 가로지르는 시적 순간의 현현이 아닐까. 현대의 시 쓰기는 시선의 무능을 고백함으로써 주체-타자의 사이의 시각적 지배를 붕괴시키고, 그 속에서 의미의 체계 속으로 환원되지 않은 낯선 감각을 발생시킨다. 그리하여 시선의 몰락은 새로운 시의 탄생을 예감하는 사건이 된다.

언어의 다비식, 신생의 울음

1. 시취尸臭, 죽음을 엿보는 언어의 깊이

문명의 가속도와 자본의 논리가 지배하는 현실은 끊임없이 파열하는 소음들로 채워진다. 폭주하는 현실의 욕망은 세계와 자아의 소통을 붕괴시키고 파편화된 자아의 분열을 가속화하고 있다. 이러한 현실 속에서 시적 언어는 세계와 자아를 응시하는 성찰의 눈으로 과열된 문명의 열기를 식히는 고유한 미학적 세계를 일구어낸다. 현실의 소음과 더불어 춤추는 난분분한 언어들 속에서, 자신만의 시선으로 삶의 풍경을 읽어내는 시인들의 목소리는 고요하지만 깊은 울림을 준다. 허형만, 전동균, 문인수 시인은 비어있는 듯 충만하고 소박하지만 부박하지 않은 시어들로 삶과 죽음을, 소멸과 신생을 함께 노래하고 있다.

허형만의 시집 『눈먼 사랑』(시와사람, 2008)은 일상의 평면적 풍경에서 솟아나는 존재의 의미에 대한 깨달음으로 채워져 있다. 삶을 채우고 있는 붐비는 일상의 소음들이 잦아들고, 가파르게 대면했던 세계와 자아가 서로 한걸음 물러서는 순간, 비로소 존재의 숨겨진 여백이 드러난다. 시인은 어떠한 장식적 언어와 인공적 향취가 가미되지 않은 소박한 쌀밥과 같은 언어로 단정한 삶의 풍경을 열어 보인다.

> 압력밥솥 뜨김에
> 쌀과 함께 익어가는 동안
>
> 한 끼 양식이 되어주기 위해
> 이렇게 제 한 몸 공양하는 목숨도 있었구나
>
> 새벽 빛살, 촉촉한 바람기 털며
> 열린 창문으로 마악 들어서시는 순간
>
> ─「쌀벌레 한 마리」 부분

시인은 압력밥솥에서 발견된 한 마리 쌀벌레의 죽음에서 희생의 의미를 깨닫는다. 벌레의 죽음이 나의 생존과 연결되어 있었다는 사실에 대한 깨달음. 그 순간 새벽 빛살의 청신한 감각은 미몽으로 가득 찬 나의 머리를 날카롭게 관통한다. 벌레의 하잘 것 없는 죽음은 '새벽 빛살'이 미명을 뚫고 들어오는 순간과 겹쳐지면서 숭고한 희생으로 비약하게 되는 것이다. 이러한 순간의 체험은 현실의 범속한 풍경에서 존재

의 깊은 지점을 열어 보이는 성찰적 시선에서 태어난다. 이렇게 허형
만의 시는 삶의 여백과 그늘, 허허로운 풍경들을 관조하는 시선이 빚어
낸 정관靜觀의 미학을 보여준다. 이러한 시선은 세계와 자아, 인간과 자
연이 화해롭게 소통하는 장면으로 드러난다.

> 耳鳴으로 고생하는 친구에게 전화를 걸었것다
> 자네 귀에서 울고 있다는 폭포소리
> 바람소리 새소리 매미소리 귀뚜라미소리
> 모두가 숨쉬는 소리의 그림자 아니겠느냐고
> 그러니 더불어 살아야지 어쩌겠느냐고
>
> —「소리의 그림자」 부분

청각은 시선처럼 폭력적이지 않으며, '소리'는 주체와 타자가 화합을
이루는 조화의 감각을 불러낸다. 어지러운 세상의 소리가 친구의 귓속
에서 울려 퍼질 때, 시인은 그것이 근원적 존재로부터 울려나오는 소리
임을 간파한다. 친구의 몸은 이 근원적 소리(울림)을 드러내는 공명통인
것이다. 나의 몸을 우주적 화음을 위해 내어 줄 때, 타자에 대한 공포는
사라지고 화해로운 시간이 열린다. 이러한 깨달음을 통해서 시인은
"야윈 내 영혼이 소리들과 함께 숲속으로 숨어드는 걸 본다"(「다시 소리
들」)에서와 같이 죽음을 향해서 허허롭게 나갈 수 있는 것이다.

> 되근 후 어울려 힌 잔 히고 늦었다,
> 싶어 서둘러 귀가했다

현관에 들어서는 순간, 확

달려들며 온몸을 껴안는 내음

하루 종일 방 안에 갇혀 창밖만 내다봤을

내음, 출근 전 먹다 남은 사과 조각들이

접시 위에서 이미 누렇게 핏기를 잃고 있었다

내가 풍장을 지냈나, 미안해하며

만져보니 이미 흐물흐물했다

온몸을 쥐어짜 향기로 뿜어낸 뒤

한 생을 거두어가고 있었다

—「외로운 내음」

시인의 방안은 자아를 덮쳐오는 존재의 근원적 운명(죽음)이 뿜어내는 냄새로 가득하다. 더욱 끔찍한 것은 집안을 채운 죽음과 부재의 냄새가, 바로 내가 먹다 남긴 사과의 냄새라는 점이다. 이것은 죽음이 곧바로 나와 들러붙어 있는 나의 그림자라는 인식을 보여주는 것이기에 더욱 비극적이다. 이때 흥미로운 것은 시인의 '몸'이 죽음의 냄새와 공명하는 방식이다. "확 달려들며 온몸을 껴안는 내음"에서 죽음과 삶, 부재와 실존, 향기와 육체는 서로 통음한다. 흐물어진 사과의 모습은 곧 사후의 나의 육체의 소멸을 상징하는 것이기에 더욱 섬뜩하다. 이렇게 집안을 가득 채운 시취尸臭는 삶의 공간을 죽음의 공간으로 바꾸어 놓고, 나는 나의 썩어가는 육체를 마주 안은 채 죽음의 심연으로 동행한다.

이렇게 허형만은 외로움이라는 실존적 감각을 '냄새'라는 육체적 감각으로 바꾸어 놓는다. 자신의 육체를 통해서 삶의 밑바닥을 들여다보는 것은, 무감한 일상의 외피를 벗겨내고 근원적 운명을 찾아가는 일과 다르지 않다. 시집 『눈 먼 사랑』은 평범한 일상 속에서 죽음의 냄새屍臭를 맡고, 그 숙명을 온몸으로 감내하는 시인의 긴장된 의식으로 채워져 있다. 소박한 언어의 내부에서는 삶과 죽음의 팽팽한 긴장이 간절한 파문으로 퍼져 나온다.

2. 언어의 다비식과 탈속의 순간

전동균의 시집 『거룩한 허기』(랜덤하우스, 2008)에서는 부재하는 아버지를 회억하는 장남의 적막함과 '눈이 새까만 계집아이 둘을 옆에 누이고도 / 출가의 꿈을 꾸며 / 몸 뒤척이는' 가장의 쓸쓸함이 함께 울려나온다. 이 울림을 주관하는 것은 죽음의 운명 속으로 걸어가 생의 비의를 살아내고자 하는 수도자의 시선이다. 내밀한 출가의 꿈을 접고 육친의 세계로 돌아서야 하는 자의 고통스러운 시선이 허허로운 삶의 살갗에 가닿을 때, 그의 언어는 세상에서 가장 가난하고 고즈넉한 풍경을 거둬 올린다. 이를테면 "잔바람에도 파르르 / 몸을 떠는 / 흰 꽃잎 한 장 만나러 / 세상에 왔구나"(「앵두나무 아래 중얼거림」)와 같은 구절은, '빈방에 속옷 빨래들이 널려 있는' 현실의 온갖 풍상과 고단함을 휘발시키면서 탈속적 순간의 풍경을 펼쳐 놓는 것이다. 이렇게 전동균의 시는 깊게 갈고 닦은 서정의 현을 울려, 허허롭고 고즈넉한 풍경 속으로 우리를 데려간다.

그런데 이번 시집에서 주목되는 것은, 전동균의 시가 보여주는 유현한 언어의 이면에 죽음의 그림자가 드러난다는 점이다. 시인은 일상적 세계에서 끊임없이 죽음과 마주서서 그 소멸의 기운을 감지한다.

> 나는 왜 자꾸
> 인제는 내 곁에 없는 사람과
> 지상의 발자국을 깨끗하게 지워버린 것들,
> 그런 것들의 안부가 궁금해지는 것인지
>
> ―「바람의 눈을 들여다보며」 부분

> 봐라, 국화꽃 피니 먼길 가는 사람 있다
> 너무 환해서 살얼음장 같은
> 별빛 밟으며
> 꽃그늘 속으로 떠나는 사람 있다
>
> ―「국화꽃이 피니」 부분

부재하는 존재들, 지상에서 존재의 흔적을 지워버린 자들에 대한 그리움은, 시인을 자꾸만 소멸의 시간으로 끌어당긴다. 그리하여 시인은 피어 있는 꽃을 바라보면서도, 그 꽃의 아름다움에 감탄하기보다 그 속에서 먼 길을 가는 사람의 서글픈 뒷모습을 발견하곤 한다. 이렇듯 시인에게 죽음은 자신을 '깨끗하게 지워버리는' 행위이며, "살얼음장 같은 별빛"을 밟고 떠나는 소멸로 인식된다.

흥미로운 것은 전동균의 시에서는 죽음이 시취尸臭를 풍기지 않는다는 점이다. 앞에서 살펴본 허형만의 시가 세계에 편재한 죽음의 출몰에 전율하고 있다면, 전동균은 죽음으로부터 육체의 냄새를 지워버림으로써 어둡고 무거운 운명으로부터 벗어나고자 하는 것처럼 보인다. 죽음과 삶이 모진 경계를 훌쩍 지워버린 시선으로 그는 자신의 죽음조차도 담담하게 바라본다.

> 도무지 출구를 찾을 수 없는
> 무덤과 같은 과천역,
> 지하도 밖 세상은 아침일까 저녁일까
> 천국일까 폐허일까
> 나는 어떤 쓸쓸한 생의
> 부장품일까
>
> ─「어떤 쓸쓸한 생의」부분

이 시에서 출구 없는 무덤에 갇혀, 고개를 숙이고 자신을 바라보는 시선은 허허롭기 그지없다. 무덤 밖의 세상이 "아침일까 저녁일까"라는 담담한 물음의 어조는, 곧바로 "나는 어떤 쓸쓸한 생의 / 부장품일까"에서와 같이 죽음과도 같은 삶에 대한 응시로 옮아간다. 나의 삶이 곧 죽음과 다르지 않다는 인식에는 어떤 고통이나 슬픔도 배어 있지 않다. 또 시 「새치가 많은 가을」에서도 시인은 자신의 죽음과 나란히 앉아 담배를 나눠 피우고 소주를 마신다. 이렇듯 죽음을 대하는 시인의 태도는 이미 그것을 자신의 것으로 받아들인 자의 초연한 표정으로 드러난다. 전동균은 죽음이라는 사건을 둘러싼 근대의 호들갑스러운 시선 즉 공포와 불안, 종말, 우울 등의 감각적 반응을 비껴서 있다. 그에게 죽음은 또 다른 나의 모습으로 다가와 나와 더불어 살아가는 존재이다.

지는 해를 바라보며

나는
청둥오리떼 날아가는 미촌 못 방죽에서
매캐한 연기에 눈을 붉히며
내가 쓴 시를 불태운다.

— 「거룩한 허기」 부분

사방이 어둑해지는 낙조의 시간에 시인은 자기가 쓴 시를 불태운다. 외진 절벽에서 신발을 불태우는 행위(1연)가 눈을 감고 운명의 심연으로 뛰어드는 상징적 죽음을 의미한다면, 3연에서 눈을 붉히며 시를 불태우는 일은 언어-육체를 불태우는 제의적 행위를 상징한다. 시인에게 언어를 태우는 일은 곧 자신의 육체를 불태우는 황혼의 다비식이다. 이렇듯 자신의 언어와 육체를 불태움으로써, 시인은 존재를 구속하는 운명으로부터 놓여나기를 꿈꾼다. 찬란한 불꽃의 언어를 얻기 위해서 시인은 그토록 끔찍한 고통의 시간을 견디고, 빈 공터를 서성인 것이 아닐까.

3. 슬픔의 힘, 곡비哭婢의 언어

문인수는 시집 『배꼽』(창비, 2008)에서 상처 입은 세상의 아픔을 쓰다듬는 언어의 곡진한 울음을 들려준다. 버려진 낡은 의자, 노숙자들, 참척의 슬픔을 겪은 친구, 바닷가에 버려진 소주병, 공중전화 부스 등은 시인이 그의 시에 모아 놓은 누추한 이름들의 목록이다. 시인은 이들이 품고 있는 슬픔을 언어로 대신 울어준다. 지상의 상처를 자신의 입술로 핥아주는 시인의 육체는 슬픔의 힘으로 노래하는 거대한 공명통이다.

> 나는 해풍 정면에, 익명 위에
> 엉덩이를 내려놓는다. 정확하게
> 자네 앉았던 자릴 거다. 이 친구,
> 병째 꺾었군. 이맛살 주름 잡으며 펴며
> 부우― 부우―
> 빠져나가는 바다,
> 바다 이홉, 내가 받아 부는 병나발에도
> 뱃고동 소리가 풀린다.
> 나도 울면 우는 소리가 난다.

—「바다 이홉」 부분

시인은 바닷가를 거닐다가 방파제 끝에서 누군가 두고 간 빈 소주병을 발견한다. 버려진 소주병에는 삶에 지친 누군가의 슬픔이 어려있다. 시인은 그가 앉았던 자리에 앉아, 소주병으로 씻겨지지 못했을 슬픔을 바다에서 울리는 뱃고동 소리로 풀어낸다. 낯모르는 그 사람을 시인은 곧바로 '친구'라고 호명하며, 그의 고통과 자신의 고통을 포개어 놓는다. 주목할 것은 "나도 울면 우는 소리가 난다"라는 마지막 구절이다. 여기서 시인은 현재의 슬픔에 감상적으로 주저앉는 대신 슬픔의 정조를 담담하게 객관화하고 있다. 고통에 빠진 대상을 연민과 동정으로 감싸는 것이 아니라, 그 고통의 풍경에서 새로운 가능성을 읽어내고자 하는 것이다.

이렇게 문인수는 시적 자아의 주관성으로 대상을 지배하는 것이 아니라 대상에 내장된 고유한 가능성이 발화되도록 긍정함으로써, 세계와 자아의 균형감각을 회복한다. 문인수 시의 미학은 세계와 자아에 대한 절제와 균형 잡힌 시각에서 태어난다. 시인은 세상의 그늘에 버려진 존재를 호명하고, 그들 속에 자신을 밀어 넣어 내밀한 소통을 이룬다. 그리하여 사물의 깊고 어두운 내부로부터 울려나오는 소리에 자신의 온몸을 맡겨 공명한다.

무겁게 내려앉은 피아노는 저도 컴컴한 헌집이다.
묻지 마라. 어두워진 것처럼 꽉 다문 입, 속은 구린내 나겠지만
흉금이란 노후에도 노후해도 썩지 않고 영롱하게 글썽이는 것.
(…중략…)
두 팔 벌려 무너지듯
누가, 이 피아노를 한번 힘껏 눌렀겠다.

― 「낡은 피아노의 봄밤」 부분

이 시가 보여주는 서정적 음색은, 누추한 현실의 풍경으로부터 불멸하는 아름다움을 길어 올리고자 하는 시적 열망을 보여준다. 낡은 피아노의 내부에는 "구린내"로 채워진 어둠뿐이다. 그러나 시인은 버려진 피아노의 노후한 육체 속에, "썩지 않고 영롱하게 글썽이는 것"이 자리하고 있음을 알고 있다. 마음의 현을 울려 영혼의 소리를 만들어내는 이 영롱한 빛이야말로, 불우한 육체와 죽음의 시간을 지나 영속하는 시적 언어의 울림일 터이다. 이렇게 시인은 어둠으로부터 명멸하는 빛의 이미지를 건져 올린다. 봄날의 환한 목련이 폭발하듯, 무너진 육체에서 터져 나오는 생명의 화음이 그것이다.

어둠과 침묵으로 가득 찬 피아노의 육체는 그의 다른 시 「배꼽」에서 폐가 속으로 들어가 '웅크린 한 채의 폐가'가 되어버린 사내의 육체와 겹쳐진다. 소주병이 나뒹구는 희망 없는 폐가의 마당에 웅크린 사내는 죽음의 시간에 파묻힌 존재가 아니라, 지붕 위의 조롱박이 태어나듯 새로운 탄생을 맞이한다. 죽음과 신생의 경계에 놓인 '배꼽'은 이렇듯 절망과 고통을 신생의 빛으로 바꾸어 놓는 것이다.

어지러운 소음과 파편적인 언어가 난무하는 세계에서 시인은 훼손된 언어를 갈고 닦아 존재의 내면을 비추어내는 언어의 수도자들이다. 허형만, 전동균, 문인수 시인은 세계와 존재에 대한 성찰을 통해서 성숙한 시적 세계를 일구어내고 있다. 이들의 시는 고통스럽고 누추한 현실을 고요하게 응시함으로써 존재의 깊숙한 본질에 다가가는 언어의 긴장을 보여준다. 이 시인들은 죽음의 냄새로 가득 찬 세계에서 자신의 시를 불사르는 언어의 다비식을 거쳐 새로운 말의 배꼽을 얻는다. 그것은 신생의 언어가 터뜨리는 순결한 울음이다.

키치와 신화

1. 시차의 독법

　'현실과 불화하는 시'라는 말은 필연적으로 세계의 질서에 순치되지 않은/ 순치될 수 없는 시의 운명에 바쳐진 수사이다. 주지하듯 시적 언어는 지배 언어를 균열시키고, 그 효력을 중단시키는 부정의 파토스를 내장하고 있다. 그것은 현실과 어긋나고 삐걱거리면서, 견고한 지배구조 속에 은폐된 균열을 가시화한다. 현실과 시 사이의 어긋남, 다시 말해 세계와 시적 언어의 간극에서 비롯되는 시간적 간극時差은 필연적으로 세계를 바라보는 시선의 차이視差를 낳는다. 이러한 시차의 간극에서 관습적 세계의 표면은 일그러지고, 그 왜곡된 표면에서 지배 언어의 포획력은 더 이상 기능하지 못하게 된다. 바로 이 지점이 세계의 구조를 재편할 시적 언어가 탄생하는 곳이다. 시적 언어는 이질적이고 낯선 감각을 출현시킴으로써, 일상적 사유와 감각의 작동을 중단시키고 동일성의 좌표에 구멍을 낸다. 최근 우리 시에서 발견되는 징후들은, 관습화된 세계의 질서 내부에 자리한 균열을 포착하는 시차적 관점을 가시화하고 있다. 그것은 속악한 욕망의 지배를 벗어나 새로운 시적 감각의 출구를 찾는 일일 것이다. 따라서 이 시차의 간극에 주목함으로써 불화를 양식화하는 시적 언어의 특징을 살펴볼 수 있을 것이다.

2. 정치와 키치

시는 어떻게 현실에 맞서는가. 혹은 시는 어떻게 정치적인 것이 되는가. 최근 문학과 정치라는 화두를 둘러싸고 제기되는 담론들은 현실의 좌표와 시적 지평 간의 불일치를 전경화한다. 다음의 시는 '시와 정치'에 대한 물음 앞에 놓인 시인의 갈등을 보여준다.

정치시라면 한때 넌더리를 낸 적도 있지만
정치가 더러우니 정치시는
정치와 무관한 언어로 써야 한다는
나의 무지를 조롱하는 언어 앞에서

나는 너저분한 생활을 변명 삼았다

타락마저 엉거주춤 일삼은 시간이

어떻게 시가 될 수 있을 것인가

일주일째 우리 부부는 침묵중이다

허무를 모르는 어떤 주장도 신뢰하지 않기 때문이다.

나도 정치가 더러운 것이라 배운 탓에

지금껏 분노는 알았지만, 식구들의 눈에는

단지 허름한 가장이었을 뿐

그러나 더러운 게 피가 된다

볕이 꺼지는 순간에야 사랑은 시작된다

박사학위 논문 장정처럼 모호한 이야기를

내가 이해하지 못하는 건,

그러므로 욕은 아니다

다만 이제 멋진 정치시를 쓸 나이가 되었는데

아직 진창을 모른다

이미 진창인데 아니라고 우긴다

그래서 핏물이 밴 정치시 한줄 못 쓴다

끝내 완성되지 못할 정치시를

아내의 외면도 너끈히 견뎌내는

더러운 시를―

―황규관, 「더러운 시」

이 시에서는 시인은 '정치와 시', '정치적인 시', '시의 정치' 등의 수사
를 간명하게 가로지르는 '정치시'라는 시어에 집중하고 있다. 끊임없는

논쟁을 불러일으키는 '정치와 시'에 대한 담론을 가로질러, 이 둘을 곧장 결합시켜 버린 것이다. 관계사와 수식어를 생략한 이 직접성의 화법은 현실정치를 에둘러 가려는 미학적 관습을 즉각적으로 관통하고자 하는 의도를 보여준다. 그런데 문제는 한데 묶여버린 '정치'와 '시'가 서로를 밀쳐내면서 길항하고 있다는 점이다. 그런 점에서 '정치시'라는 말은 그 속에서 충돌하는 정치와 문학의 파장을 끌어안기에는 너무 손쉬운 명명일지도 모른다. 이 시에서 드러나는 시인의 갈등은 이러한 '정치시'라는 이름 속에 자리한 언어의 충돌을 드러내주는 것이기도 하다.

시의 전반부에서 시인에게 정치는 '더러운 것'으로, 그래서 마땅히 피해가야 할 것으로 인식된다. '더러움'을 피하고자 하는 행위는 스스로를 오염된 세계로부터 보존하려는 의식에서 기인한다. 자기 내부의 '순결함'을 보존하기 위해서는, 현실-정치의 더러움을 외면하거나 또는 존재하지 않는 것으로 간주해야만 한다. 이러한 자기 보존의 욕망은 더러운 현실을 실재하지 않는 것으로 간주함으로써, 역설적으로 그것을 더욱 공고하게 만드는 데 공모하는 책략이 될 수 있다. 이렇게 현실-정치라는 '얼룩'을 제거하고 부재하는 것으로 만들어버림으로써 스스로 순수하다고 착각하는 기만적 의식은, '정치시'라는 명명을 통해 정치와 문학을 동시에 키치화한다. 주지하듯 키치는 대상의 숭고함을 박탈함으로써 비속한 것으로 희화하는 기만적 형식이다. 이 시에서 '정치시'라는 이름은, 정치와 문학 '사이'에 자리한 무수한 갈등과 고민을 손쉽게 제거한다는 점에서 속악한 키치의 언어로 읽힐 수도 있다.

따라서 주목할 것은 시에서 '정치시'가, 비속한 '정치'에 대한 야유에 그칠 것인가, 아니면 진정성의 무게를 감당하는 언어의 함량을 내장하고 있는가 하는 점일 것이다. 시의 언어는 이 양극점 사이에서 미묘하게 엇갈리고 있는 것처럼 보인다. '멋진 정치시'를 쓰고자 하는 시인의 욕망은 '멋진'이라는 수식어 앞에서 흔들린다. 그것은 현실을 관통하지 못한 채 형식화된 '시'에 대한 냉소의 언어로 읽힐 수 있는 반면에, 자신이 지향하는 시에 대한 열망을 담고 있는 수사로 읽힐 수도 있다. 후자의 가능성을 따라가 보자. 이때의 '정치시'는 시인이 가야 할 길(당위)을 의미하는 것으로 보인다. 그것은 "끝내 완성되지 못할 정치시"라는 구절에서 보듯, 도달할 수 없기에 더더욱 지향해야 하는 이념형이다.

그러나 시인은 스스로 '정치시'를 써야 한다는 당위를 인식하고 있음에도 불구하고, 시의 말미에 스스로 "진창을 모른다"라고 진술하거나, "이미 진창인데 아니라고 우긴다"고 고백한다. 이렇듯 정치와 마주치기를 피하려는 의식은 '생활'로 귀결된다. '허름한 가장'으로서의 자의식은 정치적 현실을 외면하는 자의 알리바이가 된다. '가장', '생활', '타락'이라는 시어는 김수영의 시에서 자주 마주치던 말들이다. 일상의 위악적 포즈를 통해서 타락한 사회의 비속함을 관통해 나갔던 김수영의 시적 에너지는 가식 없는 자기 노출에서 비롯된다. 김수영의 자기노출은 비속한 자신의 모습을 드러냄으로써 세계의 위선을 폭로하는 전략이 된다. 속물적 단순성에 긴박된 현실의 허구성을 찢어내는 것. 이것이 바로 김수영 시에 내장된 정치성의 본질이었던 것이다. 따라서 '정치시'라는 속악한 키치를 넘어서 이념형으로서의 '정치시'에 도달하기 위해서 필요한 것은, 김수영이 그랬듯이 현실의 더러움을 끌어안는 것이다.

시인은 자신의 이념형인 '정치시'의 당위성을 인정하면서도 그것을 회피하려는 자의 이중적 태도를 보여준다. 그것은 '정치시'라는 명명을 통해서, 정치와 문학의 미묘하고 복잡한 관계를 회피하는 태도로 읽힌다. 그러나 역설적으로 이러한 자기 노출을 통해 그의 '정치시'는 속악한 키치의 세계 너머로 나아갈 수 있게 된다. 주목할 것은 '핏물이 밴 정치시'가 내장한 힘이, 현실의 더러움을 제거하는 결벽증이 아니라 그것을 인정하고 끌어안는 행위 속에서 발현된다는 것이다. '핏물'이라는 육체성의 언어는 '정치시'가 형식적 차원에서 수행되는 것이 아니라, 김수영식의 '온몸'의 시 쓰기를 통해서 이루어지는 것임을 보여준다. 이렇듯 시인이 지향하는 '더러운 시'는 자기 결벽증을 넘어서, 세계와 현실의 비속한 진창을 끌어안는 순간에 실현된다. 그것은 '아내'로 상징되는 세인들의 외면과 비난을 '너끈히' 견뎌내는 시일 것이며, 정치와 문학 사이의 분할과 간극을 그야말로 '온몸'으로 끌어안는 시일 것이다.

3. 고백과 책임의 윤리

현실 세계의 견고한 지배구조를 균열시키고, 감각적 배치를 새롭게 구성하는 '정치시'의 출현은 어떻게 가능한가. 세계의 기만에 맞서 스스로를 드러내는 시적 고백이야말로 가장 정치적인 행위라 할 수 있다. 고백은 허위와 기만의 언어로 얼룩진 세계를 향해 '그대로'의 얼굴을 드러냄으로써, 내면의 윤리를 획득하는 행위이기 때문이다. 일찍이 김수영이 보여준 뻔뻔한 고백들은 그 속물성의 내부에 윤리적 주체로서의 자의식을 내장하고 있었다. 이 지점에서 그의 고백은 시적 정치성을 띠게 된다. 진은영의 시는 고백을 통해서 일그러진 욕망의 세계를 뚫고 나가는 새로운 모습을 보여준다.

여고 졸업하고 6개월간 9급 공무원 되어 다니던 행당동 달동네 동사무소

대단지 아파트로 변해버린 그 꼬불한 미로를 다시 찾아갈 수도 없지만,

세상의 모든 신들을 부르며 혼자 죽어갔을 그 야윈 골목, 거미들

"그거 안 그만뒀으면 벌써 네가 몇 호봉이냐" 아직도 뱃속에서 죽은 자식 나이 세듯

세어보시는 아버지, 얼마나 좋으냐, 시인 선생 그 짓 그만하고 돈 벌어 우리도 분당 가면, 여전히 아이처럼 조르시는 나의 아버지에게

아름다운 세탁소를 보여드립니다

잔뜩 걸린 옷들 사이로 얼굴 파묻고 들어가면 신비의 아무 표정도 안 보이는

내 옷도 아니고 당신 옷도 아닌

이 고백들 어디에 걸치고 나갈 수도 없어 이곳에만 드높이 걸려 있을, 보여드립니다

위생학의 대가인 당신들이 손을 뻗어 사랑하는

나의 천부적인 더러움을

반듯이 다려놓을수록 자꾸만 살에 늘어붙는 뜨거운 다리미질

낡은 외상장부엔 잃어버린 시간을 찾아서와 미국단편집과 중론, 오래된

참고문헌들과

　물과 꿈 따위만 적혀 있다

　여보세요, 옷들이여

　맡기신 분들을 찾아 얼른 가세요. 양계장 암탉들이 샛노랗게 알을 피워

대는 내 생애의 한여름에

　다들, 표백제 냄새 풍기며 말라버린 천변 근처 개나리처럼 몰래 흰 꽃만

들고

　몸만 들고 이사 가셨다

　　　　　　　　　　　　　— 진은영, 「나의 아름다운 세탁소」 부분

　이 시에서 '행당동 달동네'와 '신도시 아파트'는 우리 사회의 욕망의
지형학을 보여준다. 미로처럼 꼬불거리는 골목에서 아파트의 수직적
구조로의 변화는 현실을 지배하는 계급상승의 욕망이 코드화되는 방
식을 가시화한다. 그러나 시에서 '달동네 동사무소의 여직원'에서, '박
사학위'를 받은 현재의 화자로 전환되는 과정은 계급의 상승이라는 수
직적 욕망의 회로를 따라가지 않는다. 그녀에게 박사학위 논문은 '별
모양의 얼룩'으로만 기억될 뿐이며, 이는 '신도시'로 집중되는 아버지
의 욕망과 전면적으로 배치된다. 여기서 주목할 것은 그녀의 욕망이
현실적 욕망의 궤도를 완전히 이탈한 것이 아니라는 점이다. 성공의
가능성이 없어 보이는 여동생의 결혼에 극구 반대하는 화자의 이중성
은, 허구적 욕망의 세계와 완전히 결별하지 못한 존재의 딜레마를 보여
주는 것으로 읽힌다.
　이 시의 매력은 시인이 자기 삶의 내력을 진솔하게 노출하면서, '자기

만의 방'을 열어젖힌다는 점에 있다. 화자가 고백의 공간으로 선택한 곳은 '세탁소'이다. 맡겨놓은 옷들로 채워진 세탁소는, 여동생에게 물려주었던 『미국단편소설집』과 할머니의 기억이 뒤섞인 『잃어버린 시간을 찾아서』 그리고 첫사랑의 숨결이 가득 찬 바슐라르의 『물과 꿈』 등의 서책으로 채워진 내밀한 서고書庫이기도 하다. 이 서책의 목록은 그녀를 둘러싼 만남이 남겨놓은 기억들과 더불어 호명된다. 이렇듯 한 권의 책은 결코 지워지지 않을 기억의 흔적을 간직하고 있으며, 이 세탁소-서고는 잃어버린 기억들의 저장고인 것이다. 이렇게 시인은 과거의 공간 속으로 들어가 서책의 이름으로 기억되는 시간을 되새김질하고 있다.

그녀의 고백은 모든 기억이 표백된 채 사라진 현재의 시간을 다림질하는 행위이다. 그러나 과거를 불러올리는 기억의 작용은 현재의 그녀와 화해하지 않는다. 그것은 시인에게 '자꾸만 살에 눌어붙는 뜨거운 다리미질'의 고통과 열기로 감각된다. 이토록 선명하고 고통스러운 추억의 실감은 '반듯이 다려놓은' 코드화된 욕망의 회로 속으로 수렴되지 않는다. 살갗을 태우는 뜨거움은 희게 '표백된' 현재의 무감함을 파고드는 감각의 파동을 불러냄으로써 화자의 내면을 불편하게 한다. 이렇게 그녀의 뜨거운 고백은 위생학적으로 제거된 과거-기억을 복원하는 자의 고통과 환희를 동시에 펼쳐 보인다. 살에 눌어붙는 기억은 그 생생한 고통을 통해서 세계와 자아의 불화를 현재화한다.

그러나 현실을 지배하는 욕망은 객관화가 불가능한 것이다. 욕망이란 일종의 환상적 동일시 속에서 구축되는 것이기 때문이다. 허연의 시는 자기 내부의 욕망을 응시하는 작업을 통해서 욕망의 세계에 대응해 간다.

욕망이 침묵으로 변하는 순간이 있다. 밥을 먹고 나서 문득 밥이 객관화될 때, 섹스를 하고 나서 섹스가 객관화 될 때, 욕망이 남긴 책임이 나를 불러 세우는 순간이 온다.

(…중략…)

던져주는 먹이를 붙잡고 전투적으로 배를 불린 동물원 사자의 허탈한 눈빛을 오랫동안 들여다 본 적이 있다. 혼자서 자장면 곱빼기 한 그릇을 순식간에 비우고 그 자리에 한참을 멍하니 앉아 있던 노인을 본적이 있다. 바로 그 침묵의 순간, 사자와 노인은 방금 전 끝난 욕망에 대해 책임을 지고 있는 것이다. 스스로의 화자話者가 되어 스스로를 설득하고 있는 것이다.

내가 내 욕망의 화자가 되어야 하는 건 지나친 형벌이다.

— 허연, 「話者」 부분

이 시의 키워드는 욕망이다. 욕망은 먹이를 뜯어먹는 사자와 자장면을 먹어치운 노인으로 상징되는 동물성 세계를 환기한다. 식욕과 성욕은 사자-여자-노인-나 사이의 차이를 무화하고 동질화하는 코드이다. 누구도 이 욕망의 인력으로부터 자유로울 수 없다는 점에서 욕망은 벗어날 수 없는 운명으로 인식된다.

그런데 시인은 불타오르던 '식욕과 성욕'이 '침묵'으로 변하는 순간을 이야기한다. 욕망에 몰입하는 주체에서 객체로 물러서는 순간, 화자가 발견하는 것은 욕망의 잔해들 즉 적나라하게 벌거벗은 욕망의 실체들이다. 욕망에 포획된 존재들이 벌여놓은 잔혹한 카니발의 세계가 그것이다. 이렇게 욕망의 순간으로부터 한 걸음 물러서면 바로 욕망의 실체가 객관화되고, 포만감의 이면에 자리한 허탈함과 공허가 드러나는 것이다. 이때 포만과 결핍이 맞닿는 순간은 기묘한 침묵으로 실현된다. 이 침묵의 순간은 '방금 끝난' 욕망이, 결코 충족될 수 없는 욕망의 악무한적 순환으로 귀결된다는 절망적 사실을 환기한다.

주목할 것은 시에서 욕망이 '배가 부르다'라는 자동사가 아니라, '배를 불리는' 사동사로 작동한다는 것이다. 욕망은 주체가 선택하는 것이 아니라 운명처럼 던져진 것이다. 주체는 욕망을 역동적으로 향유하는 것이 아니라 욕망에 포획된 존재이다. 그러므로 욕망을 응시하는 순간은, 자기 내부에서 영원히 채워지지 않는 외설적인 검은 구멍을 마주해야 하는 고통스러운 순간이다.

그럼에도 불구하고 시인은 이 침묵을 견디고, 그 욕망을 스스로에게 설득해야 한다고 말한다. 욕망을 응시하는 순간, 욕망에 대한 '책임'의 윤리가 발생한다. 그런데 욕망-책임의 쌍은 인간이 행위의 주체임을 전제할 때만 성립한다. 제어할 수 없는 욕망을 스스로 객관화함으로써 인간은 비로소 책임의 주체가 될 수 있다. 이러한 책임의 주체가 되기 위해서는 스스로를 설득할 언어가 필요하다. 스스로 '화자'가 되어서 자신을 이해시키고 납득시키는 행위야말로, 불가피한 욕망을 존재의 조건으로 수긍하는 일이 될 터이다. 그것은 그 욕망의 끔찍한 이면을 자신의 것으로 인정하고, 그 고통을 감내하는 '형벌'이기도 하다. 시인은 이 순간을 자신의 욕망에 대한 책임으로 이해한다. 즉 욕망에 대한 책임을 수행함으로써, 스스로에게 주어진 영원한 형벌을 감수해야 한다는 것이다. 악무한의 욕망으로 채워진 동물성의 세계에 윤리의 시선을 관통시키는 것. 그것이 폭주하는 욕망, 그 악무한의 회로로부터 벗어날 수 있는 가능성을 열어주는 것이리라.

시적 고백의 정치성을 관통하는 것은 이러한 윤리와 책임의 문제가 될 것이다. 그것은 현실의 코드화된 욕망의 체계 혹은 자동화된 욕망의 회로를 중지시키고, 새로운 감각과 시선을 만들어내는 일과 관계된다. 이와 더불어 우리는 현실을 지배하는 욕망의 회로에 낯선 시간을 외삽하는 방법을 사유할 수 있다. 앞에서 살펴본 진은영의 시가 기억의 흔적을 통해 탈색된 현재의 허구성을 가시화하는 방법을 보여주었다면, 다음에 살펴볼 시들은 공허한 현재의 시간성이 영원으로 고양되는 신화적 시간의 출현을 보여준다.

4. 신화의 시간으로

현대사회의 일상은 코드화된 욕망의 체계에 포획된다. 자본의 마법에 의해서 순환하는 세계의 질서는 영속적이고 내재적인 시간을 해체하고 파편화한다. 이렇게 욕망의 가속도가 지배하는 현실에서 시는 무엇을 할 수 있는가. 혹자는 현실을 지배하는 관습과 일상화된 감각의 지배를 벗어나 새로운 감각의 배치를 발명하는 것이라고 대답할 것이다. 그렇다면 파편화된 욕망에 포획된 세계에서 어떠한 감각의 형질변화를 기대할 수 있을 것인가.

반달가슴곰네 부녀의 과일가게는
점심때가 지나서야 열린다

아버지 곰은 딸 하나가 전재산이다
아빠 곰은 겨울동안 더 비쩍 말랐다
아빠 몫까지 뚱뚱한 딸 곰은
가슴엔 커다란 반달을 두 개나 달았다
얼굴은 더 큰 보름달이다
미간이 넓은 두 눈은 까맣게 빛나고
납작 코에 부르튼 두꺼운 입술과 부스스한 단발머리를 가졌다
생각이 늘 모자란 데다 행동마저 굼떠서
마흔 넘도록 시집 못 가고 아빠랑 산다

반달곰네 부녀의 과일가게는 간판 따윈 없지만
과일상자를 번쩍번쩍 들어 옮기는
효녀 딸이 있어 알 사람은 다 아는 동네 명물이다
부녀는 좀체 씻는 법이라곤 없는데
꼬질꼬질한 손맛이 과일에도 배는 걸까,
과일들은 신통하게도 달고 시원했다

반달곰네 부녀가 긴 겨울잠에서 깨어나
시장입구에 과일가게를 오픈하면
경칩도 이미 지나 동네엔 바야흐로 봄이 온 것이다.

― 엄원태, 「반달곰네 과일가게」

'반달곰네 과일가게'는 골목에서 누추한 과일가게를 운영하며 생계를 유지하는 부녀의 이야기이다. 시장통에서 늙은 아빠가 마흔이 넘은 뚱뚱한 딸을 돌보며 살고 있다. 비쩍 마른 아빠의 육체와 '커다란 반달을 두 개나 단' 딸의 기형적 육체가 보여주는 불균형함은 이들을 둘러싼 삶의 피폐한 굴곡과 소외된 자들의 누추한 삶을 환기한다. "미간이 넓은 두 눈", "납작 코에 부르튼 두꺼운 입술" 등 딸의 외모는, 무거운 짐을 "번쩍번쩍 들어올리는" 육체적 힘과 대조되면서 그녀의 이질적 풍모를 부각한다.

이 시에서 시인은 이 결핍된 존재들이 어떻게 고통스러운 현실을 뚫고 나가는지를 보여준다. 시인은 '잘 씻지 않는' 누추한 육체 속에서 오히려 '단 과일'이 탄생한다고 말한다. 위생학이 지배하는 도시에서 이들의 "꼬질꼬질한 손맛"은 거부와 배제의 대상이다. 그러나 역설적으로 그들의 누추한 손맛은 도시적 삶의 밑바닥에 억압된 '원초적' 감각 (단맛)을 일깨우는 것이다. "꼬질꼬질한 손맛"과 함께 부녀의 느리고 굼뜬 행동 역시 문명화된 세계의 속도에 휩쓸리지 않는 자연 상태를 보여준다. 또한 그들의 과일 가게는 '점심때가 지나서야 문을 열고, 간판도 없다'. 이들은 현실적 시간에 얽매이지 않고 사회의 회로에 귀속되지 않는다. 그들의 신체는 '겨울잠'을 통해서 자연과 합일된 생명의 리듬을 담고 있다. 이렇게 '반달곰 부녀'는 도시의 위생학과 대비되는 자연-원초적 세계를 담지하고 있는 인물인 것이다.

시인은 '신통하게'라는 수식어를 통해서, 꼬질꼬질한 부녀의 존재를 신비한 것으로 치환한다. 기형적으로 일그러진 딸의 신체는 과일을 생산하는 여성적 대지의 육체로 변화되고, 계절의 시작을 알리는 신성한 존재로 재탄생한다. 이렇게 부녀는 '과일'과 '봄'으로 상징되는 생명력을 일상의 누추한 시간 속으로 이끌어 옴으로써, 피폐한 도시를 신화적 공간으로 치환한다.

시인은 '꼬질꼬질한' 삶을 담담하게 살아가는 부녀의 모습을 통해서 생명의 근원적 세계를 환기한다. 그것은 현실의 비속한 논리로 파괴되지 않는 신성한 세계의 모습이다. 이렇게 현대의 신화는 피폐한 현실의 시간이 균열되는 지점에서 출현한다. 세계의 불화, 이질적 감각의 시차는 신화적 세계를 출현시키는 조건이 된다. 또한 역설적으로 이러한 신화적 시간의 출현은 비속한 키치적 현실에 대응하는 강력한 힘이 된다. 폐허와 같은 도시의 한복판에서 시인들은 '더러운 시'에서 '신화'의 시간에 이르는 길을 찾아야 한다. 그것이 우리 시가 이 누추한 현재의 시간에 신화를 다시 사유해야 하는 이유이다.

들끓는 욕망을 신화로 바꾸는 것, 사라져가는 현재의 시간 속에서 영원성을 사유하는 것, 키치적 언어로 쌓아올린 잔해더미에서 신화적 시간의 영원성을 발견하는 것이 곧 '정치시'에 내포된 진정한 가능성이 아닐까.

3부

세이렌의 노래

공포에의 눈뜸과 가면의 시
텅 빈 눈의 자화상
고양이가 있는 몇 개의 풍경
상가수의 노래
별사, 허무로 회귀하는 언어
재난을 예감하는 시의 언어
파경의 시선, 자화상의 필법
동화와 멜랑콜리
딸꾹질과 유령의 언어
난파된 신화와 세이렌의 변성
김밥 그리고 김수영 생각
절벽의 풍경

공포에의 눈뜸과 가면의 시

황동규론

1. 내면의 성찰과 새로운 주체의 가능성

1970년대는 유신정권의 정치적 파행과 질곡으로 인한 위기의식이 심화된 시기였으며, 파편화된 근대적 삶이 그 어느 때보다 깊숙하게 주체의 삶에 개입해 들어오기 시작한 시기였다. 1980년대의 황지우가 '끔찍한 모더니티'라고 명명한 근대의 야만적 힘이 삶의 물질적 조건으로 포진하기 시작했다는 말이다. 1970년대의 시를 지배하는 위기의식은, 당대가 근대의 야만적이고 폭력적인 힘과 주체의 대결이라는 긴장된 싸움을 가능케 한 시기였음을 보여준다. 세계의 부정성을 응시하고 이에 대응해 가는 주체의 긴장된 시선을 확보하는 것은 당대의 현실을 넘어서려는 시적 과제이자, 근대적 주체의 자기 인식 문제와 연관된 당대의 주요한 문학적 화두였다. 근대라는 악몽 속에서 자기를 보존하려는 주체의 노력은 세계에 대한 비판적 성찰을 가능케 하는 내면을 구축함으로써 가능하게 된다. 이때의 '내면'이란 타자와의 관계 속에서 자기를 발견하고, 자아와 세계의 갱신을 지향하는 역동적인 의식을 의미하는 것이다. 이러한 사유의 운동이 자아와 세계가 관계를 맺는 방식을 총체적으로 인식할 수 있는 시선, 곧 '지성'의 움직임 속에 놓이는 것은 물론이다. 폐쇄된 자의식의 유희에 탐닉함으로써 이 내면의 우물을 메꿔버린 이상李箱 이래, 해방과 전쟁의 질곡을 거치면서 이 지성의 사유를 자기 갱신의 동력으로 끌어올린 김수영에 이르러서야 우리 시에서 진정한 내면의 가능성을 엿볼 수 있게 된다. 일찍이 김수영이 우리 시사에서 진정한 현대시의 부재를 '지성'의 결핍에서 찾고 있었음은,[1] 그가 후배 시인들에게 남긴 시사적 과제가 바로 지성의 획득에 있음을 의미하는 것이라 하겠다.

세계와 자신에 대한 반성적 성찰을 자기발전의 동력으로 삼을 수 있는 주체의 가능성은, 모국어에 대한 밀착된 감각과 세련되고 절제된 언어미학을 통해서 자신의 시적 세계를 조형해 낼 수 있었던 4 · 19세대의 주자들에게서 발견될 수 있는 것이었다. 4 · 19세대의 하나였던 황동규는 자기의 실존을 세계와 밀착시킴으로써, 세계의 부정성에 대한 인식을 '내면'의 구축으로 전화시켜 나가는 새로운 시적 방향을 보여준다. 많은 논자들이 황동규의 시가 폐쇄된 자아의 내면을 드러내는 데 집중

---

1   김수영, 「지성이 필요한 때」, 『김수영 전집』 2, 민음사, 1981, 410면.

되었던 초기의 '닫힌 세계'에서 '삶의 구체적이고 보편적인 현실'에 대한 인식으로 영역을 확대해 나간다는 점에 주목하고 있다.[2] 사실 그의 1960년대 후반 이후의 시에서 역사적 문맥이 자아의 내면에 깊숙하게 파고들었음을 확인하는 것은 어려운 일이 아니다. 문제는 시인이 어떻게 고정된 '자기'로부터 벗어나 세계와 자아에 대한 보다 깊은 성찰의 시각을 만들어 내느냐 하는 일에 놓일 것이다. 이러한 문제를 앞서 언급한 근대적 주체의 자기 인식의 문제와 연관 지어 볼 때, 역사와 현실에 대한 자각이라는 단순한 서술로는 황동규의 이러한 시적 변모가 가지는 의미를 포괄하기 어려울 듯하다. 따라서 우리는 그의 시에 내장된 회로를 추적함으로써, 이러한 변모를 가능케 하는 내적 동인은 무엇인가, 또 이러한 변모가 1970년대 시에서 가지는 의미는 무엇인가에 대한 물음을 보다 깊숙하게 던져볼 필요가 있을 것이다. 이 글은 황동규의 초기 시에서 드러나는 시적 선회가 자아의 인식 내부에서 어떤 의미의 질적 전환을 이루고 있느냐는 질문에서 출발하며, 1970년대의 시에서 보이는 세계에의 눈뜸, 타자와의 대결의지가 어떻게 자기 갱신의 동력으로 전화될 수 있는가 하는 점을 살펴보고자 한다. 이러한 작업은 1970년대 우리 시가 억압적 근대의 힘과 대결해 가는 과정에서 도달한 새로운 주체의 가능성을 확인하는 일과도 무관하지 않을 것이다.[3]

---

2   많은 논자가 '모호하고 내면적인 추상의 세계로부터 명료하고 객관적인 조형의 세계로 나가는' 이러한 변모의 과정에 주목하였다. 이광호, 「기행의 문법과 시적 전화」, 『위반의 시학』, 문학과지성사, 1993, 72면; 김병익, 「사랑의 변증과 지성」, 『황동규 깊이 읽기』, 문학과지성사, 1998, 78면.

3   황동규의 시적 흐름은 대체로 1기 『어떤 개인날』(1961), 『비가』(1965), 2기 『태평가』(1968), 『열하일기』(1972), 『나는 바퀴를 보면 굴리고 싶어진다』(1978), 3기 『악어를 조심하라고?』(1986), 이후 『몰운대행』(1991) 『미시령큰바람』(1993), 『풍장』으로 구분된다. 1960년

2. 내면 풍경에 갇힌 나르시시즘의 시선

황동규의 초기 시에서 자아의 내면에 그려지는 것은 우울과 상실의 감상이 빚어내는 풍경들이다. 『어떤 개인 날』(1961)과 『비가』(1965)에 담긴 시편에는, 현실의 문맥이 소거된 채 자아의 내면을 채우는 비극적 정조만이 남아 시적 분위기를 형성하고 있다. 어두운 겨울밤의 풍경들로 그려지는 이 주관적이고 심미적인 공간에서 황동규는 세계와 절대적으로 절연된 자신만의 내적 세계를 조형해 낸다. 세계와의 어떠한 접점도 형성되지 않은 자신의 심미적 세계를 고수하려는 태도 속에는 부정적 세계에 대한 환멸과 부정이라는 시적 인식이 바탕을 이루고 있음은 물론이다.

내 그처럼 아껴 가까이 가기를 두려워했던 어린 나무들이 얼어 쓰러졌을 때 나는 그들을 뽑으러 나갔노라. 그날 하늘에선 갑자기 눈이 그쳐 머리 위론 이상히 희고 환한 구름들이 달려가고, 갑자기 오는 망설임, 허나 뒤를 돌아보고 싶지 않은 목, 오 들을 이 없는 고백. 나는 갔었다, 그 후에도 몇 번인가 그 어린 나무들의 자리로.

— 「이것은 괴로움인가 기쁨인가」 부분

대의 초기 시와 그 후의 1970년대 시의 변모과정을 살펴보기 위해 쓰인 이 글에서는, 『어떤 개인 날』, 『비가』를 1960년대 시로, 1968년에 출간된 『태평가』와 1970년대에 출간된 『열하일기』, 『나는 바퀴를 보면 굴리고 싶어진다』를 1970년대 시의 범주에 넣어 살펴보기로 한다. 『태평가』 이후의 시에서 조금씩 드러나기 시작하는 사회 역사적 문맥에 대한 관심은 현실의 폭력적인 힘과 직접 대면하게 되는 1970년대 시에 와서 보다 본격적으로 드러나게 된다.

이 시에서 '얼은 겨울 들판'은 세계와의 연관성이 절연된 닫힌 공간이다. "가까이 가기를 두려워했던 어린 나무들"의 존재를 통해서 알 수 있듯이 그곳은 자아의 이상이 투사된 상징적이고 완결된 공간으로 존재한다. 그러나 '어린 나무들'이라는 절대적 대상의 상실로 인해 들판의 풍경은 상처를 입게 된다. 이 공간을 채우던 눈의 신비함은 사라지고, 환한 구름이 달려가 버리는 전환의 움직임으로 채워지는 것이다. 사랑의 대상이 상실되는 사건의 돌발성은 '갑자기'라는 부사로 강조됨으로써 그것이 자아의 내면에 환기하는 강렬한 움직임을 보여주고 있다. 이렇게 '어린 나무들'이 사라진 (빈)자리, 곧 절대의 공간 속에 남긴 상실과 결핍의 흔적이 그의 시가 출발하는 근원적 지점이라 할 수 있으며, 여기서 그의 시를 이루는 비극적 정조가 비롯됨을 알 수 있다.

> 누가 와서 나를 부른다면
> 내 보여주리라
> 저 얼은 들판 위에 내리는 달빛을.
> 얼은 들판을 걸어가는 한 그림자를.
>
> —「달밤」 부분

이 시의 화폭에 그려진 것은 얼어붙은 들판을 채운 달빛, 그 속을 걸어가는 한 그림자(자아)의 모습이다. 차가운 "얼은 들판"의 풍경 속에서 자아는 자신을 부르는 세계(타자)의 목소리를 듣는다. 세계의 호명에 대해 자아는 "얼은 들판"의 풍경을 보여줌으로써 답한다. 그러나 '달빛과 그림자'라는 기호를 빌려 자신의 존재를 드러내는 일은 타자 앞에서 자신의 존재를 감추는 행위이기도 하다. 적막한 내면이 투사된 '얼어붙은 겨울' 풍경 속에 자신을 감추는 역설적인 태도는 황동규의 초기 시에서 세계와 절연된 내면을 드러내는 한 방식이 된다.

풍경은 주위의 외적인 것에 무관심한 '내적 인간inter man'에 의해 발견되는 것이며, 세계를 풍경화하는 일은 세계 속에서 자신을 발견하는 일 곧 주체의 자기 인식의 문제와 닿아 있다고 하겠다. 즉 세계는 곧 주체의 의식을 끌어당김으로써 풍경이 되고, 그것은 역으로 풍경 속에 놓인 주체로 하여금 자신을 발견하게 하는 것이다. 이렇게 풍경 속에서 타자로서의 세계를 발견함으로써, 자아는 비로소 세계와 대응하는 주체가 된다.[4] 그러나 황동규의 시에서 그려지는 풍경은 현실의 지도 위에 놓이는 것이 아니라 시인의 내면 영역에서 조형된 공간이며, 순수한 주관의 영역에 머무르는 폐쇄적인 것으로 보인다. 자아와 풍경 사이의 '무심한' 거리를 통해서, 시인은 자아와의 관계를 상실한 채 외부의 풍경으로 존재하는 공간을 보여준다. 따라서 "무심한 공간, 온 들의 빈 흔들림"(「비가 제9가」)에서 들판의 '흔들림'은 생의 활력으로 전환되지 못한 '빈' 것으로 드러날 수밖에 없게 된다. 1960년대 황동규의 시를 채우고 있는 '비극적 세계인식'의 기저에 놓인 상실과 결핍의 정조가 어떠한 사회 역사적 배음도 제거된 '들을 이 없는 고백'이라는 내면의 독백으로 읽히는 것은 이러한 이유에서이다.

이렇게 황동규는 "새 하나 날지 않는"(「새벽빛」) 적막한 고립의 풍경 속

---

4 풍경 곧 타자로서의 세계는 주체로서의 자아의 존재와 동시적으로 생성된다. 주체와 세계의 긴장 속에서 주체에 의해 '발견'되는 것이 풍경으로 성립되는 것이다. 가라타니 고진, 박유하 옮김, 『일본 근대문학의 기원』, 1997, 민음사, 36면.

에 자신의 시선을 고정시킨다. 여기서 '바깥을 보지 않는 자'의 나르시시즘적 시선을 발견하기란 어려운 일이 아니다.

> 진실로 진실로 내가 그대를 사랑하는 까닭은 내 나의 사랑을 한없이 잇닿은 그 기다림으로 바꾸어 버린데 있었다. 밤이 들면서 골짜기엔 눈이 퍼붓기 시작했다. 내 사랑도 어디쯤에선 반드시 그칠 것을 믿는다. 다만 그때 내 **기다림의 자세**를 생각하는 것뿐이다. 그 동안에 눈이 그치고 꽃이 피어나고 낙엽이 떨어지고 또 눈이 퍼붓고 할 것을 믿는다.
>
> ─「즐거운 편지」 부분(강조─인용자)

편지는 타자와의 소통을 전제로 한 글쓰기이다. 그런데 이 시에서 시적 자아가 관심을 기울이는 것은 대상(그대)과의 합일을 지향하는 자기투사적인 사랑이 아니라, 사랑이 그친 뒤에 남은 기다림의 '**자세**'이다. 사랑의 대상을 향하기보다 사랑을 대하는 '자기의 자세'에 중점을 둔 시인의 태도 속에는, '사랑을 바라보는 **자신을 보는 시인의 시선**'이 드러난다. 이렇게 사랑의 대상으로부터 자기에게 옮겨온 시선이 '기다림의 자세' 곧 '기다리는 나'에 집중하게 될 때, 타자를 향해 달려가던 사랑의 열정은 얼어붙고 자신의 내면을 들여다보는 눈이 열린다. 그리하여 그대(타자)를 향한 불붙는 사랑의 열기 또한 '퍼붓는 눈'의 냉기 속에서 차갑게 자신의 '자세'를 응시하는 시선으로 바뀐다. 이 시에서 '그치다 / 피다 / 떨어지다 / 퍼붓다' 등의 움직임을 드러내는 술어들이 자신의 내면을 응시하는 자아의 시선이 지닌 부동성不動性을 중심으로 회전하게 되는 것은 그 때문이다. 그리하여 '즐거운 편지'는 타자(대상)와의 소통을 가능케 하는 글쓰기가 아니라 자아의 내면을 향한 '독백'의 울림으로 고여 있게 된다.

위의 시에서 근원을 이루는 것은 대상에게 사랑을 전달하려는 욕망이 아니라, 내면을 향한 시선 속에서 드러나는 미학적 자기 탐닉의 자세이다.[5] 자아의 이상을 투사할 세계가 부재할 때 시인의 시선은 자기 내면에 고착될 수밖에 없다. 1970년대 시가 마주했던 세계와의 불화와 전망의 상실이란 상황 속에서 주체의 문제를 논할 때 나르시시즘의 문제는 중요한 화두가 된다. 세계상실이라는 현실에 직면한 주체들은 자신의 이상을 투사할 세계(타자)를 상실함으로써 자신의 내면으로 시선을 돌리게 된다. 이때 그의 응시는 자기의 정신적 공간을 대상으로 한,

---

5   황동규의 초기 시를 지배하는 깊은 외로움과 상실감은 어둠과 추락, 하강하는 이미지들과 결합되어 자아의 내면 공간으로 응집된다. 이러한 내면공간의 풍경은 1970년대 이후 기행 시편들(「아이오와시편」)을 통해 현실의 공간으로 시적 영역을 전환, 확장시켜 나가고 있다. 많은 논자가 이러한 변모를 '자기 정서에의 폐쇄적 몰입'을 보이던 초기 시가 1970년대 시에서 폭력적인 현실에 대응해가면서, 내면의 세계에서 벗어나 구체적인 현실의 세계로 확장되어 나가는 것이라고 보고 있다. 이러한 변모의 과정 중에서도 역시 황동규 시의 중심을 이루는 내면의 중심 공간은 변모되지 않는 것으로 보인다. "문질러진 고향을 지니고 떠도는 자들"(「여행의 유혹」)에서 볼 수 있듯이 고향을 지니고 떠도는 행위는 이미 떠돎으로서의 의미를 상실한 것이다. 한 발자국도 자신의 고향인 '내면의 세계'로부터 벗어나지 못한 채 의식만으로 떠도는 행로가 1970년대 이후에 황동규의 시가 걸어온 길인 것이며, 이러한 구심적 운동은 1960년대 시의 기조를 이루는 나르시시즘적 태도에 뿌리를 내리고 있다고 하겠다. 이러한 나르시시즘적 태도가 1980년대를 거쳐 현재에 이르는 그의 시에서 어떻게 변용되고 있는지는 좀 더 고찰해 볼 필요가 있을 것이나, 이 글에서는 1960~1970년대의 시만을 대상으로 하고 있으므로 이는 추후의 과제로 남겨두기로 한다.
한편 오문석은 '자기'에서 타인을 거쳐, 다시 '자기'에로 돌아오는 황동규의 긴 시적 여정을 '자기'를 중심으로 한 '원심력'과 '구심력'의 긴장으로 파악하고 있다.(「황동규론─어둠 속의 깨어있음과 빛 속의 도취」, 현대문학연구회, 『현역중진작가연구』 2, 국학자료원, 1998, 219면) 남진우 또한 내면을 향한 구심적 운동과 세계를 향한 원심적 운동의 긴장과 변주를 황동규의 시를 관류하는 역학으로 보고 있으며, 1970년대 시는 상대적으로 세계를 향한 원심력이 강하게 드러나는 시기라고 보고 있다.(「동심원적 상상력의 변주」, 『숲으로 된 성벽』, 문학동네, 1999) 그러나 이러한 자기 회귀적인 운동성을 이끌어내는 동력이 무엇인가에 대해서 좀 더 깊이 들여다볼 필요가 있을 것이다.

자기 자신만을 향한 시선이 된다. 즉 타자로부터 전망을 발견하지 못하는 상황에서 시인 스스로가 전망의 원천이 되고자 하는 것이다. '자기 자신을 향하고 자기 자신 속에서 모든 사물을 찾는' 나르시시즘적 태도는 대상을 상실한 주체의 자기 보존의 전략이 되는 한편 세계에 대응할 주체로서의 자기의 부재를 증거하는 것이다.[6]

이러한 나르시시즘적 태도에는 죽음을 향하게 되거나 혹은 주체성으로 상승되거나 하는 두 가지 가능성이 내포되어 있다. 황동규의 시는 세계의 부정성에 대응할 강한 주체의 부재로 인해 자기 소멸의 방향으로 급격히 기울어진다. 이때 세계로부터 절연된 풍경 속에서 주체를 기다리는 것은 죽음의 이미지이다. 다음의 시들에서는 내면의 상처와 우울함으로 덮여 있는 초기 시의 풍경에 드리워진 죽음의 그림자를 강하게 느낄 수 있다.

　　① 갑자기 괘종시계가 칠 때
　　늦가을 빛죽은 마루
　　앞마당귀에
　　천천히 사라지는 조용한 물
　　잎지는 저편에 남는 나무
　　나는 본다, 숨죽인 정적을
　　정적 뒤에 남는 시간을,

　　　　　　　　　　　　　　　　　　—「비가9가」 부분

6　줄리아 크리스테바, 김영 옮김, 『사랑의 역사』, 민음사, 1995, 161~189면 참조.

② 목마름 속에 캄캄히

　아아 손가락 발가락과 발목

　그 마디들을 하나하나 놓아버리고

　빌려쓰던 말도 한 마디씩 돌려보내고

　빈 공간만큼 아무데고 누워

　물없는 웅덩이처럼 있고 싶을 뿐

　아아 아무것도 스며 있지 않은 삶, 혹은 죽음.

— 「비가 제2가」 부분(강조─인용자)

　①의 시에서 빛 죽은 늦가을 오후의 마루, 사라지는 물, 지는 잎들이 그려내는 풍경은 정적으로 가득 차 있다. 괘종시계의 갑작스러운 울림은 사물을 일깨우는 각성의 울림이 아니라 '조용한 물', '잎 지는 나무'의 하강의 움직임 속으로 스며들어 '숨죽인 정적'의 공간을 만들어낸다. 이렇게 사물이 소멸해가는 조용한 움직임과 잇따른 정적 속에서 시적 자아가 놓인 공간은 시간성이 거세된 부동不動의 공간이 된다. ②의 시에서 자아가 꿈꾸는 것은 "아무것도 스며있지 않은" 물 없는 웅덩이의 텅 빈 모습이다. 그것은 손가락과 발가락, 발목 등 자신과 연관된 신체 기관들은 물론 세계와의 연관성을 의미하는 '말'조차 부정해 버림으로써 남게 되는 '캄캄한' 공간이다. 타자와의 모든 소통이 단절된 "빈 공간", "물 없는 웅덩이"는 황동규의 초기 시에 스며있는 죽음의 징후를 보여준다. 타자와의 관계를 단절한 채 내면으로 회귀하는 시인의 시선이 경험하는 것은 이처럼 자아가 놓인 시공간에 덮여 오는 죽음의 얼굴인 것이다.

황동규의 시에서 드러나는 나르시시즘적 태도는 훼손된 세계에 대한 허무의식과 환멸이라는 1960년대의 근원적 내상과 닿아있다고 볼 수 있으며,[7] 시인의 의식을 긴박하는 근대라는 악몽으로부터 스스로를 보존해 가려는 의지에서 비롯된 것이라 할 수 있다. 주체로서의 자신을 성숙시켜 갈 세계의 부재에 근원을 두고 있는 이러한 나르시시즘적 태도는 시인이 놓인 세계가 더 이상 자신의 이상과 전망을 투사할 수 있는 가능성의 세계가 아니라, 훼손된 상처에 불과하다는 인식에서 비롯된다. 그러나 시인의 내면에 고착되는 이러한 시선이 만들어내는 공간은 미성숙한 자아의 우울한 고백은 될지언정 삶의 근원을 향해 밀착해 들어가는 역동적인 자세는 되지 못한다. 1960년대 그의 시에서 보이는 나르시시즘적 태도를 일차적으로 세계에 대한 주체의 패배로 읽을 수 있는 것은 이러한 이유에서이다. 이러한 시적 태도는 세계의 폭력성이 보다 가시적이고 직접적인 현실로 시인을 위협해 오는 역사적 맥락과 마주침으로써 새로운 양상으로 변모해 간다.

---

7   김준오는 1960년대 시에 내재된 허무의식과 자유주의를 4·19세대 또는 한글세대의 욕망과 좌절의식의 반영으로 보고 있다. 「현대시의 추상화와 절대은유」, 『현대시사상』, 고려원, 1995 가을, 145면.

3. 공포에의 눈뜸과 시각의 상실

1970년대는 황동규가 초기 시의 바탕을 이루는 '비극적 세계인식'과 그로 인한 '자기 정서에의 폐쇄적 몰입'의 상태에서 벗어나 현실의 폭력성에 눈떠가는 시기였다. 그것은 "열 평의 마당 / 나머지는 외부 (…중략…) 열 평의 마당 / 풍로 위에서 물이 아프게 끓는다"(「세개의 정적」)에서처럼 자아가 속해 있는 마당의 내부에서 감지되는 아픔에만 고착되어 있던, 그래서 세계 밖의 존재(낯모르는 행인)와의 화해를 불가능하게 했던 폐쇄된 내면을 조심스럽게 열어놓는 과정이었다. 세계를 장악한 폭력적 힘에 대한 자각은 '조국은 닫혀 있다', '갑갑하게 내려앉은 하늘' 등의 구절에서 보이듯 현실의 폐쇄성에 대한 인식으로 드러난다. 이렇게 닫힌 현실 속에서 환기되는 죽음은 세계의 근원적 폭력성이 현실적으로 드러나게 된 1960년대 후반의 『태평가』이후 1970년대의 시편들에서 보다 직접적인 양상으로 나타나게 된다. 황동규의 1960년대 시에서는 자기를 투사할 세계(타자)를 상실한 자의 내면에서 발견하는 죽음의 징후가 배어나오는 반면, 1970년대의 시에서는 세계의 폭력성 앞에 노출된 자아의 내적 인식의 문제, 즉 '저질러진' 죽음의 문제가 보다 구체적으로 드러난다.

> 혼자 죽음을 생각할 때 보다
> 사뭇 가벼운 이 **죽음의 입술들.**
>
> ─「입술들」(강조─인용자, 이하 동일)

자꾸 떨리는 손

그대의 **죽음**을 어루만질 수 없다

—「허균 4」

죽음이 저질러졌다. 바람 소리들이 되돌아왔다.

—「정감록 주제에 의한 다섯 개의 변주」

시의 도처에 자리 잡은 이러한 죽음의 흔적들은 폭력적 현실과 무관하지 않을 것이다. "이 지상의 습지"(「철새」)로 기억되는 현실의 부정적 모습 속에서 "어떠한 내부도 나는 가지고 있지 않다"(「돌을 주제로 한 다섯 번의 흔들림」)고 고백하게 만드는 것은 세계에 대해 '무심한' 거리를 용납하지 않는 현실의 폭력적인 힘이다. 그것은 초기 시의 나르시시즘적인 폐쇄적 공간을 허물고 자아와 세계를 대면하게 만드는 억압적인 힘이다. 이제 1960년대 시의 고립된 '풍경'을 가능하게 하던 자아와 세계와의 '무심한' 거리는 더 이상 허용되지 않는 것이다. "너덜너덜한 살 속으로 / 바람이 굵은 모래를 뿌려주"(「열하일기 6」)는 폭력적 현실은 "서리 위를 뛰고 있는 사람의 떼를 / 움직이는 **상흔**"(「열하일기 2」, 강조—인용자)으로 표현할 만큼 시인의 내부에 깊은 상처를 남긴다.

황동규는 1970년대의 시에서 현실의 폭력으로 훼손된 시적 공간을 때로 '낯설고 이상한 빛'으로 채운다. 초기 시의 배경을 채우던 '달빛'의 적요함이 '희미하고 이상한 빛'으로 변모되는 것이다. 그것은 "얼음 위에 고단히 몸 기울일 때 / 머릿속 캄캄한 곳에 머뭇대는 / 이상한 빛"(「비가 제5가」)에서처럼 자아의 시각을 흐리게 하여 더 이상 세계를 감지할 수 없게 만드는 부정적인 빛으로 드러난다.

> 어둠이 다르게 덮여오는군요. 요샌 어둡지 않아도 오늘처럼 어둡습니다.
> 이젠 더 자라지 않겠어요, 마음먹은 조롱박 덩굴이 스스로 마르는 창엔 **이상한**
> **빛**이 가득 끼어 있습니다 (…중략…) 그 밖에는 아무 것도 보이지 않습니다.
>
> — 「바다로 가는 자전거들」 부분(강조-인용자)

"어둡지 않아도 / 오늘처럼 어둡습니다"라는 진술의 모순 속에서 죽음의 징후가 드러난다. 자아의 시선을 채우는 "이상한 빛"은 '스스로 말라버리는' 즉 생장을 거부하는 조롱박 덩굴이 보여주는 죽음의 암시와 강하게 연관되어 있다. 그것은 '그것밖에는 아무것도 보이지 않는다'에서 보이듯 세계를 분별하고 판단할 시각을 빼앗는 폭력적인 빛이다. 이런 점에서 황동규의 1960년대 시편에서 자주 등장하던 '본다'라는 술어가 1970년대의 시편들에서는 '안 보인다'로 변모되고 있음은 시사적이다.

> 하얗게 해가 진다.
> 하늘에서 발을 구르는
> 몇마리 눈먼 새들
> 아무리 발 굴러도
> 좁은 마당이다.
> 손 벌리면
> 울다말고 딸아이가
> 종이로 접은 학을 가져다 준다.

아무리 들여다 보아도

눈이 안 보인다.

— 「신초사(新楚辭)」 부분

이 시에서 '종이로 접은 학', '눈먼 새' 등 시각을 상실한 존재들은 자아와 세계의 단절을 보여주는 소재들이다. '눈 먼 새들'의 불구성은 '좁은 마당'으로 드러나는 현실에 놓인 자아의 유폐감을 효과적으로 드러내고 있다. 비상하기 위해 하늘에서 발을 구르는 새와 마당에서 발을 구르는 시인의 행위는 모두 '눈먼' 현재의 상태를 벗어나려는 몸짓을 의미하는 것이다. 그러나 이들이 아무리 발을 굴러도 이 '좁은 마당'이 지시하는 현실의 공간을 벗어날 수 없다.

황동규의 시에서 현재를 벗어나려는 노력의 실패는 세계를 투시할 수 있는 시선의 부재와 깊은 연관을 보여준다. 그것은 "아무리 들여다 보아도 / 눈이 안 보이는"에서와 같이 시각(눈)을 상실한 자의 불안한 상황을 드러내준다. 이렇게 볼 때 황동규의 1970년대 시에 드러나는 죽음의 문제는 이 '눈먼 새'의 이미지에 집약되어 드러난다고 할 수 있겠다. 상실된 시각과 폐쇄적 공간을 함축하고 있는 '눈먼 새'는 세계와 자신에 대한 사유의 가능성을 상실한 1970년대 현실에 대한 미학적 대응물일 터이다. 시각을 상실당한 자는 세계를 감옥으로 인식할 수밖에 없으며, 이러한 인식은 "내 오래 雪盲에 갇혀 / 들에 나가 떨며"(「비가 제6가」)에서 보이는 초기의 설맹雪盲의 이미지를 통해서도 드러난다. '눈'의 흰빛은 모든 빛을 반사함으로써 스스로를 비우는 공동空洞의 빛깔이며, 그것은 한편으로는 감옥과도 같이 자아를 가두는 빛이다. 이렇게 모호하고 불안한 빛에 둘러싸인 1970년대의 현실을 시인은 폭력적인 힘으로 인식하고 있으며, 이것은 세계가 자아에게 가하는 위협과 그로 인한 자아의 위기의식을 보여주는 것이다. 황동규의 시에서 눈의 흰빛과 연관된 '밝음'은 자아를 위협하는 공포의 빛으로 전환되어 드러난다.

> 신경이 모두 보이는 이 밝음!
> 공포, 생살의 비침, 이 가을 한 저녁.
>
> ──「지붕에 오르기」(강조─인용자)

'공포는 복면으로 얼굴을 가린 자들에게도 오지만 사태의 내면이 분명히 들여다보이는 현실 자체에서도 온다'라고 시인은 스스로가 밝히고 있거니와,[8] 이 시에서 역시 '생살'을 투시하게 하는 비정상적인 '밝음'은 자아에게 공포를 느끼게 한다. 빛의 부재(어둠)와 지나친 빛(밝음)은 모두 시각을 훼손하여 자아를 공포 속에 밀어 넣는 폭력이다. 공포는 세계의 과도한 힘과 이에 대응하는 주체의 불균형에서 발생하는 위기의식에서 비롯된다. 이러한 자기 해체의 공포는 세계에 대응할 주체의 내면의 부재를 증거한다.

1970년대 황동규의 시에서 폭력적 세계와 마주선 주체의 위기감은 보이지 않는 세계에 대한 공포로 환기되고 있으며, "등신대보다 큰 나의 악몽들", "울부짖는 내 마음의 골편들처럼"(「아이오와 일기 3」)에서 공포에 질린 비명 지르기로 드러나기도 한다.

───────────

8 황동규, 『나의 시의 빛과 그늘』, 중앙일보사, 1994, 170면.

나는 요새 무서워져요. 모든 것의 안만 보여요. 풀잎 뜬 강에는 살 없는 고기들이 놀고 있고 강물 위에 피었다가 스러지는 구름에선 암호만 비쳐요. 읽어봐야 소용없어요. 혀 짤린 꽃들이 모두 고개들고 , 불행한 살들이 겁없이 서 있는 것을 보고 있어요. 달아난들 추울 뿐이에요. 곳곳에 쳐 있는 세그물을 보세요.. 황홀하게 무서워요. 미치는 것도 미치지 않고 잔구름처럼 떠 있는 것도 두렵지 않아요.

—「초가(楚歌)」 부분

이 시에서는 '세계의 안'만 보이는 비정상적인 상태는 '생살'을 투시하는 비정상적인 밝음에 기인한다. '살 없는 고기', '혀 잘린 꽃', '불행한 살'들이 보여주는 것은 현실에 가해진 폭력적인 힘이다. 그러므로 자아가 세상을 '보는' 것은 폭력적인 세계와 불화하는 자신을 발견하는 일이 된다. 현실의 곳곳에 드리운 '세그물'은 이러한 현실로부터 벗어날 수 있는 길을 차단하고 있다. 이렇게 불가해한 현실의 폭력에 대응할 내적 힘이 부재할 때 세계와의 긴장은 깨지고 자아는 '무서움'에 사로잡히게 된다.

황동규의 초기 시에서 보이던 비극성에의 침잠, 미학적 자기탐닉의 자세는 이제 공포의 세계와 맞닥뜨리게 됨으로써 새로운 전환을 맞게 된다. 그것은 시인이 내면의 고착 상태를 벗어나 현실의 폭력적 본질을 자각하게 되었다는 말이다. 문제는 초기의 자족적 풍경과 악몽의 현실이라는 두 세계 사이의 갈등이 시인의 내부에서 새로운 긴장을 형성하지 못한다는 점에 있다. 1970년대 황동규 시의 바탕을 이루고 있는 것은 자기소멸의 위기의식에서 생성되는 세계에 대한 공포이다. 시인은 이 공포에 눈을 뜸으로써 세계를 바라볼 수 있는 눈(시각)을 상실하게 된다. '눈'(시각)은 단순한 감각기관이 아니라, 타자로서의 세계에 대한 인식 가능성을 의미하며, 또한 주체로서의 자기 존재에 대한 물음을 가능케 하는 '지성'을 상징하는 것이기도 하다. 따라서 시각을 상실한 존재 즉 '눈먼 새'는 자신의 내부로 눈을 돌릴 수밖에 없다. 시인은 "황홀하게 무서워요"에서 '무섭다 / 황홀하다'의 술어 사이의 간극을 무너뜨림으로써, 공포의 현실로부터 내면의 황홀의 세계로 귀환해 간다. '공포'의 세계에 고착되지 않으려는 이러한 태도는 현실의 힘에 훼손되지 않으려는 자기 보존의 의지를 드러내는 동시에, 역설적으로 현실의 공포를 승인하는 쪽으로 기울어져 간다. 이는 세계의 본질에 대응할 주체로서의 내면을 상실함으로써, 세계의 부정성에 대한 비판과 성찰을 자기를 갱신의 역동성으로 전화시키지 못하는 데서 비롯된다.

이러한 인식의 이면에는 역설적으로 그 폭력으로부터 초기 시의 순수한 내면을 고수하려는 욕구가 자리 잡고 있다. 순수한 내면을 부정한 세계와 대면시키는 일에 대한 두려움이 '공포'의 바탕 위에 놓인 '두려움'의 또 다른 동인이 되는 것이다. 세계의 폭력성으로부터 비롯되는 자기 해체의 공포와 그 부정적 세계로부터 자신의 내면을 고수하려는 데서 오는 두려움이라는 이중의 공포가 1970년대의 시에 겹쳐져 있다. 시인에게 현실로부터 환기되는 고통이 아니라, 자기 상실의 위기의식이 더 큰 위기감으로 다가오는 것이다. 그것은 세계의 부정성에 대한 비판적 성찰보다는, 폭력적 현실 속에 놓인 자아의 위기의식에 더 시인의 관심이 닿아 있기 때문으로 보인다.[9] 이런 점에 주목할 때, 우리는 황동규의 시를 일관되게 이끌어온 것은 내면의 풍경 속에서 자아를 조율하는 힘이었다는 점을 확인하게 된다. 세계의 폭력성에 대한 공포로부터 자신의 세계를 보존하려는 시인의 의지는 세계와의 직접 대면을 피하는 대신, 가면(탈)을 씀으로써 자신을 숨기는 방식으로 나아간다.

4. 자기부정과 가면의 시

1970년대의 시에서 현실과의 자아의 불화는 극에 이르렀으며, 이러한 위기로부터 자신을 건져내는 일은 그 어느 때보다 절박한 시적 과제였다. 1970년대 황동규의 시에서 드러나는 죽음의 수사는 격렬한 자기부정의 양상을 통해 자기를 보존하려는 의지를 보여준다.

> 찬 땅에 엎드려
> 눈도 코도 입도 아조아조 비벼버리고
> 내가 보아도 내가 무서워지는 몰려다니며 거듭 밟히는
> 흙빛 눈이 될까 안 될까.
>
> — 「계엄령 속의 눈」 부분

---

9 조영복은 1970년대의 시에서 보이는 현실의 인식은 황동규의 초기 시에서 보이는 비극적 세계인식의 지평이 확대된 것일 뿐 그의 시 세계가 질적인 변화를 보인 것은 아니라고 보고, 그 비극의 무게 중심이 개인에게 놓여있다고 지적한다. 「조임과 풀림의 상상력」, 『1970년대 문학연구』, 예하, 1991, 195면.

이 시에서 '계엄령'이라는 현실의 폭력성은 눈의 순결성을 훼손하는 강한 힘으로 드러난다. 계엄령이라는 현실의 혹한은 눈으로 덮인 '찬 땅'으로 감각화되고 있는데, 이는 '눈 코 입'이라는 감각기관을 제거함으로써 자신의 존재마저 부정하도록 할 만큼 냉엄한 현실을 보여준다. '찬 땅'에 엎드린 자기조차 스스로에게 공포가 되는 이 절대부정의 현실은 '밟히는 눈'이 보여주는 좌절과 패배, 절망 속으로 스스로를 유기하게 만든다. "한치 앞이 캄캄해진다 / 어둠 속에 / 서서 잠든 말들의 발목이 나타난다"(「오늘은 아무것도」)에서와 같이, 시인은 '서서 잠든 말'의 불안한 모습에 자신을 투사하게 하거나, "땅 어디에 내려앉지 못하고 / 눈 뜨고 떨며 한없이 떠다니는 / 몇 송이 눈"(「조그만 사랑의 노래」)에서와 같이 허공 속에 부유하는 자신의 모습을 드러내기에 이른다. 이러한 태도 속에서 내면에 고착되어 있던 시인의 시선이 비로소 자신을 객관화하고, 현실의 문맥 속에서 자기존재를 인식하게 되었음을 알 수 있다. 그러나 불행하게도 주체를 압도하는 공포의 상황은 이러한 자기인식의 가능성을 박탈하게 되며, 그것은 곧바로 자기 존재의 부정으로 귀결되는 양상을 낳는다.

　① 두 눈 지워진 돌의
　얼굴을 받쳐들고
　딸애는 자꾸 고마 귀신이라 부르지만
　바람 속에 자세히 보면
　내 얼굴이다.

　　　　　　　　　　　　　　　　　　　—「어느 조그만 가을날」 부분

② 누군가 땀 흘리며 얼굴을 지운다. 먼저 입과 코가 지워지고 눈이 지워지고 기억의 가장자리 표정이 지워지고 드디어 '너'도 '나'도 지워진다.

—「돌을 주제로 한 다섯 번의 흔들림」

①의 시에서 황동규는 생명이 거세된 단단한 돌에서, 그것도 두 눈이 지워진 돌에서 자기의 얼굴을 발견한다. 이때 시인에게 감지되는 것은 '표정이 지워진' 물질화된 자신의 죽음이다. '바람'이 상징하는 현실의 위기 속에서, '귀신처럼' 굳어진 돌덩이를 들여다보는 행위는 자기반성과 혁신의 의지로 상승하지 못하고 강력한 자기부정의 진술로 떨어진다. 얼굴과 기억, 표정을 지우고, 너와 나의 경계마저 지워 자기를 무화시키는 행위 속에는 세계에 대한 거부와 자기부정의 태도가 동시에 내포되어 있다. "어떤 내부도 난 가지고 있지 않다"(「돌을 주제로한 다섯 번의 흔들림」)에서 보이는 세계에 대한 환멸과 부정의 태도는 '가면 쓰기'이라는 자기 위장의 방식으로 드러난다.

얼굴 가린 비들이 내리고 있어요. **잿빛 복면**들이 불빛 속에 빗물에 젖어 빛나요 (…중략…) 1972년 가을, 혹은 그 이듬해 어느날, 가는 곳마다 마른 풀더미들이 쌓여 있다. 풀 위에 멥새가 죽어 매어달리고 누군가 그 옆에서 탈을 쓰고 말없이 도리깨질을 하고 있었다. 여기저기 그리고 내가 서 있는 자리에, **마음 모두 빼앗긴** 탈들이 서로 엿보며 움직이고 있었다.

—「세 줌의 흙」 부분(강조—인용자)

위의 시에서 "얼굴 가린 비", "잿빛 복면" 등은 정체를 드러내지 않으면서 자아를 위협하는 현실의 숨은 폭력성을 암시한다. '복면'으로 가려진 세계의 힘을 짐작할 수 없기에 자아는 공포를 느낄 수밖에 없는 것이다. 또한 '마른 풀', '죽은 새' 등 시의 화면을 채운 죽음의 이미지들은 '얼굴 가린 비'에 축축하고 음울하게 젖어들고 있다. 이 젖은 풍경 속에서 탈을 쓰고 도리깨질을 하는 누군가의 모습이 공포스럽게 그려지고 있다. '마음을 모두 빼앗긴 탈'의 섬뜩한 움직임은 서로 엿보는 비밀스럽고 불안한 상황을 낳는다. 가면을 쓴 불가해한 세계의 모습은 위장된 현실의 폭력성을 드러내며, '서로 엿보며 움직이는' 수상하고 불길한 관계들에 둘러싸인 주체의 위기감을 더욱 심화시킨다. 시인은 유신헌법이 통과된 '1972년 가을'이 지시하는 정치적 문맥을 명시하는 한편, '풀 위에 죽어 매달린 멧새'의 모습을 통해 당대의 폭력적 현실에 질식하는 자아의 모습을 섬뜩하게 보여주고 있다.

　① 가만
　문이 열린다.
　밀린 듯이 들어오는 사내
　쇠가죽 낀 얼굴에
　꽉 차는 눈.
　아무것도 보이지 않는다.

—「그 나라의 왕」 부분(강조─인용자)

　② 탈이로다 탈이야.
　구정蕘正부터 탈을 쓰고

탈끼리 놀다

오광대 별신굿

큰집 울밖에서

정신없이 뛰다

연말에 탈 벗으면

얼굴의 뒤꿈치도 보이지 않아

동네마다 기웃대며

자기 얼굴을 찾다가

오기로 탈을 겹으로 쓰고

구설수ㅁ舌數 낀 주민들을 찾아볼거나

탈 면面에 뜬 허한 웃음의 가장자리는

밤술의 공복空腹으로 조심히 닦고

—「정감록 주제에 의한 다섯 개의 변주」 부분

　시 ①에서 '표정이 지워진 (돌의) 얼굴'은 이제 곧 쇠가죽(가면)으로 가린 얼굴로 변화되고 있다. '쇠가죽'이라는 탈 속에 얼굴을 감추는 것은 자아를 위협하는 세계의 폭력으로부터 벗어나려는 행위이다. 그것은 '쇠가죽' 낀 얼굴에 꽉 차는 눈으로도 '아무것도 보이지 않는다'에서처럼 어떠한 희망도 상실한 모습으로 드러난다. '탈'이라는 시어를 반복적으로 제시함으로써 시적 진술의 속도감을 얻고 있는 ②의 시에서, 시인은 관계가 단절된 세계를 보여주는 상관물로 탈을 차용하고 있다. 시인은 '탈놀이'의 가볍고 흥겨운 몸짓이 자신의 얼굴을 잊은 채 '동네마다 기웃거리며 자신의 얼굴을 찾는' 무의미한 행위에 지나지 않는다는 것을 보여준다. 그리하여 탈놀이를 행하는 자아의 심리는 '허한 웃음'이라는 자조적인 웃음과 공복의 상태로 드러나게 된다.

이상에서 살펴보았듯이 세계에의 환멸과 부정을 통해 내면으로 귀환하는 1960년대 시와 달리 1970년대의 시에서 황동규는 세계와 대면하기 위해서 탈을 쓰는 행위를 선택하게 된다. 그에게 탈을 쓰는 것은 세계 속에 얼굴을 내미는 행위이면서, 동시에 거짓 얼굴을 통해 자아를 더욱 내면으로 웅크려 들게 하는 행위이다. 위장된 세계에 대해 위장된 자세로 대응해감으로써 시인은 폭력적 세계로부터 자신의 내부를 보존하려는 의지를 보여준다.

1970년대를 걸어오면서 만나게 되는 이 '탈'을 쓴 시인의 자화상을 통해서, 폭력적 근대에 질식해 가는 우리 시의 한 양상을 읽을 수 있다. 즉 "도처에 철조망 / 개유 검문소"(「태평가」)로 상징되는 현실에 눈을 감는 자아의 태도는, 세계와 대응하는 내적 긴장을 확보하지 못하고 좌절해 가는 주체의 모습으로 우리 시사에 그려지고 있다. "다도해의 섬들 사이로 아조아조 숨어 / 발동선 밑창에 네 발을 깔고 엎드려"(「성긴 눈」) '부끄러운' 현실을 비워버리려는 위축된 자아는 1970년대라는 시대적 재난을 주체의 고양된 의식으로 전환시켜내지 못하고 내면의 고백에 머무는 퇴행적인 모습을 보여준다. 그런 점에서 '탈'을 쓰고 세계와 대응해 갈 수밖에 없었던 의식의 불구성은, 여전히 세계와의 긴장을 통해 '내면'을 일구어가고, 타자와의 관계 속에서 자신을 성숙시켜 가는 태도와는 거리를 두고 있다고 하겠다.

5. 여행, 내면 풍경으로의 회귀

　1970년대 황동규의 시는, 4·19 직후의 환멸과 세계 상실이라는 세계의 부정성이 폭력적 현실로 대체되어 가면서 어떻게 주체를 질식시키는지를 선명하게 보여주고 있다. 황동규의 시에서 1960년대의 내면의 탐색과 심미적 공간을 향한 나르시시즘적 시선은 현실의 공포에 대한 인식으로 변모해 간다. 그럼에도 불구하고 1970년대의 황동규는 여전히 자신의 내면을 향해 고착된 시선의 움직임을 보여주고 있다. 자신의 이상을 투사할 세계의 부재에 대한 인식과 자신을 둘러싼 폭력적 힘을 부정하려는 인식의 이면에는 순수한 내면의 세계를 향한 회귀의 욕망이 자리 잡고 있다. 이렇게 현실의 부정성에 대한 눈뜸이 그에 대응하는 강한 주체의 모습으로 드러나지 못하고 오히려 스스로의 내면으로 회귀하는 양상으로 이어질 때, 우리는 자유와 지성이라는 이름으로 파행적 근대와의 대결을 수행하고자 했던 의지의 좌절을 목격하게 된다. 1970년대 시사에서, 사회 역사적 폭력을 내면의 위기의식으로 심화시킨 황동규의 시적 가능성은, 세계와 절연된 내면의 세계로 귀환함으로써 좌절되고 만다. 황동규는 1970년대의 정치 문화적 현실 속에서 '가면'을 쓴 채 자신의 내면에 아무것도 없다고 고백한다. 이 텅 빈 내면에 새로운 주체의 시선을 채워 넣는 일이 다음 시기의 그의 시적 과제였다.

　폭력적인 현실 속에서 시각을 잃고 내면으로 회귀했던 1970년대의 시와 달리, 1980년대 이후 황동규 시는 여행시편을 통해 세계와의 화해를 모색하는 한편, 『풍장』에서 볼 수 있듯이 죽음 친화적인 모습으로 변모해 간다. 이러한 변모는 그의 초기 시에서 보여주었던 순수한 내면의 풍경이 아무런 긴장 없이 세계로 투사되었기 때문으로 보인다. 여행을 통해서 황동규가 만나는 풍경은 초기 시에서 그의 내면에 자리 잡았던 절대적 풍경과 다름이 없는 무구한 공간으로 드러난다. 거기에는 자아와의 긴장이나 갈등 대신에 풍경에 대한 자기 동일화와 깨달음이라는 정신적 경지만이 두드러지고 있다. 이러한 점은 현실과 긴장의 끈을 놓치지 않은 채 비판적 지성으로 자기를 성숙시켜 가야 했던, 우리 시사의 과제로부터 그가 어떻게 이탈해 갔는지를 보여주는 것이기도 하다.

텅 빈 눈의 자화상

김지하론

1. '황토'의 신화 통과하기

우리 현대사의 정치적 맥락과 가파르게 대응해온 김지하의 시적 세계는 폭력적 권력에 대한 저항의 표지로 인식되었다. 파시즘적 세계를 관통해 가는 개별자의 공포와 전율, 민중적 분노와 저항의 목소리는 김지하의 시 세계를 총체적으로 설명하는 중요한 의미항이다. 1960~1970년대 개발독재의 정치적 담론은 전통적인 공동체의 붕괴와 개인화를 가속화하는 한편, 개별 주체의 근대적 경험과 감수성을 조직함으로써 국민이라는 단일한 이름으로 포획하는 억압적 권력으로 작동하였다. 김지하는 이러한 정치권력의 언어가 지닌 폭력적 단일성의 원리를 민중적 형식에 바탕을 둔 난장의 언어로 해체하고자 하였다. 잘 알려진 바와 같이 담시 「오적」과 「비어^{蜚語}」, 대설 「남」에 넘치는 공격적이며 활력적인 풍자 언어는 정치적 대항 담론의 기능을 수행하면서 당대적 의미를 획득한다.

그런데 김지하의 시 세계의 또 한 축을 이루는 서정시의 경우는 이러한 대항의 언어와는 변별되는 양상을 보여준다. 첫 시집 『황토』에서 「애린」을 거쳐, 「검은 산 하얀 방」, 「화개」 등 최근작에 이르기까지 김지하의 서정시는 현실의 폭력에 직접적으로 대응하기 보다는 주관성의 영토인 서정의 원리 속에 시적 세계를 구축하고 있다. 즉 폭력적 현실과 마주 서서 권력의 언어에 대응하는 언어적 투쟁을 전개하는 한편, 자아의 내적인 고통과 성찰을 투사함으로써 시 쓰기를 자아의 성찰적 과정으로 텍스트화하는 것이다. 초기의 저항시 세계가 보여주는 현실과의 가파른 대립과 긴장을 거쳐, 생명사상으로 개진되는 화해와 포용의 세계로 변모하는 과정에는 성찰적 주체로서의 자아에 대한 끊임없는 사유가 자리 잡고 있다.

시인 스스로 언급한 대로 '타는 목마름에서 생명의 바다로' 나가는 시적 인식의 세계는, 정치적 지평과의 극단적인 불화와 끊임없는 갈등 속에서 변모되는 자아의 내적인 확장 과정을 드러내준다. 특히 『황토』에서 내부로부터 발산되는 강렬한 호소의 언어는, 자아의 내면으로 회귀하는 주술적 언어의 울림을 지니고 있다. 나아가 1980년대 이후 생명사상으로 응축되는 김지하의 서정시는 파편화된 근대의 시간 속에서 균열된 자아의 의식을 회복하려는 욕망으로 가시화된다.

이런 점에서 김지하의 서정시를 일관되게 관통하고 있는 미학적 기저를 살펴보기 위해서는 전체주의 담론에 대응한 저항시라는 관점에서 시선을 이동할 필요가 제기된다. 1970년대 저항시의 지표로서 김지하를 둘러싼 신화적 각질을 뚫고 들어가, 현실과 자아, 정치와 시, 죽음과 삶의 첨예한 대립 속에서 고통스럽게 시 쓰기를 추동해 온 시인의 자기 확인의 욕망과 그것을 둘러싼 미학적 · 실천적 함의를 보다 섬세하게 읽어보는 작업이 요구되는 것이다.

2. 아비 찾기와 의사죽음의 시간

1970년 창비판 『황토』의 후기에서 김지하는 이렇게 쓴다. "우리들의 의식은 가위눌려 있다. 반은 잠들고 반은 깨인 채, 외치려 하나 외쳐지지 않고, 결정적으로 깨어나고자 몸부림치나 결정적으로 깨어나질 않는다." 국가권력의 폭력이 육중하게 의식을 누르고 있는 현실에서, 깨어나지도 못하고 잠들지도 못하는 가사 상태의 고통이 시집 『황토』의 배경을 이루고 있음을 고백하는 말이다. 김지하의 초기 시세계에서, '황토'는 외쳐지지 않고 깨어날 수 없는 의식의 가사상태를 드러내는 상징물이다. 고갈된 역사의 환유적 공간인 '황토'는 시인에게 죽음과 삶이 길항하는 고통스러운 공간이며, '깨어나지 않는다'와 같은 부정의 술어를 통해서만 스스로의 존재를 설명할 수밖에 없는 비극성을 내포한 공간으로 인식된다. 시인은 이러한 '황토'의 현재성을 역사적 지평에서 좌절된 혁명의 흐름 속에 위치 짓고 있다.

황톳길에 선연한

핏자국 핏자국 따라

나는 간다 애비야

네가 죽었고

지금은 검고 해만 타는 곳

두 손엔 철사줄

뜨거운 해가

땀과 눈물과 메밀밭을 태우는

총부리 칼날 아래 더위 속으로

나는 간다 애비야

네가 죽은 곳

부줏머리 갯가에서 숭어가 뛸 때

가마니 속에서 네가 죽은 곳

—「황톳길」부분

　이 시에서 시인은 길고 잔인한 여름의 기억을 서술하고 있다. 자아
가 경험하는 폭력적 현실은 '아비의 죽음'과 연루되어 있으며, 아비의
죽음은 역사적 사건으로 실체화된다. 과거의 상흔을 암시하는 '선연한
핏자국'을 따라가는 도정은 아버지의 죽음으로 상징되는 비극적 역사
를 환기하는 과정이다. 시에서 "해만 타는" 고열의 시간인 현재는 자아
의 육체에 고통스럽게 각인되고 있다. '철삿줄', '총부리', '칼날' 등 날카
롭고 폭력적인 금속성의 시어들은 작열하는 햇빛의 강렬함과 어울려,
자아가 놓인 절망의 강도를 감각화한다. 이렇게 시인은 '타는 목마름'

으로 집약되는 당대의 폭압적 현실을 육체적 감각으로 전이시킴으로써, 현실과의 자아의 갈등을 생생한 실감으로 부각하는 것이다.

주목할 것은 "척박한 식민지에서 태어나 / 총칼 아래서 쓰러져간 나의 아비"(3연)가 상징하는 역사의 좌절이 '뜨거운 폭정의 여름'으로 환기되는 현재의 시간과 연속되어 있다는 인식이다. 여기서 황톳길의 이정표는 아비의 시간인 과거를 향하고 있다. 그러나 '아비 찾기'의 행로는 과거를 향한 회귀의 동선이 아니라 현재의 비극성을 환기하는 순환적 과정을 보여준다. 벤야민 식으로 말하면, 과거를 현재로 불러올리는 이러한 의식 속에서 황폐한 현재와 고통스러운 과거가 하나의 시간성 위에 겹쳐 놓인다. "뒤꼍에 우엉은 / 키 넘게 자라고 거기 / 거적에 싸인 시체가 하나 // 아득한 곳에서 천둥소리 울려오는 / 잿빛 꿈속의 내 집 / 옛 고부군에 있었다는"(「逆旅」)에서 보듯, '고부'라는 역사적 지명을 통해 상징되는 아비의 존재는 '천둥'의 울림으로 현재의 자아에게 환기되고 있다. 그 울림은 과거를 고착된 시간에 머무르게 하지 않으려는 자의 소명의식을 환기하는 아비의 상징적 부름을 의미한다. 그러나 '거적에 싸인 시체'의 모습으로 가시화되는 과거의 역사는 현재와 융합되는 대신, 차갑게 응고된 시간성으로 제시되고 있다.

시에서 '가마니 속'의 비극적인 죽음은 '총부리 칼날 아래 놓인' 자아의 죽음과 겹쳐진다. 이렇게 시간을 역류하는 아비 찾기의 도정은 자신의 죽음을 확인하는 과정이 된다. 현재를 깨우지 못하는 기억은 죽어버린 시간이며, 따라서 아비의 죽음이 곧 자신의 죽음이라는 도저한 절망의 자의식. 현재의 '목마름' 속에서 스스로를 이미 죽은 존재(아비)로 파악하는 인식의 기저에는, 죽음이라는 극단적 소멸을 통해 폭력적인 현재를 부정하고자 하는 욕망이 내재되어 있다. 이렇게 '아비 찾기'의 여정이 상실된 자아를 확인하는 과정이라는 인식은『황토』전편을 관통하는 비극적 정조의 기저를 이룬다.

「오적」, 「비어」등 민중적 형식을 의식적으로 계승한 담시, 마당극에서와 달리, 정서적 개별성에 바탕을 둔 서정시에서 김지하는 역사적 맥락을 배음背音으로 폭력적인 현실에 대면하는 자아의 내적 갈등을 전경화하고 있다. 시 「1974년 1월」에서 시인은 폭력적인 현실과 자아의 내면이 날카롭게 부딪치는 순간을 극적으로 포착하고 있다.

> 1974년 1월을 죽음이라 부르자
> 오후의 거리, 방송을 듣고 사라지던
> 네 눈 속의 빛을 죽음이라 부르자.
> 좁고 추운 네 가슴에 얼어붙은 피가 터져
> 따스하게 이제 막 흐르기 시작하던
> 그 시간
> 다시 쳐온 눈보라를 죽음이라 부르자
> 모두들 끌려가고 서투른 너 홀로 뒤에 남긴 채
> 먼 바다로 나만이 몸을 숨긴 날
> 낯선 술집 벽 흐린 거울 조각 속에서
> 어두운 시대의 예리한 비수를
> 등에 꽂은 초라한 한 사내의
> 겁먹은 얼굴
> 그 지친 주름살을 죽음이라 부르자
>
> ─「1974년 1월」부분

이 시에서 유신계엄과 긴급조치가 맹위를 떨치던 '1974년'이라는 시간을 적시하면서, 시인은 그 역사적 의미를 '죽음'이라고 명명하고 있다. '방송'이라는 권력적 언어가 환기하는 억압성은 "네 눈 속의 빛"을 사라지게 하는 죽음의 징표로 나타난다. 이러한 언어의 억압성은 따스하게 흐르던 피를 식혀버리고, 모든 것을 얼어붙게 하는 냉혹한 '눈보라'의 이미지로 표현된다. 사물로부터 환기되는 감각적인 냉정함은, '모두들 끌려가버린' 현재의 절박함 속에 놓인 자아의 공포를 선명하게 드러내고 있다.

그리하여 눈보라의 백색은 모든 살아있는 것을 죽음으로 몰아가는 악의 상징으로 인식된다. 백색의 억압에 뒤덮인 세계에 대한 부정과 저항의 태도 이면에서 이 시를 지배하는 것은 부정적 현실에서 존재의 정당성을 확보하지 못한 자의 죄의식이다. 파시즘적 현실에 대응하는 윤리적 근거로서의 내면적 정당성은, 세계에 대한 강렬한 저항의 태도에 기초한다. 이런 점에서 현실과 대응하지 못하고, '몸을 숨긴' 자아는 삶의 정당성을 부정당한 훼손된 존재이다. "모두들 끌려가고 서투른 너 홀로 뒤에 남긴 채 / 먼 바다로 나만 몸을 홀로 숨긴 날"에서 보여주는 것처럼, 굴욕적인 생존이 자아의 윤리적 정당성을 훼손하고 있다는 인식은 고통스러운 죄의식으로 표출된다. 김지하의 시에서 이러한 죄의식은 자기 존재를 부정하는 파괴적인 방식으로 표현된다. 시에서 '너의 눈 속에서 사라지는 빛'은 시적 대상인 '너'의 죽음인 동시에, 이 대상을 바라보는 자아의 시선이 상실되고 있음을 의미한다. 즉 사라지는 것은 '너'의 눈이 아니라 대상을 바라보는 나의 시선이며, 이러한 시선의 붕괴는 자아의 죽음을 상징하는 것으로 읽힌다. 스스로를 바라보는 내적인 시선의 붕괴는, '낯선 술집 흐린 거울 조각'에 비친 얼굴에서 이미 죽어버린 자신의 존재를 발견하는 비극적 사건으로 귀결된다.

자아의 죽음과 관련된 시선의 붕괴는 초기 시집 『황토』에서 반복적으로 나타나는 모티프이다. "어둠 속 웅크린 부릅뜬 두 눈 / 아 저 침묵이 나를 부른다"(「어둠 속에서」)에서 자아를 응시하는 '두 눈'은 현실과의 타협을 거부하도록 자신을 이끄는 이념적 타자의 눈이며, 그것은 "산채로 묻힌 붉은 흙을 헤치고 / 등에 칼을 꽂은 채 바다로 열린 푸른 눈"(「성자동 언덕의 눈」)에서 드러나듯, 현재의 자아에게 던져지는 과거의 응시이다. 이것은 타자의 눈을 빌려 자신에게 되돌려 보내는 자아의 응시이기도 하다. 김지하는 아비의 역사에 대한 동일화의 욕망에 내장된 응시를 통해 존재의 정당성을 확인하고 자기 정체성을 구축하고자 한다. 악한 현실에 대한 부정과 대항을 가능하게 하는 이 윤리적인 눈을 통해서, 시인은 악으로 상징되는 파시즘 체제 속에서 주체로서의 정당성을 확보할 수 있게 되는 것이다. 그러나 『황토』에서 드러나는 시선의 상실은 윤리적 눈의 상실과 부재를 의미하며 그것은 곧 자아의 붕괴를 상징하는 것이기에 문제적이다.

김지하의 초기 서정시에서 강렬하게 드러나는 죽음의 파토스에는 파시즘에 대한 저항의 좌절에서 비롯되는 자기 상실의 연민과 절망, 그리고 자기 파괴를 통해서 악한 현실을 넘어서려는 적극적인 초월의지가 충돌하고 있다.

용당리에서의 나의 죽음은
출렁이는 가래에 묻어올까, 묻어오는

소금기 바람 속을 돌 속에서 흐느적거리고 부두에서

노동자가 한사람 죽어 있다.

그러나 나의 죽음

죽음은 어디에 (…중략…)

그러나 용당리에서의 나의 죽음은

침묵의 손수건에 묻어올까

난파와 기나긴 노동의 부두에서 가마니 속에

노동자가 한 사람 죽어 있다.

―「용당리에서」 부분

이 시 역시 「황토길」과 유사한 시적 상황을 보여준다. 시인은 '노동자의 죽음'을 반복적으로 환기하면서, 현실의 비극성을 고조시키고 있다. 시에서 '가마니 속'의 노동자의 죽음을 확인하는 것은 곧 '나의 죽음'의 실체를 확인하는 일에 다름 아니다. 자아는 노동자의 죽음 속에서 자신의 죽음을 발견하고, 자기 죽음을 객관화함으로써 삶의 현재성을 도출하고자 한다. 즉 '나의 죽음은 어디에'라는 반복적인 물음 속에는 '살아 있는 죽음'이라는 역설 속에서 스스로를 인식하는 태도가 담겨 있다.

이렇게 선취된 죽음의 형식으로 삶을 바라봄으로써, 김지하는 악한 권력으로서의 현실에 대한 절대적 부정을 수행한다. 시집 『황토』에서 두드러진 이러한 의사죽음의 상태는 1970년대 김지하의 시적 자의식을 극명하게 보여준다. 그에게 자아의 죽음이야말로 권력을 거부하고 자신의 내적 준거를 만들어갈 수 있게 하는 주체성의 동인이다. 현재의 폭력성에 맞서 스스로를 파괴, 해체시키는 이러한 자기소멸의 의지

속에는, 역설적으로 현실에 포섭되지 않고자 하는 자기보존의 의지가 함축되어 있다. 자아의 적극적인 소멸을 통해서 세계와 나를 동시에 부정하는 이러한 매저키즘적 열정은 죽음의 권력인 파시즘에 대항하여 김지하의 시 쓰기를 이끌어가는 주요한 동력이다.

김지하의 초기 시에서 죽음의식은 공포와 억압의 현재를 관통하려는 시 쓰기의 실천적 의지를 함축하고 있다. 그는 '가마니 속의 죽음'으로 환기되는 아버지의 비극적 죽음을 통해서 과거의 역사적 실패를 숭고화하는 한편, 스스로의 죽음을 통해서 자아의 현재를 고양시키고 있다. 시적 자아가 찾아가는 '아비'의 이미지는 민중적 세계에 대한 강렬한 동일화 의지에 기대어 실현되고 있으며, 이때 '나의 죽음'의 상징적 의미는 개별자의 죽음을 넘어서 역사적 맥락에 놓이게 된다. "나의 눈에 보이는 피투성이의 / 내 죽음과 죽음 위에 피어난 흰 나리꽃"(「지옥 3」)에서 김지하는, 자기 죽음 위에 '흰 나리꽃'이라는 초월적 이미지를 겹쳐놓음으로써, 죽음을 통해서 역사적 지평을 관통하려는 의지를 선명하게 드러낸다.

3. 깨어진 얼굴과 백색의 '잠'

역사적 억압에서 비롯되는 죽음의식, 자기의 상실의 정조는 김지하의 초기 시 세계를 지배하는 주요한 모티프이다. 작열, 고통, 피폐, 고갈의 이미지를 담고 있는 '황토'의 공간성은 시간성의 부재를 드러낸다. '막 흐르기 시작한 시간'은 정지된 시간으로 굳어버리고, '황토'는 시간의 흐름이 정지된 죽음의 공간성만을 보여주는 것이다. '사라지는 네 눈 속의 빛'에서처럼 소멸되는 생명력은 가뭄과 고갈로 상징되는 황토의 고통스러운 육체성을 비극적으로 환기한다. 작열하는 태양으로 드러나는 자연의 폭압성은, 자아를 유린하는 정치권력과 육체를 사물화하는 자본의 알레고리(「서울길」)로 나타나기도 한다. 이러한 황토의 변형된 이미지는 '몸 팔러 가는 길'에서 팔려가는 몸의 물질성으로 환기됨으로써, 현재의 비참한 모습을 더욱 구체적으로 보여준다. 이렇게 시집 『황토』에서 반복적으로 드러나는 죽음에 강박된 언어들은, 유린된 육체로 상징되는 자아의 훼손에 대한 자의식에서 출현한다.

자기 소멸을 통해 폭력적 현실을 거부하고 해체하려는 이러한 부정의 방법론이 자아에 대한 극단적인 환멸과 부정으로 표출되는 지점을 살펴보자.

> 시궁창 속 얼굴이
> 달과 내 오줌에
> 맞아 깨어질 때
> 울다 칼부림하다 단 한 벌의 옷이 깨끗이
> 술값에 벗겨질 때
> 이마에 찬 바람이 와서 화살 되어 박힐 때
> 알몸에 알몸에 아아 고름이 흘러
> 벌거벗은 내 생각의

새 뿌리가 자라는 곳

뒷골목의 시궁창 까마귀 벌판

— 「뒷골목의 시궁창 까마귀 벌판」 부분(강조-인용자)

‘어두운 밤’, ‘술집’, ‘칼부림’ 등의 시어가 보여주는 바와 같이, 현실 속에서 고통을 겪는 자아는 ‘뒷골목’이라는 소외된 공간에 서 있는 존재이다. ‘황토’의 척박한 이미지는 "뒷골목의 시궁창", "까마귀 벌판"으로 변용되고 있으나, 이 역시 생명력을 억압당하는 공간이다. 시에서 ‘검은 시궁창’은 시적 자아의 얼굴을 비추는 거울로 기능하고 있다. 그런데 이 더러운 시궁창에 비친 얼굴은 그나마도 ‘달과 내 오줌에 맞아 깨어진’ 얼굴로 드러난다. 온전한 형태를 잃어버린 이 깨어진 얼굴은 균열된 자아의 의식을 상징적으로 보여준다. 자아는 어떠한 돌파구도 마련되지 않은 ‘밤’의 절망 속에서, ‘벌거벗은 생각’의 뿌리를 키우고자 하나, 이 생각은 ‘고름’이라는 오염된 액체로 침윤되어 있다. ‘이마에 찬바람이 화살처럼 박히는’ 순간 육체를 꿰뚫는 고통의 감각은, ‘고름이 흐르는’ 몸과 더불어 붕괴된 자의식을 한층 선명하게 나타낸다.

이렇게 현실의 어둠 속에서 시궁창에 비친 자화상은 자기를 성찰하게 하는 거울이 아니라, 자기 환멸의 정조로 가득한 우울한 표면일 뿐이다. 김지하는 이 ‘깨어진 얼굴’을 통해서 더러운 현실에 대한 부정과 그 현실에서 벗어나지 못하는 자아에 대한 환멸을 동시에 드러내고 있다. 그의 시에서 자아의 내면을 채운 죽음의식은 감금된 육체의 이미지를 통해 반복적으로 표출된다. "여윈 알몸을 가둔 옷"(「푸른 옷」), "끝없이 혀는 잘리어 굳고"(「녹두꽃」)에서 보이듯, 수인囚人화된 육체에는 권력의 폭력성이 각인되어 있다. 육체는 정치적 권력이 작동하는 구체적 지점인 동시에, 개별적 실체가 자기 존재를 인식하는 가장 확실한 매개이다. 현실의 폭력은 육체를 통해서 수행되며, 자아의 육체는 폭력에 대응하는 긴장과 갈등, 싸움의 흔적으로 채워진다. 김지하의 시적 '육체'는 자아를 깊은 '잠'의 가사상태로 이끌어감으로써 현실을 지우려는 망각의 힘과, 이 육체의 고통을 끌어안고 현실로 더 깊숙하게 들어가려는 힘이 팽팽하게 긴장하는 의식적이고 정치적인 공간이다.

> 나는 흙속에 천천히 깊숙이
> 대낮 속에 **새하얀 잠의 늪** 속에 빠져들어간다
> 이것이 대체 무엇이냐
>
> —「산정리 일기」 부분(강조—인용자)

> 누구의 목을 조를 명주띠일까
> **하얗고 긴 손길**이 있어 밤이면 밤마다
> 내 이마를 스치고
>
> —「수유리 일기」 부분(강조—인용자)

> 못 돌아가리
> 한번 딛어 여기 잠들면
> 육신 깊이 내린 잠
> 저 **잠**의 저 **하얀 방** 저 밑모를 어지러움
>
> —「불귀」 부분(강조—인용자)

인용 시에서 보이듯 '하얀 잠'은 실체로서의 검은 죽음에 덮어씌운 의사죽음의 형식을 보여준다. 현실의 시공간이 휘발된 흰색은 자아의 의식을 "밑 모를 어지러움"의 무중력의 상태로 흡인하는 강한 힘을 띠고 있다. 잠을 뒤덮는 하얀 색은 현실을 덮는 무시간성의 빛깔이며, 이 '하얀 색色'은 곧 강렬하고 분산적인 흰빛光으로 전이된다. 모든 것을 억압하는 흰빛은 '눈부심'의 감각을 통해서 자아의 시선을 교란한다. 따라서 이러한 흰빛으로 채워진 '방'에서 자아는 시선을 빼앗긴 채 맹목盲目의 상황에 놓이게 된다. 폭력적인 흰빛에 의한 시각적 혼란은 '어지러움'이라는 시어를 통해서 환기되고 있다. 자아가 감지하는 어지러움은 폐쇄된 공간에 놓인 육체가 죽음이라는 극한적 상황에 맞닿아 있음을 의미한다. 이러한 한계 상황에 놓인 자아의 의식은 '흙 속으로 깊숙이', '빠져 들어간다'와 같은 추락을 의미하는 하강의 술어들과, '돌아가리'의 초월적인 상승의 술어 사이의 긴장으로 팽팽하다.

땅을 기는 육신이 너를 우러러
낮이면 낮 그여 한 번은
울 줄 아는 이 서러운 눈도 아예
시뻘건 몸뚱어리 몸부림 함께
함께 답새라
아 끝없는 새하얀 사슬 소리여 새여
죽어 너 되는 날의 길고 아득함이여

—「새」 부분

이 시에서 김지하는 육체의 한계성을 돌파함으로써 현실적 세계를 초월하려는 의식을 드러낸다. "땅을 기는 육신", "서러운 눈", "시뻘건 몸뚱어리", "몸부림", "새하얀 사슬" 등의 언어들은 현실의 절망과 억압을 드러내준다. 육체에 가해진 절망을 넘어서는 길은 육체를 벗어버리는 것, 곧 육탈의 비상(죽음)을 꿈꾸는 것이다. '새 되기'의 초월적, 상승적 욕망은 육탈의 의지이며, 이것은 육체를 끌어당기는 '잠'의 추락 이미지와 긴장을 이루고 있다. 시인에게 죽음이란 '나'의 한계를 벗어버리고 '새'가 되는 것이며, 그것은 '묶인 가슴'의 육체적 한계를 벗어나서 초월적이고 투명한 존재로 전환하는 것을 의미한다.

여기서 김지하의 시적 열정의 밑바탕에 자리한 '혼돈', '어지러움'이, '빈방'이 상징하는 시간성과의 싸움을 내포하고 있음에 주목해 보아야 한다. 그의 시에서 '육신에 깊이 내린 잠'에서처럼 잠의 무게는, '돌아가리'로 표현되는 자아의 의지와 기대를 억압하면서 자아를 육체의 유한성에 가두어 놓는다. '갇힌' 육체의 폐쇄성을 환기하는 '방'은 상승과 추락, 초월과 현실, 삶과 죽음 사이의 긴장으로 채워진 공간이다. 그러나 이 방은 폭력적인 '흰빛'에 의해 지배되며, 흰빛에 시선을 빼앗긴 자아는 맹목의 혼돈과 어지러움 속으로 추락한다. 김지하의 초기 시에서 '흰빛'으로 채워진 방은, 태양 빛으로 끓어오르는 '황토'와 마찬가지로 절대적인 무시간성의 공간으로 드러난다. 작열하는 태양 빛과 흰빛은 모두 자아의 시선을 붕괴시키고, 자아를 끊임없는 혼돈과 갈등, 자기 파괴의 충동으로 몰아간다. 김지하의 초기 시를 지배하는 '불귀의식'은 이러한 시간적 전망의 부재와 내밀하게 얽혀있다.

김지하에게 '하얀 잠'으로 표상되는 진공의 시공간을 관통하고자 하는 시적 의지는, 상실된 자아로부터 새로운 생명의 탄생을 꿈꾸는 일로 표현된다. 그리하여 창살 속에 감금된 육체를 벗어나려는 의지는 '흰 방'으로 표상되는 무시간성에 대한 자아의 싸움으로 실현된다. 이렇게 '아버지의 죽음'에 겹쳐진 자아의 죽음으로부터 스스로를 건져내는 방식은, 자아의 육체를 삶과 죽음의 장으로 펼쳐놓는 데서 가능해진다. 「애린」 이후 김지하의 시적 작업은 이러한 갈등과 혼돈의 과정을 거쳐 자아의 죽음을 스스로 극복해 가는 모색 과정이라 할 수 있겠다.

4. 검은 시간의 개화와 이슬-눈

1980년대 이후 「애린」의 세계에서 김지하는 '우주적 생명'에 대한 발견과 예찬으로 초기 시의 갈등과 분열을 넘어서고자 한다. 그것은 '애린'으로 상징되는 생명을 찾아가는 내적이고 정신적인 여정으로 구체화된다. 현실과의 투쟁에서 정신적 화해에 이르는 이 도정에 시 「무화과」가 놓여 있다. 이 시는 세계와 자아의 가파른 대결구도가 내면화되는 과정에서 시인이 감지하는 죽음과 공포가 새로운 존재론으로 전이되고 있음을 보여주는 징후적인 작품이다.

이봐 내겐 꽃시절이 없었어
꽃 없이 바로 열매 맺는 게

그게 무화과 아닌가

어떤가

친구는 손 뽑아 등 다스려 주며

이것 봐

열매 속에서 속꽃 피는 게

그게 무화과 아닌가

어떤가

일어나 둘이서 검은 개굴창가 따라

비틀거리며 걷는다

검은 도둑고양이 하나가 날쌔게

개굴창을 가로지른다.

—「무화과」 부분

이 시에서는 초기 시에서 '시궁창 속의 깨어진 얼굴'로 환기되던 자기 부정과 모멸의 파토스가 보다 생생하게 실체를 드러낸다. '잿빛 하늘', '개굴창', '검은 고양이' 등이 만들어내는 어두운 죽음의 이미지가 시 전체를 덮고 있다. 김현의 지적대로, 시에서 시간적 비전을 상실한 채 잿빛의 세계에 감싸인 시적 자아의 울음은 죽음의 시간성에 대한 절망에서 비롯된 것으로 읽힌다. '꽃 피는 시절'은 삶의 절정 곧 새로운 생명을 잉태하는 시간이다. 자아를 고통스럽게 만드는 것은 이러한 '꽃핌' 곧 새로운 시간의 잉태가 불가능해진 상황에 대한 깊은 절망감이다.

여기서 '무화과'는 시간성에 대한 비극적 인식을 새로운 국면으로 전환시키는 주요한 이미지이다. 꽃 없는 열매인 무화과는 '꽃에서 열매'로 이어지는 인과적 시간의 흐름을 거슬러 존재한다. 무화과의 '속꽃'은 외부로 개화하지 못한 꽃, 곧 내면성의 개화開花를 의미한다. 열매는 시간의 완성을 의미하고, 그것은 또한 절정에서 추락하는 죽음을 함축한다. 이렇게 보면 '속꽃'의 '꽃'은 시간의 완성을 향한 흐름에 놓인 것이 아니라, 완성으로서의 죽음에서 거꾸로 뻗어 나온 가역적·중층적 시간을 내포함을 알 수 있다. 곧 '속꽃'은 죽음으로부터 삶을 향해 다시 열려진 시간이며, 이 두 시간성은 '무화과'라는 열매 속에서 중첩된다. 그리하여 '열매 속에서 꽃이 피는' 무화과의 존재는 시간의 이중성을 함축한다.

한편 시에서는 '검은 개굴창'이 환기하는 죽음의 이미지가 두드러진다. 시인은 비틀거리는 자아와 죽음을 날쌔게 가로지르는 또 다른 자아의 모습을 동시적으로 포착하고 있다. 죽음을 따라 걷는 시적 자아의 비틀거리는 걸음걸이는, 개굴창을 가로지르는 '검은 고양이'의 날쌘 운동성과 비교된다. 시적 자아는 '개굴창'을 따라 비틀거리며 걸어가야 하는 운명인 반면, '검은 고양이'로 상징된 다른 자아alter ego는 이 죽음의 시간성을 가로지름으로써 운명을 초월한다. 시인은 초기 시에서처럼 자신의 깨어진 자화상을 들여다보는 대신, 절대적·초월적 존재인 검은 고양이의 이미지를 자화상으로 변용하고 있다. 육체성을 초월한 고양이의 날쌘 운동성은 초기의 비상하는 새 이미지와 겹쳐진다.

새와 검은 고양이가 상징하는바, 비상과 초월의 이미지는 초기부터 김지하의 시적 세계에서 길항해 온 초월을 향한 욕망과 현실 지향적 의지라는 이중적 힘의 긴장을 담고 있다. 초기 시가 '하강하는 육체 / 상승하는 정신' 사이의 수직적이고 이중적인 대립 속에서 전자의 부정을 통해 후자를 긍정하고 초월하는 방향으로 나아갔다면, 이 시에서 두 자아는 서로 분열되어 있으면서도 수평적 동시성을 지닌 것으로 나타난다. 여기서 자아와 고양이는 하나이면서 동시에 둘인 미묘한 긴장 속에 묶여 있다. 자아는 현실 속에서 '비틀거리면서' 동시에 현실을 '가로지르는' 이중적 분열을 보여준다. 이 분열된 자아가 서로 부딪치는 섬광의 순간 곧 고양이와 자아가 스치는 순간은, 비틀거림의 연속성과 가로지름의 순간성을 동시에 담고 있는 새로운 시간의 출현을 보여준다.

여기서 주목할 것은 이 시의 배경을 이루는 '검은'색이다. 잿빛 하늘, 검은 개굴창, 검은 고양이가 환기하는 검은 빛은, 시의 배경을 이루는 모든 사물을 빨아들이는 빛깔이다. 작열하는 빛으로 시선의 맹목을 초래하는 '백색의 방'과 시선을 빨아들이는 '검은 개굴창'은 이런 점에서 동일한 의미항으로 작용한다. "내 죽음의 흰나리꽃"(「지옥 3」)에서 보듯, 그에게 죽음은 검은 빛인 동시에 흰빛이다. 검으면서 흰, 이러한 빛깔의 이중성은 완성된 죽음(열매) 속에 피어난 미래형의 죽음(꽃)을 환기한다. 검은 빛과 흰빛, 삶과 죽음이 겹쳐지는 이중성 속에서 자아의 내면을 채운 검은 빛은 공포를 지우고 흰빛으로 피어날 수 있게 된다. 이렇게 어둠으로 가득 찬 내면은 그것을 가로지르는 '순간'에 새로운 빛깔의 존재로 전환되는 것이다.

김지하의 후기 시를 특징짓는 '생명'의 언어는, 죽음의 빛과 안팎으로 누벼진 채 겹을 이루고 있다. 「애린」 이후 김지하의 서정시가 보여주는 자기긍정은 죽음을 거쳐 온 흰빛의 세계로 이해될 수 있다. 많은 논자들이 주목했듯이, 존재의 본질을 찾아 가는 심우尋牛의 도정은 "이내 작은 한 덩이 검은 돌에 빛나는 / 한 오리 햇빛 / 애린 / 나"(「그소, 애린

50)에서 '애린=나'라는 깨달음에 이른다. 애린을 찾아 헤매는 행려의 궤적은 이렇게 자기로부터 출발하여 자기의 내면에 도달하는 원환적 시간의 흐름을 따라간다.

초기 시의 '아비 찾기'가 애린을 찾는 도정으로 전환되면서 김지하의 시적 세계는 죽음과 삶의 대립항을 넘어서 새로운 지평을 구축한다. 환언하면 '애린'을 찾는 도정은 "지금도 잿빛 하늘에 피 번지는 악박골 / 서대문 101번지 시커먼 경성감옥"(「악박골」)의 '숨죽인 울음'으로 채워진 잿빛의 역사적 지평에서 출발하여, 역사의 제한된 시간성을 전복하고 흰빛의 무한지평으로 나아가는 것이다. '아비 찾기'의 과정이 근대의 파시즘적 시간에 대한 부정으로서 역사와 기억을 이끌어 온다면, 애린을 향한 길은 자기 내부의 긴장과 대립을 해소함으로써 시간의 지평을 벗어나는 도정이다. 이러한 원환의 시간은 근대의 직선적 시간의 궤도를 벗어남으로써 폭력적 현실을 감싸는 새로운 시간의 출현과 닿아 있다.

　　단 한번 울고 가
　　자취 없는 새
　　그리도 가슴 설렐 줄이야
　　단 한 순간 빛났다
　　사라져 가는 아침빛이며
　　눈부신 그 이슬
　　그리고 가슴 벅찰 줄이야
　　한 때
　　내 너를 단 하루뿐

단 한 시간뿐

진실되이 사랑하지 않았건만

이리도 긴 세월

내 마음 길 양식으로 남을 줄이야

애린

두 눈도 두 손도 다 잘리고

이젠 두 발 모두 잘려 없는 쓰레기

이 쓰레기에서 돋는 것

분홍빛 새살로 무심결에 돌아오는

애린

애린

애린아,

—「그 소, 애린 1」

죽음 속에서 삶을 발견하는 일은 버려진 쓰레기에서 새살을 눈 뜨게 하는 일이다. '두 손 두 발 다 잘려 없는 쓰레기'에서 돋는 새살은 '죽음'을 거쳐서 소생하는 생명의 이미지를 담고 있다. 이때 시적 자아는, '간', '자취 없는', '사라져 가는' 등의 시어가 환기하는 바와 같이 부재不在하는 것들을 기억 속으로 불러오고 있다. 그리하여 '단 한번 울고 간 새', 사라진 아침 '이슬'의 짧은 순간이 '내 마음 길 양식'으로 되살아난다. 기억은 현재의 시간을 견디고 지탱하게 만들어 준다. 새로운 몸은 이러한 기억의 순간에 탄생한다. 이 기억의 순간성이야말로 '쓰레기' 같은 육신을 분홍빛의 '새살'로 바꾸는 동인이다.

김지하의 시에서 모든 존재의 생명을 함축하는 '애린'은 바로 이러한 순간성에 붙여진 이름이다. 앞에서 살펴본 시 「새」에서, '묶인', '쇠사슬', '죽음'의 고통을 벗어난 '새'의 육체는, 「애린」에서 '이슬'의 투명성으로 변화된다. '이슬'은 공간성을 벗어던진 육체이며, 동시에 역사적 시간성을 가로지르는 순간성을 담고 있는 존재이다. 이러한 '이슬'의 이미지는 현실적 시간에 포획된 존재들의 '죽음' 위에서 반짝이는 '눈'으로 변용된다.

> 흩어진 겹동백 저 저 지저분한 죽음에서도
> 외로운 겨울 햇빛처럼
> 작게 반짝이는
> 네 눈
> 애린의 눈
> 천둥 아직 들리지 않는 뭉글대는
> 태풍구름 속 번뜩이는
> 빈 눈
>
> ─「그 소, 애린 45」 부분

'하얗게 날카롭게' 타오르며 역사적 죽음을 응시하던 '성자동 언덕의 눈'은, 이 시에서 '햇빛처럼 반짝이는 눈'으로 변화되어 나타난다. 앞에서 보았듯이, 1970년대 '천둥의 울림'으로 혹은 새하얀 빛으로 타오르는 역사적 아버지의 응시 앞에서 시인의 시선은 가파른 자기 파괴의 열정으로 붕괴되었다. '황토'의 열기 속에서 자아의 맹목의 시선이 발견하는 것은 아버지의 죽음이며, 이 고통스러운 체험은 곧 자신의 죽음에 대한 자각이었다. 그러나 이 시에서 '태풍구름 속 번뜩이는' 시선은 더 이상을 불을 품지 않은 '빈 눈'이다. 그것은 쓰레기더미 위에서 반짝이는 '이슬'처럼 텅 비워진 육체의 눈동자이다.

이 '빈 눈'은 '구름'의 내부에 존재하는 태풍의 '눈'처럼 고요한 정적과 영원성을 담고 있다. 그것은 '아직' 태풍이 되지 못한 존재, 다시 말해서 유예된 미래('태풍')를 자기 내부에 간직한 존재이다. 그리하여 태풍의 눈으로 상징되는 '빈 눈'의 비어있는 공간은 미래의 시간성으로 채워진다. 이렇게 삶과 죽음의 대립 속에서 반짝이는 '이슬-눈'의 투명함은 현실적 시간의 지평을 넘어서는 원환圓環의 시간성을 환기한다.

이 시에서 '빈 눈'이 환기하는 원환적 시간성은, 원점으로 회귀하는 애린 찾기의 여정을 환기한다. 그 시간의 궤적은 '속꽃 핀 무화과'의 육체성과 닮아 있다. 시 「무화과」에서 '속꽃 핀 육체'로 상징되는 자아는 미래를 현재 속에 담지하고 있는 존재이다. 시인은 '아비 찾기'의 선적인 시간으로부터 벗어남으로써, 자기 내부에 과거와 미래를 동시에 품고 있는 새로운 시간을 잉태한 '애린'으로 변모된다. 꽃과 열매가 미래이면서 동시에 과거인 이중적 시간성을 함축한 채 공존하는 것처럼, '애린'은 열매의 내부에 간직된 꽃처럼 미래에 간직된 과거이며, 동시에 과거 속에 간직된 미래의 시간상을 내포한다. 다시 말해 "그날은 / 없다 / 있는 것 / 살아있는 것은 / 지금여기 / (…중략…) 나날이 / 이리 죽지 않고 / 삶"(「중심의 괴로움」)에서처럼, 애린은 '지금-여기'의 시간을 텅 빈 시간으로 무화시킴으로써 '공동화空洞化된 중심'의 시간성을 담지한다.

이러한 시간의 '열매' 속에 30여 년의 시적 여정을 밟아온 시인 김지하의 자화상이 비추어진다. 그의 자화상은 눈을 상실한 깨어진 얼굴로부터, 찬란한 순간성으로 개화하는 완전한 눈으로의 전이를 보여준다. 텅 빈 중심의 '눈'은 그야말로 이슬처럼 온몸이 눈인, 육체성을 초월한 눈이다. 김지하가 천착하는 우주적 생명의 세계는, 투명한 이슬의 이미지가 보여주는 것처럼 텅 빈 순간을 통해 영원성을 발견하는 과정이며, 그것은 곧 근대성의 잔해와 역사의 파편 속에서 새로운 시간을 꿈꾸는 과정으로 이해될 수 있다.

5. 역사의 폭풍 앞에서 감긴 눈

벤야민은 진보라는 역사의 폭풍 앞에선 천사의 얼굴을 과거의 잔해 속에서 무참히 미래로 떠밀려가는 모습으로 그려내었다. 폭력적인 정치권력과 고통스럽게 대면해 갔던 초기에서부터 우주적 생명의 소생을 꿈꾸는 현재에 이르기까지 김지하의 시적 궤적에는 잔혹한 역사의 폭풍 속에서 추락과 비상을 동시에 경험하는 천사의 초상화가 새겨져 있다. 현재의 목마름 속에서 균열된 자의식을 상징적 아비의 세계 속으로 투사하던 '황토' 시기의 김지하의 시적 세계는 폭력적인 현실 속에서 시선을 교란당한 자의 고통스러운 자의식으로 구축된다. 흰빛의 폭력성에 의해 붕괴된 시선은, 자아와 세계에 대한 성찰이 불가능한 상실의 눈으로 이미지화되어 자기 소멸의 정념으로 분출된다. 이렇게 초기 김지하 시를 지배하는 저항적 언어의 밑바탕에는, 시선의 붕괴로 상징되는 자기소멸의 파토스와 공포감이 착종되어 자리하고 있다.

「애린」 이후 김지하의 시적 세계를 특징짓는 서술어가 된 '생명'이라는 화두는, 자아의 균열과 죽음을 치유하는 과정으로 읽을 수 있다. 개별적 자아를 넘어서 보편성, 전체성의 세계를 지향해 가는 과정은, 자아의 죽음을 보편성으로 확장함으로써 일회적 죽음을 넘어서려는 과정이기도 하다. 이때 무참한 시간의 폭풍 앞에 추락하는 육신을 벗어던지고 새로운 시간을 꿈꾸는 천사는, 온 몸이 '텅 빈 눈'인 이슬의 이미지를 껴입고 출현한다. 천사의 텅 빈 시선 속으로 모든 역사의 잔해와 폭풍이 빨려 들어간 공동의 시간성 위에 「애린」 연작이 놓여있다. 이런 점에서 초기 시의 분열과 시간적 파탄으로부터 자기를 구원하기 위한 모색으로 쓰인 「애린」은 김지하의 시세계의 최종점이자 출발점이라 할 수 있다. 블랙홀처럼 모든 것을 빨아들인 거대한 무無의 빛이 새로운 시간을 낳을 수 있는 자궁이 될 수 있을지, 죽음의 시간으로 닫혀 버릴지는 시 쓰기의 정신적 고투와 그 지난한 여정만이 답해 줄 수 있을 것이다.

고양이가 있는 몇 개의 풍경

황인숙론

1. 고양이 발생론

첫 시집 『새는 하늘을 자유롭게 풀어놓고』(1988)에서 『슬픔이 나를 깨운다』(1990), 『우리는 철새처럼 만났다』(1994), 『나의 침울한, 소중한 이여』(1998), 『자명한 산책』(2003), 『리스본行 야간열차』(2007)에 이르기까지 6권의 시집을 출간한 황인숙은 우리 시단에서 가장 독특한 언어감각을 보여주는 시인이다. 그녀는 자신의 감각에 포착된 모든 사물들을 발랄하게 변주하는 감각의 공명통을 가졌다. 예민한 감각을 통해 세계와 공명하면서 현실의 억압을 가볍게 뛰어넘는 언어의 탄성은 '용수철'처럼 솟구치며 현실의 중력장 너머로 날아간다. 황인숙의 시적 언어의 발랄함은 그녀의 페르소나라 할 수 있는 고양이의 시선을 통해서 세계의 풍경과 만나게 된다. 그녀의 고양이는 현실과 초월, 삶과 죽음, 빛과 어둠의 간극을 응시하는 시선으로 자신의 존재를 드러낸다. 현실과 환상의 경계를 걷는 나른한 고양이의 걸음은 순간을 향한 도약을 감추고 있다. 느린 듯 빠르고 신중한 듯 경쾌한 그녀-고양이의 보폭에는 일상적 삶에 은폐된 균열을 포착하는 시선의 폭발적 에너지가 응축되어 있다.

황인숙의 시 쓰기는 날카로운 발톱의 감각을 부드러움 속에 감춘 고양이의 육체를 닮아 있다. 그녀의 시적 언어는 현재의 중력으로부터 일탈을 꿈꾸는 부드러운 몽상의 언어이자, 현실의 이면을 가차 없이 꿰뚫어 보는 냉정하고 날선 언어이다. 이렇듯 냉정과 열정이 공존하는 황인숙 시의 매혹은 고답적 언어의 기율을 깨뜨리는 고양이의 매혹적인 율동과 더불어 태어난다. 권태와 우울로 가득 찬 현실 속에서, 고양이와 같은 집중된 눈으로 삶의 풍경과 그 이면을 응시하는 그녀의 시적 시선은 어두운 운명과 맞서는 자의 고독과 자긍심으로 빛난다. 이제 고양이가 있는 몇 개의 풍경을 더듬어 황인숙의 시가 풀어놓는 존재와 운명의 선율을 따라가 보기로 하자.

2. 몽상가 고양이, 들판에서 도약하다

고양이는 가볍게 공중으로 도약하는 몽상가이다. 그의 몽상은 대지의 우울한 중력 위를 떠도는 공기처럼 가볍고 경쾌하다. 공기의 물질성으로 채워진 고양이의 몸은 육체의 구속을 벗어던지고 무중력의 상상 지대 속으로 스며든다. 이 가볍고 명랑한 도약은 경쾌한 리듬과 어우러져 황인숙 시의 독특한 풍경을 빚어낸다.

> 이 다음에 나는 고양이로 태어나리라.
> 윤기 잘잘 흐르는 까망 얼룩 고양이로
> 태어나리라
> (…중략…)
>
>
> 훌쩍 뛰어올라 깊이 웅크리리라.
> 내 잠자리는 달빛을 받아
> 은은히 빛나겠지.
> 혹은 거센 바람과 함께 찬 비가
> 빈 벌판을 쏘다닐지도 모르지.
> 그래도 난 털끝 하나 적시지 않을걸.
> 나는 꿈을 꾸리라.
> 놓친 참새를 쫓아
> 밝은 들판을 내닫는 꿈을.

— 「나는 고양이로 태어나리라」 부분

이 시에서 시인은 고양이의 경쾌하고 발랄한 어조를 통해 일상의 지평을 벗어나고자 하는 욕망을 드러낸다. '윤기 잘잘 흐르는 까망 얼룩 고양이'는, 현실의 진창에 더럽혀지지 않은 자아의 욕망을 투사한 존재이다. 고양이는 현실을 지배하는 중력으로부터 가볍게 '튀어 올라' 자신만의 공간인 '벌판'으로 나간다. 그곳에 '거센 바람', '찬 비'의 차가운 물질성의 침입을 허락지 않는 내적 공간을 구축한다. 비와 바람에 '털 끝 하나 적시지 않겠다'는 선언은, 세계와 맞서서 자아의 내면을 보존하고자 하는 의지의 표현이다.

이렇듯 현실을 벗어나 상상의 공간인 벌판으로 출분한 고양이는 생존을 위해서 참새를 잡는 존재가 아니다. 생존과 포획의 논리가 지배하는 현실의 담장을 넘어 온 고양이는 참새들과 벌이는 놀이에 도취되어 있다. 물질적 관계로부터 해방된 순수한 기쁨으로 가득 찬 유희는, 현실을 지배하는 생존의 법칙을 넘어 자유로운 정신의 세계를 열어가는 도약이다. 이렇게 고양이는 생존과 유희, 이성과 도취의 경계를 초월하는 시적 비상의 토포스topos에 거처를 마련한다. 세계의 시간에 털 끝 하나 적시지 않는 고양이는 몽상의 시공간에 거주함으로써 삶의 비속함과 결별하고자 하는 시인의 욕망을 비추고 있다. 이러한 꿈꾸기는 세계와 절연된 단독자로서의 자기 확인 욕구에서 비롯된다. 그것은 "오, 이 세상 것이 아닌 마음, / 조금씩 열려 퍼지는 문. / 빠져나갈 시간은 바로 지금이에요"(「황혼」)에서 보듯, 현실로부터 '빠져나가는' 시간의 틈새를 사유하는 일이다. 권태로운 지속으로 채워진 현실의 표면에서 내밀하게 드러나는 균열은, '이 세상의 것이 아닌 마음'에서 발현하는 탈주에의 욕망이 가속화되는 순간, 다른 시간을 향해 열린 문이 된다.

여기서 주목할 것은 고양이의 몽상과 탈주의 발원지가 바로 시인이 놓인 척박한 현실이라는 점이다. 몽상의 경이는 대지의 불모성과 짝을 이루고, 도약의 순간성은 일상의 권태와 나란히 간다. 도약을 꿈꾸는 존재는 어둠과 고통이 지배하는 삶에 구속된 자의 무거움을 함께 거느리고 있다.

> 세상은 결코
> 결코 변치 않는다.
> 늙어빠진 지구.
> 군내나는 지구. 싫증나는 지구.
> 떠날 순 없다. 갈 곳도 없다
>
> ──「당신들의 문제아」 부분

> 바람이여.
> 내일의 새벽바람이여.
> 거리의 구토.
> 이 거리의 행려의 구토.
> 오늘을 날려 보내다오.
> 눈을 뜨면 링반데룽.
> 이 저주를
> 벗어날 길을 가르쳐다오.
>
> ──「링반데룽」 부분

위의 시에서 시인은 권태로 채워진 싫증나는 삶을 변화시키고자 하는 욕망을 보여준다. 누추하고 관성화된 세계를 환기하는 '늙어빠진 지구'는 자아를 가두고 있는 감옥이다. 이 늙은 지구에 붙들린 삶의 공허와 권태는 '링반데룽'과 같이 반복되는 현실에 포획된 존재의 고통을 환기한다. 시인에게 벗어날 수 없는 현실의 중력은 고통스러운 악몽으로 다가온다. 시 「아무 불도 켜지 않았다」(『나의 침울한, 소중한 이여』)에서는, "고통만스럽고 진실은 없다 / 비천한 삶이다"와 같이 삶에 대한 환멸을 전면적으로 노출한다. 스스로의 삶을 '비천하다'고 느끼는 고통으로부터 벗어나고자 하는 의지는 이탈을 꿈꾸는 행위로 가시화된다. 시에서 비천한 일상으로부터 벗어나고자 하는 의지는 자신이 놓인 '지구'를 돌리는 행위로 표현된다. 이 거대한 지구는 시인의 프로메테우스적 의지와 열정으로 인해 '돌아가기' 시작한다. 이렇듯 스스로 능동적 삶의 주체가 되고자 하는 욕망은 황인숙의 시적 열정을 추동하는 근원적 힘이다.

> 보라, 하늘을.
> 아무에게도 엿보이지 않고
> 아무도 엿보지 않는다.
> 새는 코를 막고 솟아오른다.
> 얏호, 함성을 지르며
> 자유의 섬뜩한 덫을 끌며
> 팅! 팅! 팅!
> 시퍼런 용수철을
> 팅긴다.
>
> ― 「새는 하늘을 자유롭게 풀어놓고」

이 시에서 황인숙은 현실의 권태와 절망으로부터 벗어나 '자유'를 향한 도약을 선언한다. 영토화된 삶의 중력에 대한 저항은 탈주의 에너지로 발산되는데, 그것은 '용수철'처럼 튀어 오르는 탄성에 의해 추동되고 있다. 이러한 비상을 통해서 시인은 "아무에게도 엿보이지 않고 / 아무도 엿보지 않는" 완전한 자율적 주체로 탄생한다. 포획된 삶의 가치 체계와 기꺼이 단절을 선언하는 이 구절은 '시퍼런', '섬뜩한' 등의 부사어와 더불어 결연하고 냉정한 의지의 언어로 발화된다.

황인숙의 시에서 주목되는 것은 이러한 비상의 속도감을 완성시키는 데 부사성의 언어들이 효과적으로 사용되고 있다는 점이다. '덫', '용수철'의 금속성은 '팅! 팅! 팅!'의 파열음과 겹쳐지면서 비천한 삶과 단호하게 결별하는 주체화의 과정을 완성해 낸다. '팅'의 울림은 지상에서 공중을 향해 터져 나가듯 자신을 던져 올리는 강렬한 힘을 쏟아낸다. 이렇듯 부사성의 언어를 통해 새로운 감각을 생성하는 시 쓰기는 그녀만의 독특한 미학을 구축한다. 구문에 대한 종속성이 상대적으로 약한 부사의 자율성을 최대한 보장함으로써, 의미의 지시성을 비껴선 지점에 독특한 감각의 지대를 열어주는 것이다.

이러한 감각화의 문제는 황인숙의 시 쓰기에서 중요한 방법론으로 기능한다. 현실로부터의 탈주를 꿈꾸는 황인숙의 시 쓰기는 생생한 삶의 순간과 마주 서서 그것을 자신만의 언어로 감각화하는 작업이다. 일차적으로 그것은 관습화된 세계를 감싸고 있는 각질을 벗어던지고 세계와 직접 대면하는 일이다.

그런데, 어디 있는가, 날것들이여.
내 뭉실한 삶이
거친 이를 가진 입이 되어

쩍 벌어진다.

질겅질겅 씹고 싶은 날것들이여.

꿀꺽 삼키고 싶은 날것들이여.

꿀꺽꿀꺽 삼켜 구토하고

배 앓고 싶은 날것들이여.

열이 활활 나는 삶의 손바닥으로

나를 후려쳐다오. 날것들!

— 「열이 활활 나는 삶의 손바닥으로」 부분

이 시에서 시인은 생생한 삶의 감각을 회복하기 위한 몸부림을 보여 준다. '날것'의 삶에 대한 기대는 세계와의 직접적인 접촉을 욕망하는 데서 비롯된다. 삶에 대한 그녀의 더운 욕망은 '질겅질겅' 씹어대는 거대한 '입'으로 표상되는 탐식 혹은 폭식의 이미지로 표상된다. 이렇듯 그녀는 '뭉실한 삶'의 무감각을, '씹고, 구토하고, 배를 앓고, 삼켜지는' 매저키즘적 욕망으로 전치시킨다. 이러한 고통의 감각이 현실에 포박되어 가사假死 상태에 놓인 자아를 깨어나게 하는 것이다. 이러한 폭력의 상호작용을 통해서 시인은 자아와 세계의 가상적 관계를 깨뜨리고 뜨거운 감각이 발화되기를 열망하고 있다.

황인숙의 시에서 폭식으로 상징되는 감각적 팽창은 '날것'의 세계에 닿아가고자 하는 의지에서 발현된다. 그녀의 고양이는 '저주'처럼 자신을 붙들어 매는 삶의 구속으로부터 벗어나고자 하는 이러한 열망에서 탄생한다. 고양이는 진부한 현실과 권태로부터 이탈하고자 하는 욕망과 자유를 향한 열망을 체현하는 사물이다. 고양이의 가벼운 몽상 이면에는 날카로운 이빨로 삶의 표면을 찢어내고자 하는 수성獸性의 감각이 자리하고 있다. 이러한 고양이-되기는 일상적 삶을 전복하는 하나의 사건으로 이해된다. 진부한 삶의 각질을 깨뜨리고 생생한 삶의 감각을 회복하려는 시적 열망은 몽상가-고양이의 내부에서 강렬한 에너지로 타오른다.

3. 고아-고양이, 죽음을 쓰다듬다

황인숙은 일상의 풍경 속을 주유하는 산책자이다. 그녀는 고양이처럼 구석진 안뜰을 지나 해방촌의 구불구불한 길들을 따라가기도 하고, 어두운 시장 골목의 풍경 속으로 걸어가기도 한다. 이 버려지고 소외된 삶의 그늘은 독특하고 경쾌한 리듬의 박음질을 통해 선명한 시적 풍경으로 태어난다. 황인숙의 시가 탄주하는 언어의 율동감은 수직의 담장 위를 걷는 고양이의 응집된 시선에서 얻어진다. "그녀는 빗방울들을 / 꽉 움켜쥐듯 바라봤다"(「病棟의 비」)에서와 같이 대상을 포착하는 시선의 격렬함과 집요함은 세계의 이면을 파고들어 죽음의 깊은 심연에 가 닿는다.

죽은 고양이를 보았다
이파리 하나 남지 않은 은행나무 아래

다리를 뻗고

잠이 든 것 같았다.

그 털들이 엉겨 있지 않았더라면

바람과 구두가

그렇게 딱딱하지 않았더라면

좀더 오래 들여다보았을 것이다

나는 깜짝 놀라서 눈을 돌렸다.

그러자

모든 집들이 눈을 떴다.

길 건너 숲속은 캄캄했다.

그가 몸을 끌고 온 거리.

그 몸의 공포와 무게.

남산을 코앞에 두고

숨을 멈칫거리게 한

빛과 속도의 피대줄 같은―

죽어버린 고양이에게는 그 모든 게

아무래도 좋을 것이다.

―「죽음 위의 산책」 부분

시인은 산책길에서 우연히 죽은 고양이를 보게 된다. 이파리 하나 남지 않은 은행나무 아래 놓인 죽은 고양이의 섬뜩한 이미지는 삶에 잠복해 있던 죽음의 출현을 보여준다. 일상의 이면에 은폐되었던 죽음이 즉물적으로 출현하는 순간, 그녀를 둘러싼 세계는 전혀 새로운 표정을 띠기 시작한다. 세계의 풍경이 변화하는 순간의 감각은 '모든 집들이 눈을 뜨는' 공포스러운 사건으로 표현된다. 죽은 고양이가 만들어내는 이 낯설음은 죽음이라는 타자가 그녀에게 보내는 전언이다. 친숙한 산책길에 놓인 고양이-시체에서 시인이 느끼는 이 낯설음uncanny의 감각은 자신의 죽음과 맞닥뜨린 존재의 공포에 다름 아니다.

그런데 흥미로운 것은 이 시에서 죽음을 대하는 시인의 태도가 단순한 두려움 속에 머무르지 않는다는 점이다. 시인에게 죽음이란 육체와 시간의 결박에서 풀려나 '태어난 적도 없다는 듯' 새로운 존재로 변신하는 것으로 인식된다. 그러기에 시에서는 죽음과 대면한 자의 고통과 연민의 목소리가 느껴지지 않는다. 오히려 "죽어버린 고양이에게는 그 모든 게 / 아무래도 좋을 것이다"라는 구절에서는 자신에게 닥쳐올 죽음을 미리 본 자의 여유가 드러난다. 무거운 몸을 끌고 걸어온 노역의 삶이 오히려 '공포와 무게'로 감지되고, 죽음은 '아무래도 좋은' 체념으로 현실의 무게를 벗어나는 사건이 되는 것이다.

이렇게 황인숙은 세계를 바라보는 산책자의 시선을 통해서 삶 속에 자리한 낯선 타자-죽음을 발견하고, 그 죽음과 대면함으로써 세계에 대한 새로운 인식을 열어간다.

그들은
축축하고 추운 긴 복도다.
파리한 물고기 같은 달을 향해

기울어져 있다.

한구석에 새끼 고양이 한 마리가 묶여 있다.

발을 멈추고 쓰다듬자

요요처럼 내 손에 탁탁 붙는 새끼 고양이여.

그들은 멀거니 본다.

새끼 고양이 혹은 내 손길을.

항상 비껴선 복도여.

도무지 손길에 익숙하지 못한 존재여.

아무 손길 닿지 않는 새끼 고양이들의 복도여.

—「고아원」

　세계와 자신을 연결해주던 탯줄이 끊어진 채 버려진 '고아'들은 삶의 온기로부터 배제된 존재들이다. 안온한 삶의 공간으로부터 떨어져 나온 고아들은, '비껴선 복도'의 어두운 저편에서 아무 손길도 닿지 않은 고양이처럼 떨고 있는 존재의 고독을 보여준다. 버려진 존재들이 모여 있는 그늘진 복도는, 타자와의 교감을 상실한 채 어둠만을 '멀거니 바라보는' 절망으로 가득 차 있다. 모성과 생명의 상징인 '달'을 향해 기울어지는 그들의 욕망은 "파리한 물고기 같은"이라는 수식어 앞에서 곧바로 사그라들고 만다. 이렇게 고아들은 세계와의 연관성을 상실한 존재의 숙명적 고립감과 축축한 절망감에서 쉽게 빠져나오지 못한다.

　황인숙은 세상을 어둡고 차가운 복도로 인식하면서, 그 속에 놓인 고아—존재들에 대한 연민의 눈길을 보낸다. 삶으로부터 추방된 존재들은 모두 근원적 고독 속에 던져진 고아라고 할 수 있다. 다시 말해 이 세계는 하나의 거대한 고아원이며, 고독과 절망으로 가득 찬 고아의 이미지는 단절과 고립 속에 놓인 자아의 모습과 겹쳐진다. 이렇게 시인은 현실로부터 배제되고 소외된 존재들과 자아의 연속성을 발견한다. 이러한 내적 공감은 타자로서의 세계와 시인 사이에 깊은 교감과 소통의 길을 틔운다. 이제 고통 받는 고아의 얼굴은 이 낯선 타자에 대한 환대의 요구로 시인 앞에 던져진다.

> 단풍 든 나무가 문을 활짝 열어젖히고 있다.
> 단풍 든 나무가 한없이 붉고, 노랗고, 한없이 환하다.
> 그지없이 맑고 그지없이 순하고 그지없이 따스하다.
> 단풍 든 나무가 햇빛을 담쑥 안고 있다.
> 행복에 겨워 찰랑거리며.
>
> 싸늘한 바람이 뒤바람이
> 햇빛을 켠 단풍나무 주위를 쉴 새 없이 서성인다.
> 이 벤치 저 벤치에서 남자들이
> 가랑잎처럼 꼬부리고 잠을 자고 있다.
>
> ─「남산, 11월」 부분

이 시에서는 단풍 든 나무들이 보여주는 환하고 따스한 풍경의 구석에 가랑잎 같은 사내들이 깊은 잠에 빠져 있다. 그들은 찰랑거리는 햇빛의 풍요로움을 누리지 못하고, 꼬부라진 채로 버려져 다가올 싸늘한 바람에 노출되어 있다. 즉 '햇빛을 담쑥 안고 있는' 행복에 겨워 찰랑거리는 단풍잎의 시간은 곧 "싸늘한 바람"이 환기하는 차가운 계절로 이어질 것이며, 화사한 잎들 또한 가랑잎이 되어 어두운 대지로 추락할 것이다. 긴 겨울을 예감하는 '11월'은 존재의 운명적 몰락을 예감하는 시간이며, 사내들은 태아처럼 몸을 꼬부린 채 죽음의 시간 속으로 침잠하고 있다. 돌아갈 집도 없이 세계로부터 추방된 사내들의 헐벗은 삶이야말로 존재의 가장 근원적인 모습이라 할 수 있겠다. 노숙자 사내들을 통해서 드러나는 헐벗은 삶의 맨 얼굴은 죽음이라는 타자가 보내는 전언이자 호소이다. 시인은 잠든 사내들을 통해 다가올 몰락과 차가운 소멸의 징후를 읽어내고 있다.

이 시에서 잠든 사내들을 바라보는 시인의 시선은 건조하기만 하다. 그러나 시적 대상에 대한 감정을 철저하게 배제한 이 메마른 진술은 남자들의 피로와 노역과 헐벗음을 쓰다듬는 시선을 내장하고 있다. 여기서 환한 현실의 이면에 감추어진 그늘과 절망을 감각적으로 인지하는 황인숙의 시 쓰기가 세계와 자아의 신체를 관통하는 촉각적 시선에서 태어난다는 점이 주목된다. '담쑥' '환하다' '찰랑거리다' 등 햇빛의 따스함을 감싼 유동적 언어들은 '꼬부리고'라는 시어를 통해서 절단된다. 촉각적 시선의 내부에서 벌어지는 부드러움과 날카로움, 따스함과 차가움 사이의 충돌은 자아와 타자 사이의 간극을 넘어 세계에 닿아가려는 욕망을 가시화한다. 그것은 햇빛 속에 숨겨진 날카로움을 간파하고 일상의 표면을 관통하여, '버려진 안경, 폐지를 줍는 노인'처럼 아무도 주목하지 않는 외롭고 쓸쓸한 존재들의 모습을 포착하기에 이른다. '잊힌 공간과 버려진 사물들'에 공명하는 그녀의 시선은 근본적으로 타자에 대한 공감과 연대의 의식에서 비롯된다. "내가 백 번도 천 번도 더

읽은 / 우리 집 앞 골목쟁이"(「골목쟁이」)에서처럼, 그녀가 바라보는 텅 빈 골목의 외로움은, "빛바랜 셔츠, 발목 짧은 바지 / 동남아 남자가 걸어온다"(「해방촌」)에서처럼 낯선 자의 소외감과 겹쳐지면서 새로운 파장을 만들어낸다.

이렇게 황인숙은 죽은 고양이의 시체, 어두운 고아들, 잠든 사내들이 만들어내는 세계의 우울한 호소를 감각적 열림으로 되받아 쓴다. 현실의 표면을 관통하는 촉각적 시선은, 세계의 슬픔과 공명하면서 헐벗은 타자의 얼굴에 대한 응답으로서의 시 쓰기의 의미를 실현하고 있다.

4. 나르시시스트-고양이, 숙명에 홀리다

황인숙은 날카롭지만 섬세한 고양이의 시선으로 타자의 얼굴을 쓰다듬는다. 세계의 그늘을 응시하는 고양이의 시선은 현실의 균열 속에서 타자에 대한 공감을 이끌어내고 연대의 감수성을 발현시킨다. 이것은 나의 외부에서 출현하는 타자에 대한 환대의 시선이자 타자-세계의 부름에 응답하는 윤리적 시선의 출현을 의미한다. 현실의 억압에 대응하여 고유한 내면성을 보존하려는 이러한 시선의 윤리는 자아의 내면을 응시하는 실존적 시선과 함께 태어난다. 그녀의 시에서 시각이 사물의 깊이를 만나기 위해서 대상을 향해 집중하는 힘이라면, 소리의 감각은 응축된 긴장을 풀어 놓는 이완의 힘으로 나타난다.

푸드득거리는 건 빗소리

대꾸하지 않아도 상심하지 않는

옹알거림이여, 투덜거림이여, 킬킬거림이여

나는 빗소리 속으로 자맥질한다

—「무언가」 부분

시인에게 빗소리는 단순한 소리가 아니라 '푸드득거리는' 생생한 몸
짓이자 '옹알거림, 투덜거림, 킬킬거리는' 울림으로 들려온다. 타자의
시선을 의식하지 않고 경계를 자유롭게 넘나드는 이러한 소리들은 언
어의 구속을 벗어난 옹알이처럼 자유롭게 킬킬거리는 웃음소리처럼
편안하게 퍼진다. 그리하여 빗소리의 파장 속으로 자맥질하는 그녀의
몸은 '비 듣는 잠결' 속으로 아득하게 가라앉는다. 이렇듯 언어의 의미
망을 넘어선 열린 감각 속에서 자아는 시적 풍경과 하나가 된다. 초기
시부터 황인숙의 시에서 솟아나는 독특한 율동감은 풍경을 텍스트화
하는 언어의 독특한 탄성에서 비롯되었다. 음성적 특질을 강화한 부사
성의 언어들이 만들어내는 감각적 리듬감이 그 율동의 진원이다. 그런
데 주목할 것은 풍경과 교감하는 언어의 감각적 리듬이 잦아든 곳에서
둔중하고 깊게 울려 퍼지는 어두운 빛깔의 소리들이 자리하고 있다는
점이다. 최근의 시에서 그녀는 이 어두운 파장에 '숙명'이라는 이름을
붙이고 '파두'의 격렬하고 애절한 리듬에 얹어 탄주하고 있다.

눈 밑살에 주름이 쩌억, 가는 듯했다

파두 기타가 검은 옷을 입은 숙명을 이끌었다

숙명은 떨면서 어둠 속으로 사라져갔다

내 영혼은 숙명에 홀렸다

—「파두」 부분

이 시에서 메마른 육체의 주름 속에 각인된 죽음의 얼굴을 바라보는 시선에는 섬뜩함과 황홀함이 교차한다. 격렬한 검은 빛으로 타오르는 영혼의 흐느낌을 시인은 "눈 밑살에 주름이 쩌억, 가는" 날카로운 순간으로 포착하고 있다. '쩌억'이라는 부사어는 일상의 무감각을 찢어내고 영혼을 파열시키는 순간의 경험을 뜨거운 통증으로 감각화하고 있다. '파두'의 검은 리듬에 홀린, 이 황홀하고 격렬한 언어는 명랑하고 경쾌한 리듬의 배후에 자리한 심연을 펼쳐 보인다. 그것은 시적 자아를 '시인'이라는 어두운 운명 속으로 끌어당겨 거기 침잠하게 한다. 고독과 슬픔을 발효시킨 파두의 언어는 이 어두운 심연에서 흘러나오는 음악이다.

시에서 고독한 숙명의 리듬은 심연 속에 거주하는 검은 고양이의 이미지로 체현된다. 황인숙이 '고양이'라는 대상에 갖는 근친적 애정은 숙명 속을 걷는 외로운 영혼에 대한 교감에서 비롯된다고 할 수 있다. 그녀의 시에서 시인-고양이-고아-숙명은 계열화를 이루면서 삶의 표면 위를 흘러가는 리듬을 만들어낸다. 그것은 삶의 비천함을 거두어내고, 존재의 심연을 들여다보는 자의 황홀과 절망이 뒤섞인 노래이다. 이렇게 세계로부터 버려진 고아로서의 시인이 운명의 얼굴과 맞닥뜨리는 순간, 고통스럽고 황홀한 언어의 탄성은 최고에 이른다.

밤 유리창에 비친 제 모습을

하염없이 들여다보는 검은 고양이 같다

목에서 가슴, 배까지 털빛은

깜짝 새하얀

버지니아 울프

때로 그녀는 보이지 않고

울음소리만 들린다

항의하듯, 신음하듯, 애소하듯

누가 죽어가는 듯, 미치겠는 듯, 비통한 울음소리

때로 여러 여인네들 그 울음에 휩쓸려

한꺼번에 흐느끼고, 목 놓아 울부짖는다

무슨 일일까? 아, 대체 무슨 일? 저 울음소리!

(저리 딴 데 가 울라고

웬 사람이 버럭 소리 지른다)

보이지 않을 때 그녀는

꿈속에 있는 것과 같다

어떻게 그리로 건너갈까?

—「버지니아 울프」

시인은 유리창에 비친 제 모습을 홀린 듯 바라보는 고양이의 이미지
와 비극적 삶을 살다간 버지니아 울프의 이미지를 겹쳐놓는다. 거울에

비친 자신을 홀린 듯 바라보는 고양이의 눈은 세계로부터 절연된 채 고독 속으로 침잠하는 나르시스트의 이미지를 환기한다. 그의 응축된 시선은 세상으로부터 스스로를 유폐시킨 자의 고독과 서늘한 아름다움으로 채워져 있다. 고양이의 검은 털빛과 '깜짝 새하얀' 빛의 선명한 감각적 대비를 통해서, 시인은 지상의 누추함과 환멸에 차갑게 맞서는 정신의 고립성을 드러낸다. 이것은 세상으로부터 받은 상처와 모멸 속에서도, 자신의 내면을 끝내 포기하지 않고 미학적 성채를 일구어낸 버지니아 울프의 이미지이기도 하다.

시에서 그녀-고양이의 울음소리는 냉정하고 비천한 세계에 대한 애끓는 호소이자 뜨거운 항의인 비통한 울음으로 퍼져 나온다. 이 절절한 울음은 지상에서 소외되고 고통 받는 존재들의 공명을 이끌어내 장대한 울음의 줄기를 이루면서 흘러간다. 마을의 여인네들이 모두 동참하는 이 통곡의 카니발은 억압된 여성적 존재들이 흘려보내는 해방의 울음이자, 그 수성水性을 통해 세계를 정화하는 신화적 울음이기도 한다. 시인은 '딴 데 가서 울라고' 버럭 튀어나오는 남성 주체의 억압적 목소리를 괄호 속에 가둠으로써 지배권력의 무감함을 통쾌하게 전복하고 있다. 세계를 잠기게 하는 흥건한 울음 속에서 광기의 언어는 숙명의 리듬으로 발효된다. 그리하여 '숙명에 홀린' 그녀의 시선은 고통 속에 침잠하는 대신 그 어둠의 깊이를 응시하는 고양이의 매혹적인 움직임을 따라간다. 초기 시에서 벌판을 가볍게 도약하던 고양이가 이제 죽음의 심연에서 터져 나오는 숙명의 광기를 불태우는 불꽃으로 현현하는 것이다.

그간 황인숙은 고양이의 이미지를 통해서 현실의 누추함에 투항하지 않는 오연한 자아의 이미지를 구축해 왔다. 시인으로서의 그녀의 자아는, 현실과 초월의 경계를 걷는 고양이처럼 긴장과 탄력의 언어 속에서 팽팽해진다. "나는 점점 더 / 부풀어 올라 / 탱탱해졌다 / 오줌으로 가득 찬 / 방광처럼"(「피두」)에서와 같이, 현실 너머로 도약하기 위해 팽창하는 힘은 육체를 긴장으로 가득 채운다. 그녀의 시어는 이러한 터지기 직전의 응축된 힘의 탄성을 내장하고 있다. 부드러움과 날카로움이 공존하고 집중과 이완이 교차하는 그 순간, 그녀의 자아는 새로운 시간 속으로 터져나간다.

> 어떤 사람이 공연히 나를 사랑한다
> 그러면 막 향기가 난다, 향기가
> 사람이기를 멈춘 내가 장미꽃처럼 피어난다
> 톡, 톡, 톡톡톡, 톡, 톡,
> 지금은 내가
> 사람이기를 멈추고 쉬는 시간
> 아는 이 모두를 저버린 시간
>
> ―「낮잠」 부분

이 시에서 시인은 '쉬는' 시간의 틈새 속으로 들어가는 낯선 경험을 한다. 타자의 사랑은 소란스레 붐비는 일상을 중단시키고 '사람이기를 멈춘' 시간 속에서 자아를 '꽃'으로 피어나게 한다. 시인은 자신의 내부에서 분출되는 생동하는 힘을 억제하고 막아내는 대신, '막'이라는 부사를 빌려 터져 나오는 '향기'를 마음껏 발산하고 있다. 향기는 '나'를

'사람'이 아닌 다른 것으로 변화시키는 힘이며, '아는 이'로 이루어진 관습적인 세계를 기꺼이 버리고, 새로운 공간을 향해 도약하도록 하는 힘이다. 향기의 움이 터져 나오는 '톡, 톡'의 율동감은 '쉬는 시간'의 공백 상태에 생명의 리듬감을 부여한다. 이렇게 시인은 내부에서 발산하는 열정을 그대로 노출하는 것이 아니라, '톡톡'이라는 시어의 율동감을 통해 고유한 리듬으로 변주하고 있다. 그 리듬을 타고 사랑의 역동적인 설렘과 유동하는 향기의 흐름이 어우러져 자아가 놓인 현재의 시공간을 무한히 확장시킨다. 검은 숙명의 시간이 환한 향기로 발화되는 것이다.

이 시의 발랄한 리듬감을 떠받치는 것은 내면에서 도도하게 분출되는 고양이의 울음이다. 황인숙은 이러한 울음-향기-사랑을 통해서 현실의 저편, 무한의 시공간으로 넘어가고자 한다. 그녀의 시 쓰기는 내면에 응축되었던 울음이 향기로 터져 나와 세계의 경계와 금기를 넘어서는 과정을 보여준다. 동물과 꽃, 사물과 향기의 경계를 허물고 무한성의 지대를 향해 퍼져나가는 순간, 나르시시스트의 숙명을 울려주던 공명통이 낯선 향기로 점화되는 순간, 시인은 새하얀 고양이처럼 눈부신 저편으로 도약한다.

5. 영매靈媒-고양이, 세계의 울음을 울다

황인숙의 시에는 여러 마리의 고양이가 공존하고 있다. 몽상의 들판에서 가볍게 뛰노는 고양이들, 음습한 길목에 누워 있는 죽은 고양이들 그리고 거울 속의 제 모습을 보며 날카롭고 흥건하게 통곡하는 고양이들. 황인숙은 고양이가 놓인 풍경 속의 심연을 응시하면서 삶의 주름들을 펼쳐 읽는다. 그녀의 초기 시가 유희하는 고양이의 탄성과 도약의 운동 속에서 세계의 풍경을 새롭게 비추어냈다면, 최근의 시에서는 자신의 운명을 응시하는 나르시시즘적 시선이 전면화된다. 이러한 고양이의 시선은 유희와 응시의 저편에 놓인 깊은 죽음의 지대를 건져 올린다. 그 검은 심연에서 고요하고도 격렬한 언어의 리듬이 흘러나온다.

황인숙은 고양이의 언어를 통해서 죽음으로부터 흘러나오는 숙명의 리듬을 탄주하고 있다. 지루한 세계 표정을 균열시키고, 삶의 표면을 횡단하는 고양이의 울음은 시 쓰기의 고유한 지대를 열어 놓는다. 이러한 고양이의 시 쓰기를 통해, 시인 황인숙은 세계의 고통을 대신 울어주는 곡비哭婢이자 언어로 불우한 삶을 치유하는 영매가 된다.

상가수^{上歌手}의 노래

이성복, 『래여애반다라』(문학과지성사, 2013)

미당의 시 「상가수의 노래」에서, 상가수는 '뒤깐 똥오줌 항아리'로 상징되는 비천한 삶의 복판에서 죽음의 소리를 길어 올리는 존재로 그려진다. '뙤약볕 같은 놋쇠요령'을 흔들며 부르는 상가수의 노래는 자신이 바라보는 '똥오줌 항아리'를 우주적 울림을 담아내는 '명경^{明鏡}'으로 바꾸어 놓는다. 삶 속에 깃든 죽음을 노래하고, 죽음의 노래를 통해 비루한 삶을 우주적 생명으로 바꾸어 놓는 상가수의 이미지는 시인의 원형적 모습이다. 시인이란 벌거벗은 삶의 비천함 속에 거주하며 영원성의 세계를 노래하는 자가 아니던가. 이성복의 시집 『래여애반다라』에서 나는 '이승과 저승에 뻗친' 상가수의 노래를 듣는다. 그는 절망과 고통 속에서도 '한사코' 혹은 '무작정' 살아내려고 애쓰는 존재들의 환부를 어루만지고, 이 속절없이 누추한 생에 대한 환멸과 허무를 통과하여 서늘하고 쨍쨍한 '명경'의 울림을 기어코 들려주고야 만다.

이 시집의 갈피마다 우리는 생명을 가진 존재의 벌거벗은 삶을 만날 수 있다. 자신의 알을 품은 채 죽어가야 하는 '뚝지'의 모습은 죽음이라는 숙명을 타고난 존재의 괴로움과 그 속에서도 한사코 자신의 삶을 살아내려는 존재들의 서러운 몸짓을 보여준다. 곤궁한 생활 속에서 어린 자식에게 유일한 희망을 걸어야 했던 늙은 아버지, 피로한 연애의 여흥을 돋우기 위해 모가지를 잘리는 전어, 때 묻은 팬티를 걸치고 서 있는 녹슨 포크레인의 모습 또한 이와 다르지 않다. 시 「포크레인」에서는 이 거대한 쇠붙이가 보여주는 살육과 광기마저 속절없이 우스꽝스러워지는 순간을 마주치게 되는데, 이러한 '우스꽝스러움'은 '슬픔의 토사물' 못지않게 우리의 생에 얼룩진 비애의 정서를 환기시킨다. 이렇게 이성복은 삶이라는 누추한 지경을 홀로 감당해야만 하는 자들의 슬픔을 노래하고 있다. 그것은 영문 모르고 여흥을 돋우기 위해 희생되어야 했던 전어의 노래이며, 폭력과 광기의 시간을 보내고 녹슬어가는 포크레인의 노래이며, 자존을 버린 채 비루한 생을 건너야 했던 세상의 모든 아비들이 부르는 서러운 노래이다.

그런데 지상의 생명에 보내는 이러한 연민의 시선 이면에는 우리가 안간힘을 쓰며 붙들고자 애쓰는 삶이 기실 헛것에 지나지 않는다는 차가운 인식이 자리 잡고 있다. 삶이란 '끝내 전해지지 못하는 느낌들'의 세계이며, "입구는 훤히 보이는데 / 좀처럼 들어설 수 없는 성채"(「언니들」)처럼, 생생한 현실 저편에 자리한 어떤 불가능성의 세계이다. 이것은 삶에 대한 실감의 문제와 연관되어 있으니, 시인이 삶의 징후로서 육체의 감각에 집중하는 까닭은 여기에 있다. "네 입술의 안쪽 / (…중략…) / 내 눈엔 축축한 살코기밖에 / 안 보인다"(「입술」)에서 열정의 깊은 곳에 은폐된 삶의 어두운 본질은 '살코기'가 환기하는 섬뜩한 실물성으로 구체화된다. 나의 몸에 와 닿는 차가움은 "나는 남의 순간을 사는 것만 같다"(「움직이는 누드」)에서와 같이, 삶을 잃어버린 자의 상실감을 역설적으로 환기한다. 이러한 차가움과 시림의 감각은 "원본을 잃어버린"(「뷔휘너 전집」) 채, 부재의 그림자라도 붙들고자 애쓰는 저 간절한 몸짓이 실패하는 순간에 발현되는 절망을 드러내준다.

시인에게 삶이란 "오래 시든 살"(「이별 없는 세대 3」)이 느끼는 '차갑고 떨리는 경련'과 같은 것이다. 육체의 감각이 선명하고 절실할수록 그것이 가리는 부재의 음영은 더욱 깊어진다. 그리하여 시인의 시선은 필연적으로 존재의 이면에 자리한 하나의 구멍을 향하게 된다. "음부는 세워진 허벅지 사이에 끼어 있었다"(「앉아 있는 누드」)에서 보이듯, 그것은 생에 대한 모든 열망과 충동을 집어삼키면서 출현하는 검은 허공이다. 생의 허구성을 외설적으로 증명하려는 듯 이 "시든 음부"(「움직이는 누드」)는 죽음으로 향한 입구처럼 커다란 입을 벌리고 있다. 살아있는 자가 죽음을 향해 소리치는 것이 '초혼'의 정조라면, 이렇듯 죽음으로부터 생을 향해 내달려오는 애절한 울음을 무엇이라 해야 할까. 시인은 죽음에 들린 삶 곧 '살았으되, 살았음을 알지 못하는' 존재의 몸짓 속에서 이 낯선 울음을 읽어낸다. 일찍이 한 시인이 뒷간의 '똥오줌 항아리'를 명경 삼아 자신의 얼굴을 비추며, 오물로 얼룩진 그 구덩이 속으로 영원성의 상징인 '하늘과 달'을 불러들였던 그 노래 말이다.

이성복은 자신을 낳아준 생의 음부를 바라보는 늙은 태아처럼 노래하고 있다. 그리하여 이미 늙었으나 또한 영원히 어린 이 영매는 그 검은 구멍 속에서 새로운 빛의 이미지와 만나게 된다. "빛은 썩고 농한 것들만 / 찾아 다녔어 / (…중략…) 누구라도 대신해 / 울고 싶었던 거지"(「빛에게」)에서, 역한 냄새를 풍기는 '썩고 농한 것들'을 찾아다니던 시인의 육체에서 새로운 울음이 태어난다. 허벅지 사이에 놓인 어두운 구멍에 머리를 처박고서야 들을 수 있는 노래, 그것은 "도무지 닿을 수 없는"(「구멍」) 죽음의 묘혈에서 피어난 꽃이다.

삶과 죽음의 근원적 불가능성에 대한 노래는 시인의 말을 빌리자면 '헛소리'에 다름 아니다. 이성복의 시는 '헛'과 '소리' 사이에 발생하는 간극에서 태어나는데, 그것은 부재로서의 '헛'을 끌어안고자 애타게 열망하는 '소리'의 불가능한 꿈을 보여주는 것이다. 이 창백한 간극 속에 놓인 시인의 울음은 삶을 관통하는 어떤 전율의 순간에 이른다. "놋주발에 담긴 물처럼 그 속까지 환히 비치는 / 생, 그 속에서 참매미가 애타도록 울고 나는 경기驚氣하는 / 아이처럼 부르르 떨며 일어난다"(「나의 아름다운 생」)에서, '놋주발'처럼 쨍쨍하고 투명한 '매미의 울음'은 죽음을 향해 고조된 생의 한순간을 환기하는데, 이 순간 생에 드리운 어두운 그림자가 모두 휘발되고 세계는 투명한 빛으로 현현한다. 죽음의 그림자마저 삼키는 이 전율의 순간이야말로, 죽음을 살아내는 존재의 서러움이 비로소 새로운 시간성으로 펼쳐지는 어떤 개안開眼의 순간이 아닐는지. 그러나 이러한 '비단을 펼쳐 놓은羅 지경에 이르기 위하여 우리는 얼마나 고통스러운 헛것의 시간衰을 견뎌야 할 것인가. 이 모진 견딤의 운명이 끝내 서러운 자들, 부디 눈과 코와 입을 막고 이승과 저승에 뻗친 상가수의 노래를 들을 일이다.

별사別辭, 허무로 회귀하는 언어

최승자, 『쓸쓸해서 머나먼』(문학과지성사, 2010)

최승자 시인은 시집 『연인들』에서 자신의 시에 대해 이렇게 토로한 적이 있었다. "집단적으로 싸놓은 똥들이 굳어져 이룬 더께, / 자기 연민으로 점점 더 뚱뚱해지는, 비계덩어리, / 이 조건 보이지 않는 조건반사적, 쇠창살 같은 / 이 리듬, 그걸 벗어나, 가령, / (…중략…) / 그 가지에 앉아 있는 한 마리 눈먼 까마귀 같은, / 그냥 박자 없는, 박자 안 되는 풍경으로 머물고 싶다."(「이 시」) 이 시에서 나타나는 자신의 시에 대한 환멸과 절망의 언어는 새로운 시에 대한 시인의 의지를 표출하고 있다. '똥'과 '비계덩어리'의 비천함과 '쇠창살'의 억압으로 환기되는 '시'에 대한 환멸은 '눈먼 까마귀'처럼 모든 언어적 관습과 시적 풍경의 바깥에 머무르고자 하는 시인의 열망을 보여준다. 이러한 구절은, 최승자의 초기 시에서 발열되던 격렬한 자기부정의 언어가 '시'에 대한 성찰과 모색의 에너지로 점화되고 있음을 의미하는 것일 터이다. 아무리 몸부림쳐도 '벗겨낼 수 없었던 살가죽'처럼 시인의 의식과 무의식에 들러붙은 '리듬'의 관성으로부터 벗어나려는 의지는, 자기 내부를 향한 폭발적 에너지를 장착한 언어로 터져 나오게 된다. 이렇듯 '시'라는 형식의 바깥에 머물고자 하는 열망은, 현실에 대한 부정 의지를 자기 파괴적 정념으로 분출시켰던 초기 시에서부터 현재에 이르기까지 최승자의 시세계를 관통하고 있는 주제이다.

시집 『쓸쓸해서 머나먼』은 이러한 시인의 열망이 도달한 새로운 지점을 보여 준다. 고통에 찬 신음과 비명을 통해 스스로를 증언했던 시절, 그녀는 자신의 이름에 부정의 빗금을 그음으로써만 존재를 지속시킬 수 있었다. 그러나 "내가 살아 있다는 것, 그것은 영원한 루머"(「일찍기 나는」)와 같이, 스스로를 '헛것'으로 인식할 수밖에 없었던 절망과 절규의 언어가 휘발된 지점에서 새로운 언어가 출현한다. 이번 시집에서 언어의 행간을 채운 침묵과 여백은, 절규와 비명의 언어들이 가라앉은 곳에 관조와 통찰의 시선이 자리하게 되었음을 보여준다.

마지막에 실린 시 「바가지 이야기」에서 시인은 "황홀합니다 / 내가 시집을 쓰고 있다는 / 꿈을 꾸고 있는 중입니다"라고 고백한다. 이렇듯 행복한 꿈꾸기로 실현된 시 쓰기는 억압적인 현실과 문명 그리고 감각의 지배로부터 벗어난 자아를 상상하는 방식이기도 하다. "감각의 올가미는 누가 뒤집어씌우는지 / 살았으나 죽었으나 살았으나 / 감각을 벗어날 수 없는 건가 / 감각의 옷은 다 팽개쳤었는데 / 누군가 살肉을 몰아 뒤쫓아 오면서 / 감각의 옷을 도로 입히는가"(「입을 닫치고 있어」)에서 보듯, 시인에게 감각은 자아를 구속하는 '올가미'이며 '옷'으로 인식된다. 육체의 '살'로 환유되는 감각과의 싸움은 '시간의 올가미'를 덮어씌우려는 현실로부터 '벗어나고', '외출하고', '이사를 떠나는' 이탈에의 의지와 연결된다. "역사라는 후덥지근한 / 공간성을 떨쳐"(「하늘 너머」)버리고, '감각'이라는 구속으로부터 자유를 획득하고자 하는 것이다.

이렇게 최승자의 시에서 '방', '집'과 같은 폐쇄적 공간으로 환기되는 '감각'의 세계를 탈각하려는 의지는 황홀한 '꿈꾸기'로서의 시 쓰기를 실행하려는 열망으로 발현된다. 시 쓰기를 통해서 그녀는 감각(육체)과 연루된 '고통'이 소거된 지점을 향해 나아간다. "내가 닫아버렸던 고통의 門을 / 누가 다시 열어놓았을까"(「깊고 고요하다」)에서와 같이 '고통'이 삭제된 세계의 빛깔은 지극히 단순한 '백색'의 이미지로 나타난다. 이 시집을 지배하는 백색의 시공간은 이렇게 감각의 빛깔이 소거된 진공의 세계를 환기하고 있다. 시 「보따리장수의 달」에서, 눈먼 설원을 흘러가는 유랑자인 '보따리 장수'는 달의 영원성을 꿈꾸는 시인의 자화상으로 읽을 수 있다. '달'을 꿈꾸는 시인의 행보는 '흰 하늘 눈먼 설원雪原'이라는 무한한 시간 속으로 이어진다. 이 백색의 지대는 '역사─문명'이 휘발된 '무無'와 '허虛'의 공간으로 현현된다. 이렇게 그녀의 시는 텅 빈 허와 무 속에서 백색의 언어로 공명하고 있다.

주목해 볼 것은 이 시집에서 '역사'의 세계를 조망하는 시인의 시선이다. 삶과 죽음, 역사와 문명을 관조하는 시인의 시선(조망하는 눈)은 "병든 세계"(「병동」)에 연루된 자의 고통으로부터 벗어난, 어떤 '비움'의 상태를 담아내고 있다. 이 비움은 "잠이 시간이었습니다 / 모릅니다 / 그간의 나와 / 저간의 나와 / 혹은 저 너머의 나와"(「문이 닫혔었다」)에서와 같이, 현실에 묶여있던 자아를 비워냄으로써 무수한 '나'를 생성시키고 있다. 여기서 최승자의 시 쓰기는 그간 자신을 구속하던 '자아'라는 감옥에서 벗어나, 새로운 '나'의 탄생을 경험하는 사건이 된다. 그것은 아픔과 절망의 터널을 통과한 한 시인이 독자 앞에 펼쳐 놓는 고백이자 화해의 언어로 읽힐 수 있을 것이다.

이번 시집은 고독과 허기, 슬픔의 시간과 이별하고 텅 빈 무의 시간으로 귀환하려는 시인의 별사別辭처럼 읽힌다. 시 「한 세월이 있었다」에서 보듯, 그녀는 시 쓰기를 통해서 "그 사막 한가운데서 나 혼자였었다 / 하늘 위로 바람이 불어가고 / 나는 배고팠고 슬펐다"에서와 같이 '배고픔'과 '슬픔' 속에 던져진 자아의 고독과 허기를 치유하고자 한다. 열망과 절망이 함께 휘몰아치던 언어의 열기가 잦아들고, 이제 그녀의 시는 「내 시는 지금 이사 가고 있는 중」에서 보듯, 과거의 집에서 나와 새로운 집을 찾아가는 길 위에 있다. 여기서 '이사'는 훼손된 역사 / 문명의 시간으로부터, '허'와 '무의'의 공간으로 나가는 여정을 의미한다.

이러한 여정을 시인의 말을 빌려, '노자와 장자 사이에서 춤추기'라고 부를 수 있겠다. 탈속적 미학의 상징인 승무와 세속적인 탈춤 사이에 놓인 줄타기, 이것은 탈속 / 세속의 사이에 놓인 시인의 존재론적 갈등을 그녀가 놓아버리지 않았음을 의미한다. "빙긋이 웃고 있는 나무 한 그루, 그 위에서 / 한 마리 새가 이 의식에서 저 의식으로 / 깡총거리며 놀고 있다"(「새 한 마리가」)에서 보여주듯, 우주의 중심에 박힌 나무 위에서 보여주는 새의 가벼운 몸짓은 '이 의식'과 '저 의식'의 '사이'에서 펼쳐지는 미학적 춤이다. 이렇게 최승자의 시 쓰기는 시간의 경계 위를 넘나는 새의 '놀이'에 비유될 수 있겠다.

현실과 초월 '사이'의 공간에서 줄타기를 하는 시인의 언어는 가볍고도 투명한데, 시집의 행간에서 독자들의 시선은 왜 자꾸 어두운 심연으로 가라앉는 것일까. 그것은 시 쓰기에 대한 그녀의 고백이 '꿈'이라는 환상으로 걸어들어 감으로써 이루어진다는 역설에서 기인하는 것일지도 모른다. 그녀가 말하는 황홀한 꿈꾸기로서의 시는 어쩌면 '절규'로 가득한 현실을 비추는 역상이 아닐까. '고통의 문'을 닫아버림으로써 현실을 틈입을 허락지 않는 시적 공간은 결국 세계의 중력을 모조리 차단한 진공의 시공간으로 회귀하는 것이 아닐까. 1980년대 최승자의 시에서 발화되던 그 고열의 비명을 아직도 기억하는 독자들이라면, 이 진공 상태의 언어에서 어떤 불편함을 느낄 수도 있겠다.

그럼에도 불구하고 우리가 주목해야 하는 점이 있다면, 시 「바가지 이야기」에서 보듯, '시집을 쓰는' 자신의 모습을 그려내는 그녀의 시 쓰기의 행위 자체가 황홀한 꿈이 된다는 사실이다. 손을 그리고 있는 손의 모습을 그린 에셔의 판화처럼, '시집을 쓰고 있다는 꿈을 꾸는' 그녀의 시는, 이중으로 누벼진 현실과 환상의 경계를 지움으로써 비로소 현실인 동시에 환상인 황홀경에 다다른다. 이 황홀경의 시 쓰기는 그 텅 빈 언어에 도달하기 위해서 그녀가 치러냈던 고통의 흔적을 그대로 담고 있다. 그러므로 언어의 이 무한한 여백 속에서 독자는 그녀의 못다 지른 비명이 투명한 흰빛으로 휘발되는 순간을 지켜볼 수 있겠다. 그것은 삶의 고열과 통증을 겪어낸 자의 신열이 가신 이마를 들여다보는 것처럼 황홀하고 내밀한 고통이 될 것이다.

재난을 예감하는 시의 언어

허수경, 『빌어먹을, 차가운 심장』(문학동네, 2011)

　　스크린은 이국땅에서 발생한 재난의 광경이 반복해서 보여주고 있다. 굳건하게 존재한다고 믿었던 현실이 허무하게 무너지는 그 난폭한 장면은, 우리를 둘러싼 견고한 시스템의 붕괴를 가시화한다. 문명이라는 허구의 스크린 뒤에 봉합되었던 시스템이 붕괴되면서 막무가내로 분출하는 실재의 흔적들. 현실의 구조를 초과하는 이 과잉의 풍경은 문명의 바벨탑을 순식간에 부숴버리는 상징적 처벌의 은유이다. 허수경의 시집 『빌어먹을, 차가운 심장』은 이 거대한 현실적 재난의 전조로 읽힌다. "나의 도시 나의 도시 잠기고 물에 들어가면서도 고무신 하나 남기지 않고 / 나의 도시 도시의 장벽마다 색소병을 들고 울던 아이들도 젖고"(「나의 도시」)에서 보듯, 광폭하게 몰려드는 물의 이미지에 이미 우리의 현실을 뒤덮은 재난과 붕괴가 예견되어 있지 않은가. 모든 것을 휩쓸어가는 거대한 물은 안온한 일상에 대한 믿음을 붕괴시키면서, 재난에 직면한 문명의 왜소하고 처참한 모습을 폭로하고 있다. 물의 재난은 역설적으로 생명이 고갈된 황무지의 이미지와 겹쳐지면서 몰락의 공포를 증폭시킨다. 시 「오후」에서 증식하는 '황무지'는 생명이 거세되고 고갈된 현실의 풍경을 보여준다. "황무지는 집어삼키다 멈추고 이번에는 아무 인과 없이 이 우주에 흐르는 물기를 집어삼키기 위해서 / 입을 이따만 하게 다른 곳으로 벌렸다"에서, 거대하게 벌어진 황무지의 '입'은 삶과 존재를 집어 삼키는 문명의 폭식성을 환기하고 있다. 또한 '하루에도 백 리 넘어 커지는' 황무지는 정주할 터전을 잃고 쫓기는 '난민'들의 곤혹한 삶 자체를 상징하는 것이기도 하다. 이렇듯 홍수와 황무지로 상징되는 재난의 풍경은 증식하는 문명에 탐닉함으로써 '고향'을 상실한 존재들이 맞닥뜨리는 참혹한 귀결을 보여준다.

이 시집을 지배하는 것은 몰락하는 문명의 시대를 살아가는 자의 불안과 공포 그리고 상실과 슬픔의 정조이다. 시인은 도래한 현실의 재난을 응시하는 한편 상처 입은 타자를 포용하고 소통하려는 욕망을 보여준다. 세계의 고통을 치유하려는 열망은 온몸의 감각을 통해 현실의 고통을 실감實感하는 데서 출발한다. 이때 시인의 신체는 닥쳐올 재난을 미리 감각하고 울려대는 예언자豫言者의 감각으로 변용된다. "네가 바삐 겨울 양식을 위하여 도심의 찻길을 건너다 차에 치일 때 / 바라보던 내 눈 안에 경악하던 내 눈 안에"(「너의 눈 속에 나는 있다」)에서와 같이, 시인의 눈에는 고통스러운 타자의 모습이 각인되어 있다. 세계의 고통을 응시하는 눈은, 타자를 억압하고 지배하는 권력적 시선이 아니라, 문명에 희생되고 부서지는 존재들의 상처와 전율을 그대로 감싸 안는 환대의 눈이다.

허수경의 시에서 타자와 세계를 끌어안으려는 욕망은, 시각을 넘어서 온몸의 감각을 통한 접촉의 열망으로 확대된다. 이 시집에서 두드러지는 것은 '차가운 심장'에서 발현되는 냉감각이다. 현실과 마주칠 때마다 시인은 '차갑다, 찬, 춥다'로 변용되는 '차가움'을 느낀다. 그녀가 피부로 실감하는 차가움은 고향을 상실한 채 불모의 문명에 내던져진 자의 실존을 환기한다. 이러한 '추위'의 감각은 상실된 고향을 '건설'하고자 하는 노스탤지어의 언어로 치환된다. 허수경의 시에서 노스탤지어는 '고향을 대신하는 실물성의 이미지들로 표출된다. 백석 시인이 기억 속의 음식과 풍속을 복원함으로써 상실된 고향을 상기하듯이, 그녀는 고향과 더불어 떠올리는 물질적 기호들 예컨대 '취나물, 조갯살, 들기름, 시래기, 말린 굴비' 등의 물질성에 탐닉하고 있다. 그런데 '취나물과 조갯살'의 생생한 질감과 미감에도 불구하고, 그것들은 고향의 부재를 환기할 뿐이다. 세계를 지배하는 '글로벌'의 흐름이 모든 대상의 고유성을 휘발시켜 버리는 까닭이다. 그리하여 이 글로벌한 시대에 '고향'이란 부재하는 기원을 은폐하는 허구적 상상물이며, 수시로 환기되는 음식물의 이미지 역시 고향이라는 텅 빈 공백을 대신하는 쓸쓸한 기호들로 출현하게 되는 것이다.

그럼에도 불구하고 시인이 끝까지 고향을 포기하지 못하는 것은, 이 상실된 대상을 향한 노스탤지어의 정조가 시인의 '떠돎'을 가능하게 하는 것이기 때문이다. 시인은 '자발적 유배자' 곧 이방인의 자리에 스스로의 거처를 마련하고 있다. 이 유배자-난민의 자리는 현실의 공간적 좌표에 정주하기를 거부하는 시인의 고유한 위상을 보여준다. 스스로 유배자-난민의 자리에 놓임으로써, 시인은 세계의 고통을 실감하는 견자見者가 된다. 고향에 대한 시인의 감각이 '그리움'이라는 회고적 정조에 머무르지 않는 이유가 여기에 있다. 시인은 세계의 고통을 응시하고, 그 고통의 첨점으로 자신의 육신과 내면을 온전히 내어준다. 이 시집은 세계의 재난을 제일 먼저 감지하고 그것을 발화하는 예언자巫女의 언어로 쓰였다. '차가운 심장'으로 가득 찬 불모의 세계에 던지는 뜨거운 호소와 열망의 언어. 이 재난의 시대에 그녀가 들려주는 어두운 예언 속에서 우리는 어떤 희망과 조우할 것인가.

파경의 시선, 자화상의 필법

정병근, 『태양의 족보』(세계사, 2013)

1. 실명失名의 주체학

시집을 펼친다. 첫 구절, "숨이 떨어지기 전에 / 하나의 문장을 완성해야 한다."(「하루살이 떼」) 행간에서 새파란 하루살이 떼들이 요동친다. 죽음과 불멸 사이에서 폐허의 시간을 견디는 자의 고통스러운 호흡이 배어나온다. 다가오는 소멸의 그림자를 예감하며 파들거리는 문장 속에 마지막 삶을 의탁해보고자 하는 자의 뜨거운 욕망이 꿈틀거린다. 그것은 "한 문장 미만의 붉은 내력들"(「하루살이 떼」) 속에 내장된 결핍('미만')의 지대에서 울려나오는 전언이다.

정병근의 시는 소멸과 폐허의 풍경에 각인된 실존의 언어로 쓰인다.

그의 시를 읽는 것은 '어제도 내일도 없는' 생의 최전선에서 영원히 완
성되지 못한 / 할 문장의 고통을 견디는 일이다. 그의 시집 『태양의 족
보』는 이 고통의 문장으로 완성된 한 편의 자화상으로 읽힌다. 그의 시
에서 자신의 삶을 들여다보는 자화상의 필법은 곧바로 자신의 죽음을
읽어내는 시선이 된다. 죽음과 소멸을 배움으로 한 자화상 시편들은
부재의 언어가 현시되는 순간의 긴장을 포착하고 있다.

> 거울이 운다 등 돌리고 운다
> 캄캄하게 캄캄하게
> 누구에게 얻어맞았는지 도무지 모르겠는
> 관자놀이에 무수히 금이 간
>
> 거울의 등을 본 자
> 아무도 없다
>
> —「거울 1」 부분

  화장실의 벽에 걸린 거울을 우두커니 들여다보는 사내가 있다. 그러
나 이 시를 관통하는 시선은 화장실 거울에 비친 자신의 얼굴을 바라보
는 사내의 것이 아니다. 시의 전면에 부각되는 것은 삶의 피로와 회한
에 젖은 중년의 얼굴을 바라보는 거울의 눈이다. 시인은 거울이라는 타
자의 눈을 빌려 자신의 얼굴에 비친 우울과 피로의 징후를 가시화한다.
즉 보는 자로서의 자신의 자리를 기각하고, 보이는 자의 자리에 자신을
가져다 놓는 것이다. 주체-자아의 자리에 '거울'이라는 사물을 들어앉

힘으로써, 시인은 피로한 삶을 진술해야 하는 고통스러운 자리에서 벗어난다. '등을 돌리고 우는' 거울의 내면과 "관자놀이에 무수히 금이 간" 거울의 표면은, 기실 거울 밖 사내의 깨어진 내면과 파경의 삶을 환기하는 것이지만, 시인은 거울에 비친 사내의 얼굴을 삭제하고 거울의 표면만을 진술함으로써 사내(자신)의 고통으로부터 비껴 서는 것이다.

이렇게 정병근은 거울 속의 사내와 자신을 동일화하지 않고, 사내의 고통을 응시하는 시선을 취한다. "내 뒤통수를 보고 있는 / 무한의 안 보이는 얼굴들, 들 ……"(「자화상」)에서와 같이, 뒤통수에서 나를 바라보는 타자의 시선을 극대화함으로써, 자신을 타자화하는 것이다. 스스로를 소외시키는 이러한 거리 감각을 통해서 시인은 자신의 고통을 응시할 수 있게 된다. 이러한 응시의 시선 속에서 "누가 나를 살고 있다"(「자화상」)라는 극단적 진술이 가능해진다. '나'라는 1인칭의 주체를 '누구'라는 타자에게 양도하는 순간 자신의 이름에 빗금이 쳐지고 실존은 붕괴된다. 이렇게 붕괴된 자아의 모습은 "나의 행방이 더욱 묘연해진다"(「한낮의 사우나」)에서와 같이, 자신의 '실종'이라는 극단적 사건으로 표현된다.

자아의 부재와 실종은 시집의 표제작 「태양의 족보」에서 한 편의 드라마로 그려진다. 역사의 비장함과 소멸에의 운명이 깃들인 일상의 풍경에는 '아비'로서의 시인이 '자식'들에 대해 느끼는 연민과 불안이 미묘하게 뒤섞여 있다. 커가는 자식들 앞에서 비루한 아비가 경험하는 초조와 불안은 자기 존재의 근거에 대한 불안과 연관되어 있다. 흥미로운 것은 일찍이 서정주가 그러했듯이, '아비'의 존재를 부정함으로써 자기 존재를 증명했던 선배 시인들과 달리, 정병근 시인은 스스로를 '비천한 아비'의 자리에 위치 짓는다는 점이다. 부정되고 거부되어야 할 존재인 아비의 독백은 '근친상간과 골육상쟁'의 패륜의 역사를 자신의 것으로 지고 가려는 자의 환멸로 얼룩져 있다. 비좁은 공간을 가득 채운 채 끓어오르는 아비의 불안은 아파트가 '순장의 거대한 무덤'임을 자각하는 순간, 허무한 냉소로 마무리된다. 그런데 이 냉소의 순간에 사라지는 것은 환멸에 찬 혈족의 역사뿐이 아니다. 거대한 무덤 속에 자신도 함께 '순장'되어 버리는 것이다. 이것은 시인의 자아를 지워버리는 제의祭儀적 행위로 읽힌다.

정병근의 시에서 드러나는 냉정한 시선은, 그간 우리 시사에 출현했던 '자화상' 시편들에 담긴 자기연민과 동정의 나르시시즘을 거부하는 자리에서 태어난다. 그는 자기 성찰의 기제인 거울의 동일성이 깨어진 자리에서, 파편화된 존재의 비극성을 가시화한다. 거울에 비친 '나'를 지워버리고 대신, 거울의 시선으로 무수하게 조각난 현실을 비추어 내는 것이다. '무수히 금이 간' 파경破鏡의 형상 속에 비친 존재의 고통스러운 표정, 자화상으로부터 스스로를 지워버리는 이러한 실명失名의 주체학은 정병근의 시세계를 관통하는 시적 인식의 기저를 이룬다.

2. 파경, 타자의 얼굴들

정병근의 시는 주체의 정체성을 보증해 주는 시선을 휘발시킨 채 거울을 들여다보는 자의 표정을 보여준다. "당신의 표정 속에 / 산산조각이 있다 / 저마다 딴 곳을 바라보는 / 천 개의 눈알이 있다"(「거울 2」)에서와 같이, 부서진 거울의 파편 속에는 각기 다른 곳을 바라보는 눈동자가 존재한다. 이렇게 산산조각으로 부서진 주체는 자신의 자리를 비우고 그 자리에 무수한 타자들의 형상이 들어앉는다. 그의 시적 언어는 파편화된 거울의 눈동자에 비친 비루하고 누추한 삶의 풍경을 그려 내고 있다.

시인은 헐벗은 타자의 내부에 자리한 어둠과 고통을 읽어내고, 이를 자신의 화폭 속에 고스란히 옮겨놓는다. 「고독한 남자」, 「불치의 마술」, 「어두운 계단」, 「오후의 사타구니」 등의 시에서, 현재의 시간으로부터 소외된 존재들은 고독하게 죽음과 대면하고 있다. 「어두운 계단」은 아파트 계단에 홀로 앉아 있는 노인을 묘사한 작품이다. 바깥세상의 왁자함과 절연된 채 '깊은 우물'처럼 내면으로 움츠러든 노인의 몸은 어두운 심연을 실물화한다. 이처럼 '정물화'된 노인의 모습은 '죽음'을 체화한 시인의 자신의 모습에 다름 아니다. 사물처럼 굳어진 노인의 이미지에서 시인은 자신의 모습을 발견하는 것이다. 길거리에서 잡화를 팔고 있는 사내, 급하게 자장면을 먹는 장사꾼, 무감하게 앉아 있는 노인이나 늙은 창녀 등으로 출현하는 타자의 이미지는 그대로 시인의 자화상에 투영된다.

정병근은 시적 시선이 머무는 외부의 대상 속에서, 자기 내면에 자리한 어둠과 동일한 고통을 발견한다. 이를 테면 「폭포 아래에 빈 의자」에서, 버려진 의자는 자신의 기억을 반추하게 하는 대상이 된다. 이때 주목할 것은 낡은 의자가 자신의 삶을 환기하게 하는 '매개'로 기능하는 것이 아니라, 곧바로 시인 자신과 등치된다는 점이다. "저 의자에 누가 앉아 있다 / 반신불수의 그가 기억을 더듬고 있다 / 자업자득의 뼈마디를 짚어 보고 있다"(「폭포 아래 빈 의자」)에서 보듯, 시인이 바라보고 있는 의자는 곧 자기 자신이다. 이 '텅 빈 의자'가 담고 있는 회한의 정조는, 자신의 텅 빈 내면을 파고드는 시선 속에서 만들어진다.

여기서 자신의 내면을 향한 시선이 헐벗은 타자의 얼굴을 향한 시선과 다르지 않다는 점에 주목해야 한다. 그의 시적 언어는 현실의 곳곳에서 마주치는 비루한 삶의 파편 속에 자신의 얼굴을 새겨 넣는다. "너의 표정을 그리는 일로 온 낮 온밤을 소비한다"(「먼지의 표정」)에서, '너'의 표정을 그리는 일은 곧 '나'의 표정을 그리는 일이 된다. 이렇게 각자의 내력 속에서 자신의 시간을 살아온 타자들의 고통과 신음이 배어 있는 풍경을 엮어서 그는 무수한 '자화상'을 그려낸다.

몸뻬에 난닝구 바람의 늙은 여자
축 늘어진 젖통이 다 보인다
여자는 저 젖통으로
시퍼런 허기를 먹여 살렸을 것이다

—「옥상」 부분

이 시에서 늙은 여자의 몸은, 부끄러움도 없이 자신의 치부를 드러내는 치욕스러운 현실의 은유이다. 시인은 "시퍼런 허기를 먹여 살렸을 것이다"라는 이해의 시선으로 이 누추한 몸을 감싸 안는다. 이렇게 환멸과 거부의 대상을 공감으로 어루만지는 것은, 시인이 타인의 삶 속에서 자신을 발견하기 때문에 가능해진다. 시 「백주의 식사」에서도 시인은 길바닥에서 '쫓기듯 밥을 퍼먹는 사내'의 모습이 환기하는 고통스러운 현실을 응시하고 있다. 타인에 눈앞에 적나라하게 노출된 식욕의 외설성은 그 자체로 삶의 비루함을 절실하게 드러낸다. 누구라도 눈을 감고 싶게 만드는 '피 묻은 입'은, 이러한 삶을 상징적으로 드러내는 이미지이다. 그러나 시인은 '식욕'으로 상징되는 누추한 현실을 외면하지 않고 마지막까지 응시한다. 그는 "벌어진 상처 구멍에 벌레가 들끓는"(「두통」) 처참한 풍경으로부터 시선을 돌리지 않는다. 이러한 집요한 시선은 비루한 타자의 얼굴이 곧 나의 얼굴이라는 근원적 공감에서 비롯되는 것으로 보인다.

정병근의 시는 내면을 관조하는 성찰의 시선을 포기한 자리에서, 헐벗은 타자에 대한 모종의 연대와 공감이 출현하고 있음을 보여준다. 그는 사물(대상)을 주체의 시선으로 포획하는 것이 아니라, 마치 자신의 얼굴을 들여다보듯 상처받고 소외된 존재의 내면에 직접 닿아간다. 이렇게 시인은 주체의 고정된 위상에 수렴되는 자화상의 원칙에서 벗어남으로써, 타자의 얼굴과 자신의 얼굴을 동시에 그려낼 수 있었던 것이다. 주체의 내면으로 회귀하는 시선을 뒤집어 타자에게 주체의 자리를 양도하는 순간, 타자의 얼굴이 그려진 낯선 자화상이 탄생한다.

3. 불우한 아비의 노래

정병근의 시에서는 삶의 이면에 자리한 어둠을 끝끝내 마주보는 자의 고통이 배어나온다. 그는 삶의 풍경들 속에서 소멸과 죽음의 기미를 읽어낸다. "일찍 죽은 누이의 기억을 가진 집"(「불멸의 오막살이」)의 어두운 기억과 함께 시인은 '우린 언제 조용해져요 어두워져요'에서와 같이 고요한 '어둠'의 세계로 침잠하고 있다. 이때 '어둑한 적막'에 잠겨가는 집의 이미지는 기억과 더불어 소멸해갈 존재의 운명과 겹쳐진다. 시 「쓸쓸한 밥상」에서도 밥상을 차려온 아내의 모습이 문득 낯설어지면서, 현재의 배후에 잠겨 있던 어둠이 모습을 드러낸다. 시인은 "무슨 말 끝에 제법 컴컴해진, / 그 여자 안 보이고"에서, 방안을 채운 깊이 모를 어둠 속으로 가라앉는다. 시인의 내면을 채운 허기(공허)와 빈 방에서 들려오는 '수저 부딪히는 소리'가 공명하면서 존재의 '쓸쓸함'은 더욱 심화된다.

이렇게 정병근의 시는 현재의 삶에 배어든 죽음의 그림자를 전경화하고 있다. 이는 자기의 얼굴에 깃들인 죽음을 읽어내는 독특한 시선으로 드러나기도 한다.

그가 가지런히 벗어놓은
유품 한 켤레가 지키고 있는
저 방문을 나는 끝내 열지 못한다

방문을 열면, 어두컴컴한 무덤 속

죽은 내가 누워 있다.

—「방문 앞의 신발」 부분

죽은 자의 문 앞에 서 있는 시인의 시선은 삶의 세계를 넘어 망자의
세계를 향하고 있다. 망자의 유품인 신발은 죽음을 현시하는 사물이
다. 신발에 배인 '지독한 냄새'는 죽음의 감각으로 실물화된다. 이렇게
자명한 죽음의 주인은 누구인가. 시인이 방문 앞에서 망설이는 것은,
그 죽음이 자신의 것임을 예감하기 때문이다. 문을 열어 자신의 죽음
을 확인해야 하는 자의 곤혹스러움. 자신의 죽음을 예감하는 시인은
'끝내 문을 열지 못한다'. 대신 그는 '이미' 완결된 자신의 죽음을 확인
하지 못한 채 남은 시간을 살아가야 한다. 여기서 '빈 방' 곧 '무덤'의 이
미지는, 자아의 외부에 있는 공간이 아니라 이미 시인의 내면에 자리하
고 있는 어둠을 환기한다. 이것은 시의 어조가 자신의 죽음을 대면해
야 하는 존재의 불안이 아니라, 그 운명을 예감하는 자의 담담한 목소
리로 표현되고 있다는 점과 연관된다. 이 초연한 음성은 자신의 죽음
을 품고 살아가야 하는 운명을 알아버린 자의 그것이리라.
    정병근의 시는 죽음과 소멸의 그림자가 드리운 어두운 색채로 그려
진 자화상이다. 주목할 것은 그의 시에서 소멸의 시간을 채운 어둠의
정조가 어떤 심미적 순간과 긴장을 이루고 있다는 점이다. 이 시집 전
반을 지배하는 소멸의 이미지는 이 화려한 미학적 정열과 길항하면서
팽팽한 장력을 이룬다. 미적인 세계에 대한 열망은 그의 시가 소멸의
운명 속으로 '캄캄하게' 이끌려가는 대신, 생의 정점을 똑바로 응시하

게 하는 힘이 된다. 「손수건 한 장」은 이 시집에서 거의 유일하게 심미적인 열정의 개화를 보여주는 시이다.

그만 돌려주지 않았지

산길, 젊은 처녀가 떨어뜨리고 간

꽃무늬 손수건 한 장

향그런 땀내로 범벅된 손수건 한 장

도둑처럼 주워서 폐부 깊숙이 들이마셨지

피톨들이 한쪽으로 빠르게 몰려갔지 (…중략…)

너의 손이 빽빽한 내 살을 어루만졌을 때

이년아, 이년아……

손수건의 목덜미에 그만 나를 쏟아 버렸지

정성스레 나를 닦아 준 손수건 한 장

벼랑 아래로 팔랑팔랑 떨어졌지

소나기 지나간 산길이 환했지

—「손수건 한 장」 부분

이 시에서 '젊은 처녀'의 생생한 숨결이 배어든 '꽃무늬 손수건'은 현실의 폐허 너머에서 빛나는 심미적 세계를 환기한다. 아름다운 손수건이 담지한 시적 아우라는, 젊은 처녀의 '땀내'로 환기되는 에로스적 욕망으로 확산된다. 뜨겁게 고양되는 열망은 '목덜미에 나를 쏟아버리는' 화합의 순간에 활짝 피어난다. 시인의 눈앞에서 '산길'로 환기되는 가파른 현실을 '환하게' 밝혀주는 것은 이러한 심미적 순간이다. 또한 그것은 소멸의 그림자에 사로잡힌 자아가 생명력과 활기를 회복하는 순간이기도 하다.

시에서 '꽃무늬 손수건'은 폐허의 현실과 대립되는 '시적인 것'의 출현을 의미하는 것으로 읽을 수 있다. "도둑처럼 주워서 폐부 깊숙이 들이마시는" 시인의 행위는, "패륜"(「태양의 족보」)의 역사로 상징되는 왜곡된 현실 너머를 향한 열망을 보여준다. '코앞에 닥친' 멸망의 시간에 거대한 무덤 속에서 피어나는 '시'는 위태로운 '벼랑'의 길을 환하게 밝혀준다. 그것은 강퍅한 역사에 결박된 불우한 아비가 꿈꾸는 새로운 시간이라고 할 수 있겠다. 이것을 모반으로 가득한 이 시대, 누수되는 '족보'의 시간을 구제하는 빛이라고 하면 과장된 믿음일 것인가.

정병근의 시에서 환한 빛의 순간은 맹목의 현실을 헤매던 시인의 눈이 심미적 세계를 향해 개안開眼하는 사건을 보여준다. 존재의 어둠을 꿰뚫고 '번개를 치는' 이 사건이야말로, 이전 시집 『번개를 치다』와 이번 시집 사이의 내적 연속성을 보여주는 것이기도 하다. 텅 빈 무덤처럼 컴컴한 내면을 울려대던 시인의 언어가 이토록 화려하게 개화한다.

동화와 멜랑콜리

강성은, 『구두를 신고 잠이 들었다』(창비, 2009)

강성은의 시집 『구두를 신고 잠이 들었다』에서 펼쳐 보이는 악몽의 세계는 잔혹하지만 매혹적인 정념을 뿜어내고 있다. 고통스럽지만 달콤한 악몽 속에 머무르고자 하는 시인의 욕망은 그로테스크하게 일그러진 동화의 풍경 속으로 우리를 초대한다. 이 시집에서 시인은 '이야기'에 대한 욕망을 반복적으로 표출한다. 그녀에게 이야기는 언어의 마술성으로 짜인 심미적 세계의 환유이다. 시 「서커스 천막 안에서」에서 '마술'의 세계에 대한 시인의 욕망은 탐미적 쾌락으로 분출된다. "내 머리 속에 신비한 향료를 넣고 휘휘 저어요 / 나는 커다랗게 환하게 웃어요 내 머리는 부글부글 끓어 넘쳐요"에서, 머리에서 끓어 넘치는 과잉된 에너지는 이성과 합리성의 세계를 위반하는 정념으로 타오르고 있다. 시인은 이러한 판타지의 세계에 대한 열망으로 현실과 절연된 위악적 풍경을 만들어낸다. "나는 태어났다 죽었다를 반복하며 천막 안에서만 살아있어요"(「서커스 천막 안에서」, 강조—인용자)에서 조사 '만'은 현실과 환영의 세계를 가르고, 마술적 환영이 투사된 '천막'을 보존하는 기능을 한다. 천막의 외부 곧 현실의 세계는 죽음과 다르지 않으며, 자아는 오직 그 환영 속에서만 존재할 수 있다는 것이다. 이러한 비극적 인식은 합리성의 기율이 지배하는 세계에 대한 거부와 환멸에서 비롯되는 것으로 보인다. 거대한 천막의 이미지는 환상에서 깨어나고 싶지 않은 욕망을 투사하는 스크린이자 현실로부터 자아를 보존하게 해주는 보호막으로 나타난다.

강성은의 시는 이 '천막'의 판타지에서 깨어나고 싶지 않은 자의 악몽의 기록으로 읽힌다. "누군가는 난 이 꿈에서 깨어나고 싶지 않아,라며 태연히 불 속으로 걸어 들어갔다"(「아름다운 불」)에서, 시인은 죽음을 불사하는 정념으로 금기를 가볍게 뛰어넘는다. 그녀는 필사적으로 '이야기-꿈-환상'의 내부로 들어가 이야기 자체를 살아내고자 한다. 이러한 '이야기'에 대한 열망의 밑바탕에는 '다른 이름'이 되고자 하는 시인의 욕망이 자리하고 있다. "나는 손가락을 뻗어 / (…중략…) / 나의 다른 이름들을 써내려갔다"(「환상의 빛」)에서 보듯, 시인은 현실의 주체를 지우고 익명성 속에 머물면서 새로운 존재로 탄생하고자 한다. "우리는 우리를 읽지 못해 장님이 되는 밤"(「오, 사랑」), "우리는 우리를 잃었지요"(「고딕시대와 낭만주의자들」)와 같이 주체가 소거된 공백의 지대는 '장님', '밤'의 이미지가 환기하는 무한한 어둠으로 채워진다. 현실의 시공간적 좌표가 붕괴된 이 무중력의 무대 위에서 어두운 관능의 퍼포먼스가 펼쳐진다.

그런데 주목할 것은 검은 이야기에 매혹되어 이야기 속으로 들어간 시인이 현실로 되돌아올 출구를 스스로 닫아버린다는 점이다. '가방, 호주머니, 천막'이 환기하는 공간의 폐쇄성은 시인이 지어내는 이야기의 회로를 그대로 보여준다. 시 「가방 이야기」에서 '닫힌 가방' 안에 갇힌 남매의 이야기는 근친상간과 죽음의 이미지로 뒤덮인 그로테스크한 사건을 환기하고 있다. 이 잔혹한 이야기는 스스로 '이야기'가 되고 싶은 자의 욕망의 밑자리를 드러내준다. 이야기 속으로 빨려 들어가 이야기 자체로 존재하고자 하는 욕망은 "내가 너를 씹어 먹고 네가 나를 흡수하는"(「살인은 연애처럼 연애는 살인처럼」) 카니발적 언어를 통해 직설적으로 발화된다. 서로 먹고 먹힘으로써 죽음의 공백을 현현하는 이 강렬한 파토스는 금기의 지대를 위반하는 에너지를 분출한다. "시체놀이"(「이상한 여름」)로 상징되는 위반의 유희 속에서 스스로 시체가 되어버린 아이들의 모습은 언어의 마술에 사로잡힌 시인의 모습으로 읽힌다. 시인은 시 「겨울밤」에서 실을 잣다가 그 실에 묶여 버린 여자의 이미지(「겨울밤」)를 통해, 이야기-언어에 매혹된 채 자신이 지어낸 이야기 속에 갇혀버린 자의 운명을 이야기하고 있다.

그런데 시인으로 하여금 이야기의 세계에 포박된 채, '백 년 동안' 고통스러운 언어의 실을 잣도록 이끌어 가는 힘은 무엇일까. 강성은 시에 감추어진 이 내밀한 지점을 「누가 그레텔 부인을 죽였나」에서 더듬어 볼 수 있겠다. 독특한 리듬을 구축하는 반복의 언어를 통해 시인이 보여주는 것은 고통스러운 기억과 공모하는 '노래'의 세계이다. 이 시에서 '그레텔'은 고통에서 벗어나기 위해서 노래를 시작하지만, 그 노래를 지속하기 위해서 고통이 계속되어야만 하는 역설 속에 놓여 있다.

뒤엉킨 노래와 고통의 회로는 뫼비우스의 띠처럼 유전하면서 무한한 '이야기'를 만들어낸다. 여기서 누이 '그레텔'을 고통 속에 가두는 것은 오빠들의 세계로 환유되는 억압적 현실일 테지만, 이 고통 속에 갇힌 그녀는 그 고통을 향유로 바꾸기 위해 현실로 나가는 모든 문을 닫아버린다. 이렇게 스스로를 감금한 누이는 오빠의 시선을 유혹하기 위해 자라난 긴 머리카락 대신, '부글부글' 끓어오르는 정념의 언어를 피워냄으로써 자신의 세계를 보존한다. 오빠의 언어에 포박된 동화 속의 다른 자매들과 달리 강성은 시에서 그레텔은 끊임없이 죽음의 지대로 침잠하면서, 그 속에서 생성되는 새로운 언어로 노래하고 있다.

그러나 그레텔이 피워 올린 언어가 마술사의 주문 속에서만 피어나는 꽃이라면? 시 「그들의 식사」에서는 이러한 정념의 퍼포먼스를 바라보는 관객 / 타자의 시선이 불쑥 끼어들어 이야기를 중단시키는 한편 그것을 영속시키는 아이러니를 보여준다. '우리'로 구성된 세계가 갑자기 '그들'의 세계로 전치되는 순간 시적 무대는 역전된다. '우리'를 지지하던 환상의 스크린이 찢어지고 환상과 현실 사이의 날카로운 간극이 드러나는 것이다. 흥미로운 것은 이러한 분리의 순간이, 자신의 죽음을 알지 못한 채 살아 있는 자들undead의 퍼포먼스를 중단시키는 것이 아니라 오히려 그것을 지속시킨다는 점이다. 마술쇼가 관객의 시선에 의해서만 지속될 수 있는 것처럼, 관객 / 타자의 눈이 없이는 그들(우리)의 퍼포먼스가 불가능한 까닭이다.

강성은의 시에서 세계와 악몽, 현실과 환상은 서로를 거부하면서도 끌어안고 있는 쌍생아이다. 여기서 현실을 검은 베일로 덮어버리고 새로운 지도를 만들기 위해 떠돌아다니는 그녀의 시 쓰기가 무엇을 감추고 있는지 알 수 있겠다. 강성은 시에서 그로테스크하게 일그러진 악몽의 만화경이 비추고 있는 것은 신화가 붕괴된 시대의 멜랑콜리이다. 세속화된 시간 속에서 발생하는 동화-이야기는 현실의 폐허를 비추는 음화이며, 그 우울한 시적 풍경은 환상으로 세워진 마술 천막 안에서만 향유되는 폐쇄적 언어들로 덧칠된다. 그러므로 우리는 어두운 동화 속에서 잠든 아이들에게 이렇게 말할 수도 있겠다. 얘들아, 눈을 떠보렴, 꿈보다 더 잔혹한 현실이 여기에 있으니 마음껏 악몽을 노래하렴.

딸꾹질과 유령의 언어

황성희, 『앨리스네 집』(민음사, 2008)

"내 시를 읽으려면 난해하게 춤추는 법부터 배워야 할 걸."(「분홍신의 고백」) 이 도전적인 고백은, 시인이 축조한 '앨리스의 집'으로 들어가기 위한 주문呪文이다. 2000년대 들어 우리 시에서 가장 익숙하게 호명된 캐릭터가 바로 앨리스임을 상기할 때, 이러한 주문은 다소 관성화된 느낌이 없지 않다. 낯설고 이상한 나라를 주유하며 분열과 해체를 경험하는 무수한 앨리스들의 언어에서 반복적인 기시감이 느껴지는 것은 이런 까닭일 것이다. 그런데 역사라는 깨진 거울에서 들려오는 비명을 자신의 언어로 발화하는 황성희의 앨리스는, 무중력의 시공간을 부유하는 자매들과 사뭇 다른 목소리를 내고 있다는 점에서 흥미롭게 읽힌다.

이 시집에서는 신경증적인 '딸꾹질'이 반복적으로 터져 나온다. 이 딸꾹질은 동일적 주체의 균열을 드러내는 징후이다. "발바닥 저 밑까지 손을 뻗어 휘휘 저어 보지만 / 나는 내 속에서 나를 꺼낼 수 없다"(「투명한 점묘」), "나는 계속 내 안에 없고"(「창밖의 비밀」)에서, 주체는 시간 속에 기입되지 못하고 부재로서만 자신의 존재를 증명한다. 고유명사('이름')로 상징되는 기원의 부재가 드러나는 순간, "어떤 우체부도 무시 못 하는 주소를 갖고 싶"은 욕망(「나와 영희와 옛날이야기의 작가」) 즉 현실의 좌표에 정박하고자 하는 자아의 욕망은 좌절된다. 이것은 「거울과 자화상 그리고 거대한 뿌리」에서 드러나듯 '식민지풍 거울도 근대식 자화상'도 불가능한 시대에 대한 황성희식의 성찰이라 할 수 있겠다. 주체의 붕괴와 역사에 대한 '전통' 서사가 붕괴되는 지점에서, 우리 근대문학사의 계보를 부정하는 그녀의 '딸꾹질'이 태어나는 것이다.

일상의 호흡과 리듬을 파열시키는 딸꾹질을 통해, 시인은 과거로부터 발화되는 전언을 자신의 육체적 징후로 되받아 쓰고 있다. "내 몸이 발끝부터 딸꾹딸꾹 비워진다"(「자막 없음」)에서와 같이 딸꾹질은 자아(몸)를 비워내는 행위이며, 동시에 "아무 무늬도 새겨지지 않은 몸"의 백지 위에 '시간'을 기입하는 행위가 된다. '딸−꾹'의 분절음이 '똑딱'이라는 시간의 분절을 대치하면서, 신체 위에 각인된 시간성을 탈구시키고 역사에 긴박된 자아를 해체한다. 이렇게 견고한 주체를 해체하고 재구성하고자 하는 욕망은, 신체를 조각조각 뜯어냈다가 새로운 문양으로 봉합하는 행위로 재현되기도 한다.

이러한 딸꾹질의 시 쓰기는 역사의 장에 기입되지 못한 귀신들의 이야기로 이루어진다. 「귀신학교」, 「귀남이가 안 나오는 귀남이 이야기」 등의 시는 역사적 기원의 부재를 상징적으로 보여준다. '귀남이'의 실체는 어떤 역사적 사건으로 기입되지 못한 채 부유하는 이름이며, '영희'는 역사의 좌표에 기입되지 못하고 이름을 얻지 못한 익명적 주체의 총칭이다. 그들은 죽었으나 죽지 못하고 끊임없이 현재로 되돌아오는 유령들이다. '지금도 계속 진물이 흐르는 넓적다리'의 실물성은 이러한 유령의 출현과 더불어 그로테스크하게 강조된다. 이 시집에서 자주 등장하는 '전화', '편지' 등의 매체는 과거의 목소리가 보내오는 타전-호소의 보충물이다. 이렇게 얼굴을 갖지 못한 존재들의 언어에 주목하는 시인은 '입이 타버린 영희'의 발화를 대신하는 복화술사라 하겠다. 그런데 여기서 자아와 타자(영희) 사이에 어떤 간극이 존재한다는 점에 주목해야 한다. 이 간극으로 인해, 과거로부터 타전되는 타자의 언어는 그대로 발화하지 못하고 분절적인 발화-딸꾹질로 대치된다. 언표되지 못하는 타자의 언어를 대신하는 딸꾹질은 시간의 흐름을 탈구시키는 유령-시간의 출현을 알려준다.

황성희 시에서 들려오는 딸꾹질은 '교과서'-정전으로부터 삭제된 유령을 소환하는 제의의 언어이다. 그것은 매끄러운 현재의 질서 속에 은폐된 틈새로부터 솟아난다. 부재하지만 결코 사라지지 못한, 죽었으나 죽지 못한 자들의 목소리를 상속한 시인의 언어는 존재와 비존재 사이의 경계에서 부유한다. 데리다의 독법을 빌리자면, 딸꾹질로 발화되는 유령의 언어는 과거를 묻어버리고 애도함으로써 망각하려는 근대의 책략을 해체하는 해석의 전략이다. 그것은 역사에 대한 애도의 실패를 스스로 자인함으로써, 과거의 상속자로서의 자신을 인식하는 자의 무의식적 발화이자 능동적으로 책임을 떠안으려는 자각의 소산이기도 하다.

이런 점에서 망각 속에 묻힌 과거의 목소리를 불러내는 그녀의 시 쓰기는 역사와 기억의 부채를 환기하는 초혼의 언어로 읽힌다. 과거의 호소를 '되받아쓰는 행위'로서의 시 쓰기는, 현재의 동일성에 내장된 균열을 가시화한다. 현재에 결속된 '나'는 비워진 기호이며, 이 텅 빈 주체의 내부에서 소용돌이치는 정념은 현재를 분절시키고 덜그덕거리는 파열음 속에서 과거의 얼굴을 이끌어낸다. 이렇게 타자의 목소리를 불러냄으로써 황성희는 현재의 균열을 가시화한다. 이 지점에서 황성희의 시는 역사의 공백을 은폐하는 분열적 언어들과 갈라지고 있다. 그러나 한편으로 이 시집에서는 냉소와 분열의 기예가 착종된 채 흔들리고, 그녀의 목소리가 다른 앨리스들의 언어와의 중첩되는 지점이 드러나기도 한다. 과거의 유령을 불러낸 무녀巫女가 그들의 목소리를 감당하지 못하는 순간, 시적 언어는 초혼의 제의가 아니라 난장의 유희에 그치게 될 우려가 있다. 앨리스의 주문이 우리 앞에 되돌아온 유령을 추방하기 위한 푸닥거리인가 혹은 그 상처의 연대를 기억하는 숭고한 제의인가를 묻는 일은 시인과 독자에게 똑같이 주어진 과제일 것이다.

난파된 신화와 세이렌의 변성變聲

김이듬, 『명랑하라 팜 파탈』(문학과지성사, 2007)

　김이듬의 시에서는 세이렌이 노래하고 있다. 견고한 이성의 갑옷으로 무장한 오디세이를 몽상과 신화의 세계로 불러들였던 사이렌의 노래는 합리성의 준칙을 위반하는 음험한 도발로 해석된다. 아버지의 세계를 구축하려는 성장의 항해를 교란하는 그녀들의 노래는 근대라는 미끄러운 평면에 놓인 검고 어두운 심연으로의 초대였다. 그러나 근대의 세이렌은 문명의 저편에 놓인 신화를 재현하는 상징이 아니라, 상실된 신화의 파편이자 귀환할 수 없는 고향의 흔적으로 남겨진다. 신화의 붕괴라는 이 재난의 세계 속에 자신의 왕국을 구축하고자 하는 현대의 시인들에게, 세이렌의 노래는 '되풀이 되는 계절'(「바바야가의 오두막」)의 성벽으로 상징되는 근대의 악무한과 싸우는 위반과 도발의 언어로 새롭게 불리어진다.

이번 시집에서 김이듬은 세이렌의 목소리를 훔쳐 새로운 언어를 발명하는 복화술적 간지를 발휘하고 있다. 그녀의 시가 보여주는 현실은, 늙은 아버지의 자리를 차지하고 초자아의 역할을 떠맡은 새엄마의 도덕률에 지배되는('도덕적 우열을 따지는 엄마'), '씻지도 않은 손'으로 수음하는 아버지의 비천함으로 얼룩진 훼손된 가계家系이다. 그녀의 시는 이러한 비루한 세계를 일그러뜨려 낯설고 현기증 나는 새로운 풍경을 만들어낸다. 이질적 이미지를 충돌시키고 구문을 절단하고 비틀어버리는 그녀의 특이한 발성법은 문법적 합리성의 세계를 붕괴시키려는 파괴의 전략에서 비롯된다. 시 「세이렌의 노래」에서 '낡은 배'를 난파시키고 익사한 연인들의 귀에 속삭이는 기괴하고 달콤한 목소리는, 현실과 환상, 삶과 죽음의 경계를 흘러넘치는 유령-언어의 출현을 보여준다. 상징적 질서의 체계로 환원되지 않는 미결정의 지대에서 솟아난 세이렌-유령은 견고한 언어의 문법과 미적 관습을 모호한 음성의 소용돌이 속으로 빨아들임으로써 무화한다. 어두운 심연에서 솟아오르는 '몹쓸 방언'이며 해독되지 않는 미지의 언어인 그것은, '동물들의 울음' 혹은 '지상에는 없는 아름다운 언어'로 변용되어 마침내 "소녀는 진동했고 발작에 가까웠다"(「드러머와 나」)에서처럼 '진동'과 '발작'이라는 파장의 형태로 분출된다. 자아라는 허구적 존재를 근원적 떨림의 운동으로 바꾸어 놓는 이 '진동'의 격렬함은, 완결된 문장을 탈구시켜 의미를 모호하게 만들고 시공간의 좌표를 마구 뒤섞어 새로운 분열의 공간을 창출한다. 그리하여 그녀의 시적 무대는 '착시 / 착란'으로 광학적 원근법을 일그러뜨리는 악몽의 만화경적 세계가 된다. 이러한 도발적 언어의 기원은 시 「유일하지 않은 하나」에서 살펴볼 수 있다.

백도를 그리랬지 누가 괴발개발 까뒤집은 엉덩일 그리라고 했냐? 전요 털 난 과일을 보면 두드러기 생겨요 거짓말을 하고 대머리 미술 교사는 내 복사뼈를 훑는다 숭숭 털 수북한 팔등을 자르는 그림으로 첫발을 내딛는다

─「유일하지 않은 하나」 부분

'교사'로 상징되는 남성적 시선에 의해 구축된 '백도'의 순결한 이미지는 욕망의 대상물이다. 시적 자아는 "내 복사뼈를 훑는" 타자의 시선에 의해 허구적으로 착색된 "백도"가 아니라 '괴발개발 까뒤집은 엉덩이'를 그림으로써 타자의 명령을 위반한다. 이러한 행위는 타자의 외설성을 노골적으로 전면화함으로써 그 시선에 은폐된 비열한 욕망을 폭로하는 역설적 힘을 내장한다. "털 수북한 팔등"을 자르는 신체 훼손의 행위를 통해서 자아에게 투사된 타자의 욕망을 거세하고 비로소 자아는 새로운 그림을 향해 첫발을 내딛게 되는 것이다. '까뒤집은 엉덩이'의 외설적이고 불편한 이미지는, 시인이 자신의 시적 신체를 어떻게 남성 주체의 허구적 욕망을 되비추는 위반의 도구로 재구성하는지를 잘보여준다. 김이듬은 섹슈얼리티의 의도적 과잉노출과 더불어, 피, 월경, 오줌 등 여성적 신체의 이미지를 적극적으로 활용하여 이러한 위반을 감행한다. 자아의 내부에서 분출되지만 자기의 동일성을 확보하기 위해 거부되는 비체abjection의 이미지들은 그간 여성적 시 쓰기에서 반복적으로 동원되고 소비되어온 소재들이다. 그러나 이러한 소재를 차용하면서도 그녀의 시에서는 전통적으로 여성시의 계보에 새겨져 왔던 억압된 여성 자아의 가위눌림이나 비명지르기가 존재하지 않는다는 점이 흥미롭다. 오히려 그녀는 가부장적 질서를 넘쳐흐르는 과잉된

파토스를 통해서 '늙은 아버지'의 세계를 마음껏 조롱하고 거부함으로써 활력을 얻고, 스스로를 향유의 주체로 재정의함으로써 발랄한 탈주의 리듬을 만들어간다. 시 「헬렐레할래」에서 반복되는 'ㅎ'은 파열적 날숨으로 내부에 갇혀 있던 욕망을 외부로 발산하고, 이어지는 'ㄹ'음은 시간의 견고한 틈새를 파고 들어가는 점액질의 언어를 음성화한다.

이렇게 김이듬의 세이렌은 '팜 파탈'이라는 현대적 욕망의 목소리를 껴입게 된다. 김이듬은 남성 주체에 의해서 구성된 욕망의 대상이 아니라 자아의 욕망을 적극적으로 체현하고 발산하는 '명랑'한 주체로 팜 파탈의 이미지를 소환한다. '노래의 향료'에 취한 자들을 죽음으로 이끌어가는 사이렌의 노래는, '낡은 배'로 상징되는 미적 관습을 침몰시키고 '나는 내 멋대로 선창한다'(「엔딩 크레디트」)고 도발적으로 선언하는 팜 파탈의 치명적인 목소리로 변주된다. 금기와 억압의 체계에 던지는 이러한 결별의 노래는 무거운 심연으로 가라앉는 것이 아니라 '명랑'의 리듬을 타고 솟아오른다.

그러나 문제는 탈신화화된 세계에서 이 '명랑'이 하나의 정언명령으로 주어질 때 발생한다. '명랑하라'가 너의 욕망을 향유하라는 타자의 전언으로 주어질 때 자아는 이 '명랑/명령'을 소비함으로써 스스로를 정립하게 된다. 시인이 끊임없이 새로운 오이디푸스를 불러내어 그곳으로 환원되는 것은 '명랑'의 이면에 자리한 '명령'의 힘 때문이다. 외설적 아버지에 의해 자아가 훼손되리라는 불안과 강박(「침묵의 복원」)은 역설적으로 자아를 끊임없이 오이디푸스의 자장으로 회귀하게 만드는 이유가 된다. 이 시에서 자아는 컴퓨터에 저장된 언어들이 아버지의 더러운 손으로 복구되어 '유작시집'이라는 형식으로 고정될 것을 거부하면서도 이에 대한 미묘한 끌림과 두려움을 동시에 보여준다. '늙은 아빠'로 상징되는 무력한 오이디푸스를 조롱하고 경멸하는 위악적 언어 속에는(「유니폼은 싫어요」), 억압을 뚫고 나가기 위해 스스로 그 억압의 체계를 재구성하는 의식의 기만이 작동하고 있다. 위반하기 위해서 금지의 선을 함께 그어야 하는 이러한 아이러니는, 지젝에 의하면 오이디푸스라는 환상을 객관적 현실로 전치시킴으로써 증상을 지속시키려는 무의식적인 공모에서 비롯된다. 아버지의 더러운 손을 혐오하면서도 그 손의 침입을 반복적으로 허용하는 것은, 금기와 억압의 임계점에서만 팜 파탈의 언어들이 더 매혹적으로 발화될 수 있는 까닭이다.

이렇게 볼 때, 억압을 향유함으로써 타자의 욕망의 포획으로부터 탈주하려는 팜 파탈의 '명랑'이란 근대의 저 오랜 '우울'과 '허기'를 은폐하려는 위장술임을 알 수 있다. '스스로에게 반한 여자', '나는 아름다워요', '난 볼 수 없겠지. 창백하게 눈감긴 내 예쁜 얼굴'에서와 같이 팜 파탈의 언어는 자기향유적인 언어놀이를 통해서 발화된다. 김이듬은 이러한 나르시시즘적 자기노출을 통해, 외부의 시선을 봉인한 채 자폐적 놀이에 몰입하는 자아의 '절망과 우울'을 전략화한다. 자기 언어에 스스로 매혹당한 팜 파탈은 난파된 신화의 멜랑콜리를 체현하고, 세이렌의 노래는 '오래 묵은 자의식과 낭패감'(「유령 시인들의 정원을 지나」)으로 얼룩진 채 이 우울의 텅 빈 지대를 떠다닌다.

김밥 그리고 김수영 생각

이근화, 「김밥에 관한 시」

　이근화의 「김밥에 관한 시」를 읽다가 김수영을 생각했다. 아니, 엄밀히 말하면 김수영의 시 「四・一九 詩」를 떠올렸다. '김밥'과 '4・19'라는 이질적인 대상을 앞에 세워 놓은 채, 두 시인 모두 시 쓰기에 대한 사유 혹은 실험을 실천하고 있는 것처럼 보이는 까닭이다.

　먼저 이근화의 「김밥에 관한 시」에서 반복되는 것은 시 쓰기에 대한 강박이다. 김밥에 관한 시를 쓰게 된 저간의 사정은 드러나지 않으나, 여하튼 시인은 '시를 써야 한다'는 명령 아래 놓이게 되었다. 그러나 시인의 행위는 '시를 쓴다'는 최종 목적에 이르지 못한 채, 자꾸만 비껴 나가고 있다. 김밥과 연관되어 떠오르는 생각들이 마음대로 줄기를 뻗어 시인을 자꾸 다른 곳으로 데려가려는 것이다. 이를테면 김밥과 연관되어 떠오르는 김밥천국 혹은 그곳에서 김밥을 마는 조선족 아줌마, 친구현숙이, 그리고 평론가 형 등과 이어진 작은 에피소드들. 이들은 시인의 의식이 '김밥에 대한 시'를 향해 나가지 못하도록 사유의 곁가지를 붙들고 다른 방향으로 마구 뻗어나가고 있다. 마치 목적지를 향해 나가려는 오디세이를 유혹하는 세이렌들처럼 노래를 부르지는 않지만, 이들은 시인의 의식에 차례로 출몰하여 그녀의 항해를 방해하는 존재들이다.

주목할 것은 시인이 연달아 출현하는 이 이상한 세이렌들의 방문을 즐기고 있는 것처럼 보인다는 점이다. 그 이유는 시인의 욕망이 '김밥에 관한 시'가 아니라 '김밥'을 향해 있기 때문인 것으로 보인다. 그것은 김밥을 '시'(언어)로 치환하는 작업이 아니라, '김밥'의 실물성에 육박하고자 하는 욕망에서 비롯된다. '김밥에 관한 시보다 김밥이 나는 더 좋다'라는 진술 속에서 '시'와 사물은 서로 길항하고 있다. 그리하여 시인은 '김밥에 관한 시'를 쓰지 못하고 / 쓰지 않고, 시 쓰기에 대한 강박을 벗어던진 채 그 물질성의 유혹을 따라간다. 이 열림의 계기성 속으로 수많은 타자들이 고개를 들이미는 것이다. 이렇게 시는 과거의 추억과 현재의 삶의 단편들에 개방된다. 여기에는 시 쓰기의 강박과 싸우는 시인의 전략이 내장되어 있다(그것은 스스로도 의식하지 않는 것이기에 '전략이라는 수식어를 붙이기엔 난감하기는 하지만). '써야 한다'라는 명령은 시인에게 주어진 운명이다. 어떤 경우에도 시인은 '시를 써야만'하는 소명을 받은 자들이 아니던가. 그럼에도 '시'라는 것은 결국 도달할 수 없는 이데아이며, 시인은 시 쓰기 앞에서 무한히 실패할 수밖에 없다. 결국 '시'라는 것은 영원히 쓰이지 못할 불가능성의 다른 이름인 것이다. 그 실패의 운명 앞에서 시인은 무엇을 할 수 있는가. 이근화는 자신 앞에 놓인 '써라'라는 명령을 유희로 바꾸어 놓는다. 세이렌들의 유혹을 기꺼이 따라가면서, 삶의 갈피마다 잠복되어 있던 회한, 추억, 애증의 감정들을 되새김질하는 것이다. 그것은 '시'라는 목적지에 영원히 도달하지 않기 위한 우회의 술책이다. 목적론의 구속에서 벗어난 이 유희는 '김밥에 관한 시'를 텅 비게 만들어 버리는 잉여의 놀이이다. 여기서 목적지에 도달하기를 스스로 포기한 채 자신만의 유희를 발견한 자의 기쁨을 느낄 수 있지 않을까.

김수영의 경우는 어떤가. 「四·一九 詩」는 '4·19 시'를 쓰고자 하는 시인의 의지가 스스로에 의해 배반되는 이상한 갈등의 상황을 보여준다. 시에서 '지금 써야 한다'는 당위와 '안 쓰려고 하는' 욕망이 팽팽하게 충돌하고 있다. 먼저 '4·19시'를 써야 하다는 강박은 쏟아지는 잠과의 대결로 나타난다. 의식을 뒤덮는 달콤한 잠은 불가항력의 적이다. 그러나 이러한 잠은 곧바로 배반된다. 고통스러운 불면이 시작되는 것이다. 시인으로 하여금 '달콤한' 잠의 세계에 투항하지 못하게 하는 것은 '불면'이다. 잠이 시詩로부터 도망가고자 하는 원심력의 욕망이라면, 불면은 시인을 붙들어 백지 앞에 서게 하는 구심력의 욕망이다. 이렇듯 잠과 불면의 강박 속에서 별안간 '여편네의 짜증과 동생들과 어머니'에 대한 걱정이 시작되고, '갚아야 할 빚'이 떠오른다. 4·19라는 역사적 사건과 일상의 사생활이 충돌하면서 갈등은 더욱 증폭된다. 시에서 '쓰려고 하다', '안 쓰다', '써 보려고 하다'는 진술이 번복되면서 「四·一九 詩」 같은 것'을 향한 시인의 분열된 욕망이 혼란스럽게 노출된다. 결국 시인은 궁극적 목적지 즉 '써야 할 시'에 도달하지 못하고 만다. 잠과 불면 사이에 출렁이는 욕망 속에서 '시를 써보려고' 하는 의지는 난파된다. 이 난파된 의식의 저변에는 '시'라는 숭고한 대상을 향한 목적론을 스스로 거부하는 의식의 '소홀함'이 자리한다. 이는 목적을 향해 나가려는 긴장을 풀어놓는 이완된 의식에서 비롯된다.

이렇듯 숭고를 향한 오디세이적 여정에 출몰하는 누추한 일상의 세이렌에게 자신의 귀를 열어준다는 점에서 김수영과 이근화의 호흡은 닮아 있다. 숭고한 목적론의 고향으로 회귀하지 않으려는 시인들의 유희는 언어의 형식과 의미를 텅 빈 것으로 만드는 적극적 유희로 재탄생하고 있다. 그런데 김수영의 '써보려고 하는' 의지는 난파하는 데 반해서, 이근화는 '김밥'이라는 사물에 대한 끌림 속으로 곧장 나아간다. 그 차이는 「四·一九 詩」와 '김밥'의 실물성의 간극에서 비롯된다. 김수영에게 '4·19 시'는 문학과 생활이 일치되는 어떤 이데아와 같은 것이 아니었을까. 이 역사적 기표의 숭고함이 박탈된 현실은 '김밥'으로 충만한 세계이다. 김수영은 '4·19'라는 텅 빈 기표의 자리에 어머니와 여편네를 호출하고, 이근화는 입안에 가득한 김밥의 실물성 속으로 '조선족 아줌마와 아기'를 불러올린다. 아기의 '맑은 침'은 김밥으로 채워진 현실에서 생성되는 어떤 '빛'의 순간이 아닐까.

결국 이근화는 '김밥에 관한 시'를 쓰지 못할 것이다. 그러나 김밥에 관한 시는 기필코 완성되었다. 이렇게 쓰이지 못한 상태로 완성된 시 한 편이 우리 앞에 있다. 우리는 형식과 내용이 하나로 누벼져서, 뫼비우스의 띠처럼 이상하게 뒤바뀐 채 연속되는 시를 보고 있는 중이다. 그것은 완결된 '시'를 향한 우리의 시선을 교란시키면서 세이렌의 노래-놀이 속으로 이끌어간다. 거기서 형식의 구속을 벗어나는 어떤 '자유'의 상태를 예감할 수 있겠다.

절벽의 풍경

김경후, 「입술」

입술은 온몸의 피가 몰린 절벽일 뿐

백만 겹 주름진 절벽일 뿐

그러나 나의 입술은 지느러미

네게 가는 말들로 백만 겹 주름진 지느러미

네게 닿고 싶다고

네게만 닿고 싶다고 이야기하지

내가 나의 입술만을 사랑하는 동안

노을 끝자락

강바닥에 끌리는 소리

네가 아니라

네게 가는 나의 말들만 사랑하는 동안

네게 닿지 못한 말들 어둠 속으로 사라지는 소리
검은 수의 갈아입는
노을의 검은 숨소리

피가 말이 될 수 없을 때
입술은 온몸의 피가 몰린 절벽일 뿐
백만 겹 주름진 절벽일 뿐

— 김경후, 「입술」

    사랑하는 이여, 당신의 입술을 본 적이 있는가. 동그랗게 오므린 촉촉하고 붉고 뜨거운 입술. 그 하염없는 구멍 속에서 휘몰아치는 정념을 당신은 무엇이라 부르는가. 그것은 뜨거운 혀를 휘돌아 발화되는 사랑의 언어들일까. 혹은 검은 시간 속에 난파된 차가운 죽음의 언어일까.

    지금 당신의 피에 가득 고인 것은 어떤 뜨거움인가. 붉은 피 속에서 끓어오르던 정념은 사랑의 지느러미를 달고 타자를 향해 흘러간다. 타자와 당신 사이, 그 무한한 허공을 유영하고픈 말들의 지느러미는 '닿고 싶은' 욕망과 '닿을 수 없는' 운명 사이에 놓여 있다. 그 사랑의 말들이 타자를 향해 흘러가지 못한다면, 그리하여 타자의 내부에 스미지 못하고 검은 허공 속에서 난파된다면, 그 순간 서로의 입술은 '절벽'이 될 것이다. 타자에 대한 열정이 차갑게 얼어붙은 광활한 절벽 말이다. 온몸의 피가 집중된 사랑의 순간이 수백만 겹 주름진 절벽으로 치환되는 순간, 타자에게 닿고 싶은 나의 욕망과 의지는 절망의 어둠 속으로 추락한다.

모든 사랑의 언어는 그 불가능성의 운명 속에서 매 순간 절벽의 삶을 살고 있다. 사랑의 언어가 절벽에 가로막히는 까닭은 궁극적으로 사랑의 고백 속에 교활한 자기기만이 은폐되어 있는 탓이다. 당신은 타자를 사랑한다고 믿지만, 결국 자신의 입술만을 사랑했던 것이다. 그것은 사랑에 빠진 자들의 공공연한 비밀이다. 타자를 향한 열망 속에 은밀히 자기애를 감추어 두는 서글픈 운명. 타자가 아니라, 타자를 향한 자신의 말을 사랑했으므로, 당신의 언어는 허공을 건너는 지느러미가 아니라, 절벽으로 추락하는 무력한 날개가 된다. 이 시에서 '노을의 끝자락, 강바닥'이라는 경계는 아찔한 추락의 현기증을 배가시킨다. 이렇듯 타자에게 닿지 못한 말들이 어둠 속으로 추락할 때, 불타는 정념의 노을이 검은 수의를 갈아입는 시간이 기필코 도래한다. 그것은 온몸의 피가 몰려 붉게 비등하는 '입술'이 검은 숨소리와 검은 수의로 뒤덮이는 순간이다. 이러한 검은 시간의 도래를 당신은 온몸으로 감내해야 한다. 그것이 자기애의 황홀함에 사로잡힌 자의 숙명일 터.

사랑의 정념에 의탁한 언어의 운명 역시 어떤 불가능성 속에 있는 것이 아니던가. 궁극의 실패를 향한 언어의 도정은 사랑의 불가능성과 나란히 간다. 이것은 입술의 출현과 절벽의 출현이 동시적임을 의미한다. 결코 타자의 내부에 도달할 수 없는 언어의 운명은 거대한 절벽 위에서 서로를 향해 간절히 손짓하는 철없는 연인들의 무한하고 공허한 정념을 닮아 있다. 사랑의 언어가 어둠 속으로 사라질 때, 붉었던 노을이 어둠에 잠겨갈 때 그들은 사랑의 종말을 예감할 것이다. 타자를 향해 발화되지 못하고 자신의 내부에서 휘몰아치는 '나의 말'에 대한 황홀한 몰입은, 결국 '검은 수의'가 환기하는 차가운 침묵 속으로 수렴될 것이다.

시에서 '나의 말'이 침묵으로 중지되는 반면 세계는 소리로 가득 차 있다. "강바닥에 끌리는 소리", "어둠 속으로 사라지는 소리", "노을의 검은 숨소리"는 침묵으로 얼어붙은 입술에 차가운 공기처럼 닿아 왔다가 사라진다. 그것은 청각으로 감지되는 소리가 아니라, 목구멍을 거쳐 혀 위를 구르다가 입술을 통해서 발화될 그 '무엇'이다. 그것은 입술의 실패를 필연적으로 예감하는, 절벽 위에서 추락하는 죽음의 소리이다.

에로틱하게 벌어진 입술이 육체의 시간을 환기한다면, 절벽은 검은 수의로 감싸인 죽음 — 시체의 입 — 을 현시한다. 입술이 사랑의 언어로 노래하는 기관이라면 절벽은 침묵으로 얼어붙은 신체이다. 입술이 유한성의 세계로 수렴되는 반면 절벽은 무한성의 세계로 확장된다. 이렇듯 서로 길항하는 의미의 장력 속에서도 입술과 절벽은 은유적 고리 속에서 서로를 부둥켜안고 있다. 벗겨낼 수 없는 이 은유적 고리는 '─뿐'이라는 제한적 접미사에 의해서 단단히 용접되어 있는 것처럼 보인다. 그럼에도 불구하고 '입술=절벽'의 은유적 관계가 공고해질수록 사랑 / 언어의 불가능성은 배가된다. 그것은 세계를 어둠 속으로 끌어당기는 무한한 죽음의 장력이다. 그런데 입술이 절벽일 뿐이라고 말하는 당신의 목소리에는 서술어를 결락시킨 미완의 구문이 보여주듯, 모종의 공백이 내장되어 있는 듯하다. 그것은 타자를 향한 열망의 잔여물인 절망의 한 조각일까 혹은 '나의 입술'만을 사랑하였던 나르시스의 자기 위안일까.

절벽 위에서 노래하는 존재들이 있다. 출렁이는 검은 물 위에서 오지 않을 사랑을 부르는 간절한 사이렌의 목소리. 그(녀)들의 목소리는 필연적으로 타자에게 닿지 못한다. 발화되지 '않을/못할' 언어를 '온몸의 피가 몰리도록' 부르짖다 성대가 파열된 벙어리 사이렌들. 침묵의 어둠에 삼켜져 불가능성의 바다 위를 떠도는 공허한 말의 흔적들. 백만 겹의 주름진 물결로 흔들리는 광활한 침묵의 시간을 떠도는 공허한 입술의 주인들. 그러므로 출렁이는 언어의 바다에서 우리가 들었던 것은 애초에 발화되지 못했을 어떤 침묵의 노래가 아니었을까.

지금 침묵의 절벽 위에서 누군가 노래하고 있다. 검은 어둠이 출렁대는 절벽 위에서 사랑의 실패를 노래하는 당신은 어떤 사이렌인가? 언어의 불가능성이라는 운명을 환기시킴으로써, 사랑이라는 환幻의 참혹한 멸滅을 보여주는 절벽의 풍경 앞에서 당신의 입술은 정녕 안녕하신가.

초출일람

1부 별종들의 발생학 ·· 『현대시』, 2010.6
　　 시체의 노래를 들어라 ··· 『실천문학』, 2009 겨울
　　 유령의 노래를 들어라 ··· 『시와반시』, 2009 여름

2부 백지 위의 손 ··· 『21세기 문학』, 2010 겨울
　　 스틸 라이프 ··· 『21세기 문학』, 2010 여름
　　 시선의 몰락과 시의 발생 ····································· 『21세기 문학』, 2010 봄
　　 언어의 다비식과 신생의 울음 ······························· 『21세기 문학』, 2008 가을
　　 키치와 신화 ··· 『21세기 문학』, 2010 가을

3부 상가수의 노래(이성복) ·· 『창작과 비평』, 2013 여름
　　 별사, 허무로 회귀하는 언어(최승자) ······················· 『문학과 사회』, 2007 여름
　　 재난을 예감하는 시의 언어(허수경) ························· 『창작과 비평』, 2010 여름
　　 파경의 시선, 자화상의 필법(정병근) ······················· 『현대시학』, 2010 봄
　　 동화와 멜랑콜리(강성은) ······································ 『문학과 사회』, 2009 가을
　　 딸꾹질과 유령의 언어(황성희) ······························· 『문학과 사회』, 2009 봄
　　 난파된 세이렌과 변성의 언어(김이듬) ······················ 『창작과 비평』, 2008 봄
　　 김밥 그리고 김수영 생각(이근화) ··························· '문지 웹진', 2012
　　 절벽의 풍경(김경후) ·· '문장 웹진', 2012